LA COUVERTURE DU SOLDAT

Bibliothèque portugaise
dirigée par Pierre Léglise-Costa

Agustina Bessa-Luís
La Cour du Nord
Le Confortable désespoir des femmes
Les Terres du risque
Party

Vergílio Ferreira
Apparition

Lídia Jorge
Le Rivage des Murmures
La Journée des prodiges
La Dernière femme
Le Jardin sans limites

Maria Gabriela Llansol
Les Errances du Mal

António Lobo Antunes
Le Cul de Judas

Eduardo Lourenço
Pessoa l'étranger absolu
L'Europe introuvable

Jorge de Sena
Le Physicien prodigieux
Les Grands Capitaines
Au nom du diable

LÍDIA JORGE

LA COUVERTURE DU SOLDAT

Traduit du portugais par
Geneviève Leibrich

Traduit avec le concours de
Instituto da Biblioteca Nacional e do Livio

Publié avec le concours du
Centre National du Livre

Éditions Métailié
5, rue de Savoie, 75006 Paris
1999

Ministério da Cultura

Instituto Português do
Livro e das Bibliotecas

Titre original : *O Vale da paixão*

ISBN : 2-86424-318-0
ISSN : 0757-976

A David

1

Comme la nuit où Walter rendit visite à sa fille, ses pas s'arrêtent à nouveau sur le palier, il se déchausse contre le mur avec l'agilité d'une ombre, il s'apprête à gravir l'escalier et je ne peux l'en dissuader ni l'arrêter pour la simple raison que je désire qu'il atteigne vite la dernière marche, qu'il ouvre la porte sans frapper et franchisse le seuil étroit sans dire un mot. Et c'est ainsi que les choses se passèrent. Le temps de reconstituer ces gestes ne s'était pas écoulé que déjà il était au milieu de la pièce, ses chaussures à la main. Il pleuvait en cette lointaine nuit d'hiver sur la plaine de sable et le bruit de l'eau sur les tuiles nous protégeait des autres et du monde comme un rideau tiré qu'aucune force humaine n'aurait pu déchirer. Autrement, Walter ne serait pas monté et ne serait pas entré dans la chambre.

En ce temps-là, la maison de Valmares avait déjà perdu la plupart de ses habitants et les pièces où les descendants de Francisco Dias avaient vécu étaient fermées, le long du couloir où jadis tous se croisaient. A l'époque, il était très difficile de les distinguer à leur pas. Plusieurs fils, petits-fils, trois brus et un gendre, allant et venant sans cesse depuis le lever du jour, émettaient une multiplicité de bruits inextricables qu'un enfant qui tendrait l'oreille dans sa chambre pendant des heures d'affilée serait incapable d'identifier. Mais en cet hiver au début des années soixante, les pas de ceux qui étaient restés étaient aussi reconnaissables que leur visage ou leurs photographies.

Il y avait les pas libres et légers, encore enfantins, encore mal assurés, des fils de Maria Ema, qui faisaient penser à des galopades de rongeurs par leur façon de parcourir le couloir en bande rapide. Par contraste, il y avait les pas lourds de Francisco Dias sortis de bottes où brillaient deux rangées de clous produisant un son métallique qui le suivait partout comme s'il transportait une couronne sous ses pieds. Et il y avait les pas de Custódio, plus légers que ceux de son père, mais eux aussi munis d'une protection métallique, piquetant le carrelage et le ciment ici et là de sa démarche asymétrique de boiteux. A plus forte raison les pas du fils aîné de Francisco Dias étaient-ils eux aussi très reconnaissables. Le bruit syncopé surgissait de la chambre du ponant où il dormait avec Maria Ema, le bruit sortait des bottes de Custódio comme une fêlure, un décalage par rapport au sol et à la réalité, un déséquilibre, pourtant cette asymétrie des pas du fils aîné de Francisco Dias avait quelque chose de régulier, de plus régulier que le pas des autres. En les entendant, on restait à l'écoute de la fêlure, du silence d'un des pieds, comme un pendule qui s'agite et annonce un battement inégal qui n'arrive jamais. Il était impossible de ne pas reconnaître ses pas traversant la maison de Valmares, croisant ceux de Maria Ema qui ne s'arrêtaient jamais à côté des siens.

2

Car il y avait le bruit des pas de Maria Ema, la femme de Custódio, pas de caoutchouc le matin et de cuir l'après-midi, mais maintenant que son beau-frère était revenu, elle portait des chaussures à talons hauts. On les entendait dans toute la maison arpenter le carrelage, effleurer les paillassons, marteler les planchers. Quand elle marchait, on devinait la robe froncée au-dessus des chaussures, les jambes blanches, la taille fine. C'était ses pas dans la grande maison de Valmares, une demeure assez éloignée de l'Atlantique pour qu'on n'entende pas les vagues déferler pendant les tempêtes mais pas suffisamment pour que le sel des embruns n'atteigne pas sa façade. Ses pas à elle, différents de ceux des autres. Mais le pas de Walter aussi était reconnaissable.

Walter Dias était revenu il y a un mois et il portait de bonnes chaussures en cuir de buffle. Le moelleux de la matière atténuait l'impact sur le sol, mais ne supprimait pas le chuintement d'une sorte de mousse comprimée sous ses pieds quand il passait dans le couloir vide. Nous connaissions tous ce pas silencieux et qui pourtant le trahissait, suave comme une respiration, présent comme une haleine. Les enfants de Maria Ema criaient dès qu'il franchissait le portail : « Le voilà qui arrive ! » Tout le monde remarquait ses entrées et ses sorties. Cette nuit-là il valait donc mieux que le propriétaire des semelles de crêpe s'arrête sur le palier et reste sur ses gardes. Walter Dias entra sans frapper, s'adossa à la porte qu'il venait de refermer, lui couvrit les lèvres de la main : « S'il te plaît, ne crie pas... » dit-il, la nuit où il rendit visite à sa fille, qui l'attendait sans vraiment croire à sa venue. Ensuite seulement, il s'assit sur une chaise, se rechaussa et prit la lampe, releva la mèche jusqu'à ce que la lumière verdisse à la base et approcha de son visage la flamme en forme de pétale de coquelicot. Il l'approcha comme si le renflement illuminé était une loupe et se mit à la regarder, à l'observer, de face et de profil, pendant que la pluie brutale se démenait derrière les vitres des fenêtres.

3

Oui, cette nuit-là, tandis que la pluie allait et venait, imprégnant la terre chaude et aride, sœur du désert, la lampe s'éleva à hauteur de ses cheveux, la flamme haute trembla devant ses yeux, l'odeur du pétrole brûlé se répandit dans la chambre et pendant une accalmie, le pas caractéristique de Custódio Dias commença à se faire entendre. Son pas claudicant. Il arrivait du fond, du côté tourné vers le ponant, il avançait dans le couloir flanqué de portes hautes, il traversait le transept formé par la rencontre de quatre de ces portes, alors Custódio s'arrêta près du palier et cria : « Il y a quelqu'un là-haut ? »

La mèche de la lampe était au plus bas, la flamme était une luciole figée derrière le verre, de plus Walter Dias la protégeait de ses mains, retenant sa respiration sans faire un mouvement, les genoux pliés comme prêt à attaquer ou à se défendre, et elle, qui n'avait pas encore bougé de l'endroit où il l'avait rejointe, voulut s'opposer à ses pas et chercha dans sa tête une idée ou une action capable de faire reculer le danger. En outre, elle était sûre que si Walter était monté c'était uniquement parce qu'elle l'avait appelé en pensée, et donc si Custódio les découvrait là, cachés dans la chambre, c'est elle qui serait responsable des choses graves qui se passeraient à un moment où un élan de bonheur inconnu jusqu'alors envahissait la maison de Valmares. Custódio Dias commença à monter l'escalier, sa lampe de poche braquée sur la porte car la lumière du faisceau se glissait par en-dessous et se répandait sur le plancher, mais le fils aîné de Franscisco Dias s'arrêta à mi-chemin et cria de nouveau : « Qui est là-haut ? » Après quoi il y eut un silence interminable, puis Custódio Dias fit enfin demi-tour sur la marche et commença à redescendre. Les pas caractéristiques de Custódio Dias parcoururent l'escalier, disparurent dans le couloir, allèrent mourir dans la chambre du ponant où il dormait avec Maria Ema dans les années soixante. Et la pluie se remit à tambouriner.

Ensuite seulement Walter la mena devant le miroir, ouvrit l'armoire, l'attrapa par le poignet et enfin, comme s'il n'avait jamais été là, il disparut à son tour dans le couloir sombre.

4

Mais cette nuit-ci il n'a pas besoin de protéger de flamme ni de retenir sa respiration. Ou alors, ce serait pour le plaisir de la répétition ou en souvenir d'une clandestinité qui ne se justifie plus. Maintenant Walter Dias peut laisser la porte ouverte, porter des semelles de cuir ou même ferrées s'il le désire, personne ne se souciera du lien entre nous ni de nos affaires. Nous sommes protégés par l'oubli tissé par les ans et par l'harmonie descendue désormais sur l'union de Maria Ema et de Custódio Dias, aujourd'hui seuls habitants de cette maison.

Les nuits d'été, comme si la lune ou les étoiles étaient les masques d'êtres cyniques ricanant de loin, mari et femme contemplent la clarté du firmament dans un silence admiratif et complice. Ils peuvent se le permettre, ayant rangé dans des boîtes êtres et objets gênants, et il ne reste plus personne à punir, plus personne à tuer. Ils savent qu'ils ont atteint le zénith neigeux de leur vie. Parfois, les oliviers sont blancs comme si une poussière d'argent tombait sur leur feuillage et tous les deux s'en font la réflexion, assis dans les fauteuils de toile apportés par leurs enfants lors de leurs brèves visites. Ils leur ont aussi apporté une rangée de parasols de plage que mari et femme ne ferment jamais et à l'ombre desquels ils s'assoient, même la nuit.

D'ailleurs, la maison est restée ce qu'elle était, les enfants de Maria Ema aident, ils ne réparent pas les murs, ils se contentent de les enduire de peinture, et le couple, à présent main dans la main, fait partie de ces murs qu'il est prévu de rénover. Selon le projet, on retaperait la façade et la cour, on les repeindrait et un bulldozer viendrait creuser une piscine bleue en forme de trace de pied à l'endroit même où Francisco Dias entassait autrefois le fumier. Là, les figuiers gris seraient sans doute abattus et remplacés par des palmiers adultes d'où se balanceraient des hamacs blancs. Il faudra effacer du pavé l'ombre des vieilles bêtes et faire de la cour un endroit plaisant. Mais à l'intérieur on conservera les poutres, la rampe, l'escalier, la porte de la chambre au premier étage avec sa poignée, son embrasure et le plancher. Peut-être le même éclairage et le même bruit de pas sur les lames de bois, la même odeur de savon et de cire. Le même palier et les mêmes marches. Ainsi, Walter Dias pourra marcher dans le noir, ou les yeux fermés, chaque fois qu'il le voudra et sans se tromper. Pourtant, comme lors de la nuit des pas et de la pluie, j'aimerais que Walter Dias monte dans la chambre de sa fille, souriant comme à son habitude, simplement pour lui rendre visite.

Car il y eut un moment, en cette nuit de 1963, où Walter Dias resta en arrêt au milieu de la chambre, lampe levée et flamme vacillante, et où il lui dit : « Je sais très bien que je t'ai troquée contre les Indes, or finalement les Indes ne te valaient pas, ni le voyage pour aller là-bas et en revenir. Tu comprends ? » Et elle fut si étonnée et si décontenancée qu'elle fut incapable de parler et de penser. Il lui semblait impossible que Walter Dias, venu de si loin, fût entré dans sa chambre, souliers à la main comme un cambrioleur, pour lui demander pardon de quelque chose qui à ses yeux était resté un don. « Les Indes ne te valaient pas », disait-il en cet instant, comme s'il n'éprouvait aucune joie à se trouver là.

5

C'était avant que les pas de Custódio Dias ne montent jusqu'au milieu de l'escalier. La flamme de la lampe était encore haute. La pluie allait et venait comme un rideau qui se ferme ou se déchire et il ajouta, lampe levée et les yeux plongés dans les siens : « Je ne t'ai jamais rien donné. » Son étonnement était toujours aussi grand car elle savait que ce n'était pas vrai, et elle voulut le lui prouver, lui montrer qu'elle était entourée d'objets et d'êtres laissés par lui, d'images, d'idées et de fondations, d'étoffes et de dessins venant de lui. C'était bien, cela suffisait, et si elle avait désiré cette rencontre c'était seulement pour lui expliquer comment elle vivait avec lui, en son absence, grâce à tout ce qu'elle possédait. Elle voulait lui dire qu'il ne lui devait rien, bien au contraire, que tout était exactement comme une multiplication bien calculée qui résiste toujours à la même preuve réelle jusqu'au bout de la logique et jusqu'à la fin des siècles. Mais cette nuit-là c'était impossible à expliquer, car elle n'avait peut-être pas les mots pour le dire ou si elle les avait, elle ne savait pas comment les assembler. En tout cas c'était ce qu'elle ressentait en cet instant de surprise où il était là. Au fond, elle était stupéfaite par cette déclaration et elle trouvait bizarre qu'il courût tant de risques uniquement pour approcher la lampe de son visage et lui déclarer qu'il se sentait fautif envers elle. Quelle était cette idée absurde qu'il ne lui avait jamais rien donné ?

Et cela, elle parvenait à le penser, mais pas à l'exprimer.

Quand les pas de Custódio s'évanouirent, Walter monta de nouveau la flamme et se mit à lui faire des promesses d'une fortune qu'il voulait lui préparer, un héritage merveilleux fait de routes larges, d'aéroports, d'universités avec des colonnes doriques et des inscriptions en grec, tout un monde de dollars, de transactions et de voyages. Et il lui montrerait ses oiseaux favoris, le vacarme qu'ils feraient s'ils passaient un jour tous ensemble, par exemple, au-dessus du canal de Panama. Il aimait les oiseaux des pays chauds, bien que pour vivre et gagner de l'argent il préférât les pays froids.

Pour une raison quelconque, il avait commencé par l'Inde et maintenant il habitait un pays de neige. Justement, disait-il, il l'emmènerait dans une contrée froide, mais ensuite ils descendraient de temps en temps vers le sud car il ne serait pas tranquille tant qu'il n'aurait pas montré à sa fille la statue de la Liberté vue de l'Hudson. S'il plaisait à Dieu, elle irait là-bas avec lui. S'il plaisait à Dieu, la terre libre, le commerce libre, l'amour libre, il voulait lui offrir tout cela. « Tu verras, je te paierai tout ce que je te dois », disait Walter Dias en cette nuit d'hiver 1963, quand le pétrole commençait à baisser dans le ballon de verre.

Elle se souvient de cet instant dans la nuit, de l'énergie de ses paroles : « Imagine ! Un Turc a fondu en larmes sur le pont du bateau en apercevant la statue de la Liberté. Moi aussi. Et toi, tu ressentiras la même chose que le Turc... » Et déjà alors il était évident que le combustible ne durerait pas jusqu'à l'aube. De toute façon, comment poursuivre puisqu'on sentait bien qu'il n'y aurait plus jamais de nuit ? Nous n'en avions qu'une, cette nuit de pluie, et la certitude qu'elle était unique et que nous nous précipitions dedans nous empêchait de la vivre. Mais cette nuit-ci est contiguë à l'autre, toutes deux sont accolées comme si elles n'en formaient qu'une, enserrée entre le coucher du soleil et le lever du jour. Qui donc s'intéresse à ce long jour qui les sépare ?

6

En fait, comme cette nuit-là, Walter monte en tenant ses souliers à la main, il porte une gabardine claire sur son costume sombre et il entre, mais il ne ferme pas la porte, il ne remet pas ses souliers, il n'empoigne pas la lampe, il ne s'assied ni ne se lève. Il reste immobile sur le seuil, comme intimidé, et c'est injuste car il vient demander pardon alors qu'il n'aurait même pas à se justifier. Il n'en a pas besoin. Il a envoyé par la poste de Corrientes de Arena exactement ce qu'il voulait, le hasard a fait le reste. Il n'a pas à se répéter ni à rester planté là. Walter Dias vient redire les mots qu'il a écrits lui-même, de son écriture penchée si caractéristique : *Je laisse à ma nièce pour seul héritage cette couverture de soldat.* Et dans le coin de la carte de visite, en haut à droite, un petit dessin d'oiseau.

Pas un dessin, plutôt une esquisse, un sceau, juste une sorte d'estampille, les traits essentiels de la silhouette d'un oiseau. Une ébauche d'oiseau traverse-patries, peut-être un croisement hybride de pluvier et d'hirondelle de l'Arctique. Peut-être les contours d'une bête qui n'existe même pas. La carte de visite protégée par les plis de la couverture. Car ce qu'il a envoyé c'est son ancienne couverture de caserne, deux mètres carrés d'étoffe grossière, ourlés de fil brun. Ce qui n'aurait aucune importance si la couverture n'avait pas été envoyée par lui en bon état et si propre qu'on pouvait discerner dans un des coins l'insigne du 16ème régiment d'infanterie. On voit que la couverture a appartenu à la recrue 576 de 45, conducteur de véhicule, répondant au nom de Walter Glória Dias, connu pour sa façon de siffler, sa démarche et les animaux qu'il dessinait, connu aussi comme le soldat Walter. Elle l'a reçue ce matin même et elle l'a étendue sur le plancher de la chambre. Mais sur la carte de visite, comme je l'ai dit, le message est rédigé avec prudence, cette même prudence clandestine qui l'avait fait monter déchaussé dans la chambre où dormait sa fille.

D'ailleurs, cette nuit-là, la couverture ne se voyait pas, mais elle était présente. Lui-même avait dit, après que les pas de Custódio Dias avaient disparu et que la flamme était de nouveau haute et que la pluie tombait doucement : « Ah, qu'est-ce qu'on ne t'aura pas raconté ! » Il riait, il riait presque tout le temps. « Je parie qu'on t'a parlé d'un noceur surnommé le soldat et d'une couverture dont il se servait comme matelas pour dessiner des oiseaux. Que ne t'aura-t-on pas raconté sur cette couverture et ces oiseaux... On t'a dit que j'étais un tricheur, un bourlingueur, un coureur des mers. Je parie qu'on t'a empoisonné l'esprit. Que sais-tu de tout ça, toi ? » Par moments son visage perdait sa gaieté et se voilait d'une sorte de colère, ses yeux devenaient blancs. « Dis-moi, répète-moi ce qu'ils t'ont dit. Dis-moi la vérité... »

Mais elle ne savait pas ce qu'ils avaient dit car elle avait toujours transformé ce qu'elle entendait et elle ne pouvait donc rien expliquer à Walter Dias, même s'il l'exigeait et même si elle voulait devancer ses exigences, car elle n'était pas maîtresse de l'écart entre ce qu'on lui racontait et ce qu'elle entendait. De toute façon, ne serait-ce que pour résumer ce qu'elle savait et qui était bien peu de choses, elle ne disposait pas d'assez de temps car le pétrole s'épuisait et le verre de la lampe noircissait. La seule chose qu'elle aurait pu dire c'était que tout ce qui se rapportait à lui était bon, que tout ce qu'elle avait amassé de bon ne pouvait se raconter en cette nuit si brève, que cela ne tiendrait pas dans des mots pendant cette heure protégée par la main puissante de la pluie. Il était inutile de commencer. Pourquoi, alors que Walter était si proche, perdre du temps à dire, par exemple, qu'elle avait toujours su que Maria Ema avait été la femme de deux hommes et que Francisco Dias était deux fois son grand-père ? Que depuis toujours elle avait senti une ambiguïté, un dédoublement issu de deux entités réunies dans le passé, dans la préhistoire de leur vie ?

Elle savait, naturellement, que ses trois frères, les enfants de Maria Ema et de Custódio Dias, n'étaient pas ses vrais frères. Elle savait que ses frères étaient aussi ses cousins, qu'ils étaient à la fois unis et séparés par le même sang. Et elle savait que tous les papiers d'identité contenaient un mensonge, mais elle était complice de ce mensonge car l'ambiguïté engendrait des événements aussi féconds et chaleureux que s'ils étaient nés de la vérité. Comme si la fécondité et la joie poussaient sur des terres très différentes des berges bien droites du vrai et du faux. Elle se souvenait de moments délicieux, inoubliables, liés à la dissimulation et au mensonge, comme celui où Fernandes, le mari d'Adelina, lui avait appris la lettre W.

Elle ne se souvenait pas de lui, mais de sa main d'apprenti-électricien sur son épaule et de sa voix disant : « Fais deux V l'un sur l'autre, unis par leur base, bien droits, le long de la ligne, allez, vas-y. » La voix basse de Fernandes, la main agile de Fernandes traçant elle-même le W. « Et maintenant écris toi-même Walter Glória Dias... » Il dessinait lui-même la lettre sur la feuille blanche. Ce jour-là fut un bon jour, un après-midi chaud, quand il y avait encore des masses de poules que les enfants avaient pour mission de chasser de la cour avec de longues gaules. Et pas même le fait que cet après-midi-là les volailles avaient envahi la cour, déterré les fleurs et éparpillé le fumier, pas même ce fait fâcheux n'avait réussi à entamer la joie que procurait le dessin de ces deux V qui ressemblaient à un M flottant la tête en bas, ou à deux V s'envolant à tire-d'aile. Depuis cet après-midi-là, la fille de Walter possédait une nouvelle lettre, la vingt-quatrième, dont elle ne pouvait parler car la voix de Fernandes l'en empêchait. « Fais un W, le W de Walter mais aussi de Watt, on nous apprend ça en électricité... » disait-il, établi depuis peu à Valmares. Jusqu'au jour où il partit avec la première vague, lui abandonnant pour toujours la lettre clandestine.

Tout cela elle aurait réussi à l'expliquer si elle en avait eu le temps, si elle avait eu devant elle une bonne partie de la nuit. Elle aurait même réussi à le faire assez bien car elle avait appris à résumer d'innombrables contes et fables, elle avait même commencé à condenser des passages de *L'Iliade* et à en apprendre par cœur des phrases entières : *Pars, et rends-toi, songe pernicieux, vers les agiles vaisseaux des Achéens. Entre dans la tente d'Agamemnon l'Atride, et rapporte-lui, très exactement, tout ce que je veux... Sans omettre un seul détail, pars...* Aurait-elle voulu dire à haute voix à Walter Dias. Mais comme elle n'arrivait pas à réciter ni à résumer ce qu'elle ne pouvait réciter, à cause du temps qui fuyait, il répéta plusieurs fois sans obtenir de réponse : « Dis-moi ce qu'ils t'ont dit, ce qu'ils t'ont raconté, ce que tu sais de nous deux ! » Puis, tenant la lampe bien droite à hauteur de son épaule, il dit : « Il y a tant de choses que je ne t'ai pas données ! » Dit Walter Dias dans sa gabardine blanche mouillée aux épaules et sur le devant, preuve qu'il ne pouvait pas rester là, que nous ne disposions plus de temps.

7

Pourtant, une heure avant, ou juste quelques minutes avant, Walter s'était mis à faire des promesses à voix basse, si basse que la plupart des mots se perdirent, même si c'était sans importance. D'ailleurs les promesses faites par Walter cette nuit-là étaient devenues inoubliables car le poids de l'eau sur les tuiles leur ôtait leur intelligibilité, mais en faisait une musique rythmée, qui ajoutait couleur et vitesse aux yeux et aux lèvres de Walter. Pourtant, il n'avait pas besoin de dire comme il le faisait : « Nom de nom, il y a tant de choses que je ne t'ai pas données ! » Et il promettait, il promettait. Et comme je l'ai déjà dit, elle entendait les mots dont étaient formées les promesses, mais pas les promesses elles-mêmes, car la chose promise ne l'intéressait pas. Ce qu'il lui disait ne l'intéressait pas, c'était comme s'il avait au milieu de la poitrine, entre les pans de sa gabardine, une caisse d'où sortaient ces paroles étranges : « Je te dois tant de choses ! »

Et rien que pour le tranquilliser, elle aurait voulu se décoller du chevet du lit contre lequel elle restait adossée pour se diriger vers le tiroir de la table où elle rangeait les dessins et pour les feuilleter, afin qu'il voie lui-même de ses propres yeux ce qu'il lui avait donné sans le lui avoir jamais promis. Comment Walter pouvait-il lui devoir quoi que ce soit puisqu'elle avait dans sa chambre *L'Album des oiseaux* de Walter Dias ? Puisque l'album s'était épaissi sous son œil attentif et qu'elle se sentait l'unique détentrice de tous ses dessins ? Walter ne connaissait pas leur parcours. Il les envoyait à son frère Custódio comme s'ils étaient pour lui, alors qu'ils étaient pour Maria Ema, et quand Maria Ema en avait épuisé tout le suc et qu'elle se déprenait de chacun d'entre eux, les dessins devenaient la propriété de la fille de Walter. L'album s'était constitué lentement, irrégulièrement, avec une patience qui rappelait la lenteur de la croissance et de la fructification des arbres. Et cela elle aurait dû l'expliquer à Walter cette nuit-là, afin qu'il n'ait pas à remuer les lèvres pour lui faire tant de promesses. Elle voulait que ses lèvres restent silencieuses, immobiles peut-être, ou alors jointes, qu'il les lui laisse contempler sans parler, muettes comme la surface mouillée de sa gabardine, tel qu'elle l'avait imaginé avant de le faire monter. Mais elle ne le pouvait pas.

Elle voulait lui dire que le facteur passait de temps en temps à Valmares à bicyclette, porteur d'une lettre de Walter destinée à son frère aîné, et que Francisco Dias déclarait en s'asseyant à la table en châtaignier : « Une lettre du bourlingueur est arrivée ! Tu peux commencer à la lire... » Parfois un des frères en écoutait le début, mais ils étaient si nombreux autour de la table, chacun si concentré sur ses propres affaires et son assiette que personne n'entendait. Custódio lisait la lettre uniquement pour son père qui répétait les phrases dignes de ses railleries ou de sa colère. La lecture à haute voix terminée, il tendait à sa femme le dessin d'oiseau qui accompagnait la lettre.

Oui, je voyais Maria Ema lire les lettres devant les fenêtres, je prenais les dessins, mais je me dépêchais de les rendre, et tout cela s'entassait à côté de la correspondance sur la commode dans le couloir. Peu à peu, la montagne de dessins se transformait en une liasse de feuilles éparses réunies sous une couverture que les frères Dias finiraient par appeler son *Album d'oiseaux* à elle. Debout devant la commode où s'amoncelaient les lettres, elle étudiait les dessins. Le coucou des Indes, l'ibis de Sofola, le colibri des Antilles ou le jars du Labrador se trouvaient là, à la disposition de tous, même s'ils lui appartenaient à elle. Un droit conquis par l'usage, car même si personne ne le lui avait transmis expressément, l'album que tous pouvaient feuilleter était à elle. Même si tous y touchaient, elle se sentait l'héritière universelle des dessins de Walter. Elle les attendait, les regardait de loin, les feuilletait quand les autres n'étaient pas là, les copiait, se réfugiait avec eux dans des endroits sûrs. Elle les remettait très vite à leur place, discrètement, pour que personne ne voie. Elle les rangeait dans la chemise, posant une feuille sur l'autre, et l'album était devenu un objet si ordinaire que sa formation parut être la destinée naturelle de ces dessins. Or, c'était Walter qui les envoyait et elle les avait à portée de la main en cette nuit de pluie. Alors comment pouvait-il continuer à dire qu'il ne lui avait jamais rien donné ?

Et donc, si les chéneaux n'avaient pas été pourris et les tuiles déplacées, si l'eau n'avait pas gémi en un ruissellement tantôt paisible tantôt impétueux, elle aurait ouvert le tiroir de sa table et elle lui aurait montré tout le soin qu'elle prenait des dessins d'oiseaux, afin qu'il comprenne pourquoi elle s'étonnait tant des promesses sans fin qu'elle lisait sur ses lèvres. Car pourquoi fallait-il des promesses en cette nuit où elle l'avait attiré par la force de la pensée et où il avait obéi et s'était présenté déchaussé, ses souliers à la main ? « S'il te plaît, ne dis rien. Ne bouge pas. Ecoute-moi ! » Avait-il dit.

Non, il n'avait pas à demander pardon, ce n'était sûrement pas pour cela qu'elle l'avait appelé. Elle avait beaucoup, elle possédait tout ce qu'elle pouvait désirer. Si cette nuit se renouvelait, elle pourrait lui dire combien elle se souvenait de son retour des Indes et comment elle avait préservé ce retour pour en faire un film plus important que *L'Ange bleu* ou que *Anna Karénine*, beaucoup plus important que tous les films qu'elle avait vus. Le film de Walter Dias. Elle aurait voulu dire qu'elle avait quinze ans mais qu'elle continuait à se projeter le film de Walter chaque fois qu'elle en avait envie, n'importe où, et qu'il lui apparaissait toujours tel qu'il était maintenant et tel qu'il était avant, et que ce film était un héritage immatériel, invisible pour les autres, mais bien concret pour elle, un film où personne n'entrait ni ne sortait sans sa permission. Un film sur l'apparition de Walter.

Elle aurait voulu lui expliquer comment elle avait hérité de son apparition à Valmares, quand la maison abritait encore au grand complet la brigade de cultivateurs qui avait déguerpi par la suite. Quand la maison était encore occupée par les frères Dias qui sautaient sur les charrettes en bois, tous pareils, tendus et muets lorsqu'ils étaient à table. La présence de Walter dans certains coins de la maison emplissait toute la demeure. Elle avait gardé l'image de sa silhouette sur le carrelage, de face, de dos, à côté de la table, parmi tous, et après, seul, faisant corps avec la carriole. Elle avait hérité d'une attitude, ici, là, à l'arrêt, en mouvement, à l'état pur, et cependant répétée, insistante. Elle l'avait gravée, la nuit où Walter était monté dans le noir, puis était entré, avait pris la lampe et s'était approché de sa fille. « Ne crie pas ! » avait-il dit d'abord. « Ne bouge pas. »

8

Non, elle ne bougerait pas, elle resterait adossée contre le haut chevet du lit, et pourtant elle aurait voulu le remercier d'être entré par le grand portail en 1951, dans la maison de ses frères, de sa sœur et de ses belles-sœurs, dans la maison où habitaient Maria Ema et sa fille en bas âge que Walter appellerait sa nièce et lui, vêtu de kaki, brûlé par le soleil de Goa et par le voyage, dents blanches, cheveux bouclés et longs, signe qu'il avait bénéficié d'un privilège dans l'armée, entrait par le portail dans la maison de son père.

Le soldat était devenu fourrier et arrivait après avoir parcouru la route du Cap et découvert la moitié du monde. Les chiens lui sautaient à la poitrine. La famille attendait, de façon bien différente des chiens. Maria Ema, mariée à Custódio Dias, était au bout de la table et sa fille ne devait pas être loin. C'était le temps des grands espoirs de Francisco Dias et d'une intense activité rurale. Les hommes déjeunaient à la hâte et point n'était besoin d'observer la joie des chiens pour comprendre que Walter n'avait pas sa place dans l'entreprise familiale où régnait la plus stricte parcimonie, à l'image d'un Etat sévère. Walter Dias devait se rendre compte lui-même que son retour était une erreur. Désormais sa terre n'était plus celle-là. Ses frères ne reconnaissaient pas les oiseaux de mer dont il parlait, absorbés qu'ils étaient par les rudes travaux des champs. Les propriétés de Francisco Dias étaient en train de métamorphoser ses fils en hommes renfermés, sévères, rugueux comme les paumes de leurs mains. Walter n'avait pas encore ouvert ses malles en laiton que déjà il avait compris qu'il était de trop, que tous voulaient le voir repartir. Mais ce n'était pas la peine de le presser, de lui mettre l'épée dans les reins, Walter partirait de son propre chef. Cela se voyait sur son visage. Et elle voulait le remercier, sans pouvoir le faire, de l'image de ce visage, amplifiée et qui éloignait toutes les autres.

En 1951 Walter était chaussé et vêtu de kaki, il se promenait dans la maison de Valmares comme un explorateur de forêts vierges et il montrait l'équipement que le commandant du 16ème régiment des Indes lui avait donné trois ans plus tôt, en remerciement de certains services rendus. Les assiettes des frères furent écartées et Walter plaça sur la table, outre les bottes, le mouchoir, l'uniforme et le calot qui lui appartenaient de droit, une capote et un ceinturon qu'il aurait dû restituer et il exhiba aussi un revolver. Un revolver Smith que le commandant lui avait donné pour sa protection personnelle. Il le faisait tourner autour d'un doigt et le posait sur la table en riant. Mais rien de cela n'aurait eu d'importance si Walter, au lieu de s'adresser à sa sœur Adelina ou à Alexandrina, n'avait pas demandé à sa belle-sœur de ranger le fourniment elle-même dans un coin particulier de la maison. « Dans un coin sûr, tout à fait spécial, d'accord ? » avait-il demandé à Maria Ema. Les frères étaient assis bien droits autour de la table, graves comme à un souper avec le Christ d'où le Christ est absent, où seul le traître est présent. Adelina Dias ne se contint pas, elle cria : « Petit papa chéri, venez ! Walter est en train de faire les yeux doux à sa propre belle-sœur, devant tout le monde ! » Etait-il dit dans le film de 1951.

Alors, pour protéger Custódio, Maria Ema et l'enfant, les frères demandèrent à Walter s'il avait de l'argent pour quitter Valmares. Sinon, ce serait grave. Mais l'intelligence des fils de Francisco Dias se blottissait sous leur crâne et à l'occasion elle se déployait dans toute sa splendeur. Leur raisonnement était complexe et dense : « S'il faut faire un effort pour avoir la paix, eh bien, cet effort nous le ferons ! » Un grand effort, mais ils le feraient. Oui, avec un immense effort, chaque Dias arracherait un million de *réis* aux économies qu'ils entassaient dans les poches de leur pantalon de laine fine, ce qui multiplié par sept donnerait une somme capable de transporter le benjamin jusqu'au bout du monde. Les Dias faisaient les calculs de tête, ils ne laissaient percer qu'une petite pointe de leur intelligence. Oui, ils avaient tramé cela entre eux.

Mais le souvenir de cette scène ne s'arrêtait pas là. Walter avait porté la main à la poche de sa veste jaune, l'avait tapotée, caressée, en avait extrait une liasse de billets, les avait brandis, comptés un à un entre les assiettes, en avait fait une montagne au milieu de la table, disant qu'il n'avait besoin ni de leur argent ni de leurs chiens, qu'il était juste venu déposer son fourniment à la maison car lui-même n'avait qu'une idée en tête et c'était de repartir. Il riait, il riait sans cesse. Que savaient ses frères de la vie ? En Australie, un bon camionneur qui n'avait pas peur de conduire sur des chemins de terre et qui s'y connaissait en Land Rover gagnerait plus d'argent en une seule année qu'à piocher toute sa vie les plaines étroites de Valmares. Et il n'avait même pas besoin de s'aventurer dans l'arrière-pays, il savait comment gagner de l'argent tout près de la côte. D'ailleurs, en voyageant, on découvrait des espèces d'oiseaux différents, avait-il dit. « Des oiseaux ? Petit papa chéri, il dit qu'il a gagné cet argent en peignant des oiseaux ! » avait crié Adelina. « Tu as gagné cet argent avec des oiseaux ? » demanda un des Dias, peu importe lequel. Car tous riaient autour de la table. Ils riaient d'un rire rural, ils riaient jusqu'à pleurer de rire, les visages jeunes et tannés des Dias. Ils riaient. Le printemps est à son apogée à Valmares. L'image se découpe dans la chaleur d'un temps sûr : Walter, la table, la montagne de billets, les frères se tordant de rire autour de la table. Sur laquelle se trouvent les objets, encore intacts, qui entreront dans l'héritage matériel de la fille. En ce temps de 1951, Walter garde sa couverture de soldat roulée sous le bras gauche. Adelina dit, de nouveau en criant : « Petit papa chéri, il est incorrigible, il a encore sa couverture sous le bras ! »

Ensuite il avance, se promène dans la maison trop peuplée. On comprend mal comment un fourrier dessinateur d'oiseaux s'est procuré tout cet argent, si ce n'est par quelque trafic. Tout le monde soupçonne Walter Dias de se livrer à des activités louches, mais on n'en a aucune preuve. On a dit plus tard que la couverture servait à autre chose qu'à dessiner des oiseaux. Et tous de rire. On a dit que la couverture avait toujours servi à autre chose. On a surtout dit qu'il s'en était beaucoup servi à Valmares, avant que le *High-Monarch* ne le transporte de

Londres en Australie. Puis, de ce continent si vaste qu'il avait fini par lui être une prison, il avait repris la route de l'Atlantique sur un autre bateau. Mais on a dit aussi qu'avant cela, un après-midi, Maria Ema avait habillé sa fille d'un petit tablier avec des broderies anglaises. On a dit que Walter voulait promener en carriole la fille de Maria Ema, mais que la famille Dias l'en avait empêché. On a déclaré que c'était un ouvrier agricole qui avait donné l'alarme et dit que Walter voulait l'emmener avec lui, serrée sur ses genoux. On a dit que Francisco Dias l'avait descendue lui-même des brancards alors que la carriole était déjà en marche. On a expliqué à grand renfort d'éloquence comment l'enfant fut arraché des brancards sur fond de hurlements de Francisco Dias : « Arrête, espèce de panier percé ! » qui retentissaient dans toute la campagne. Mais de cela je ne me souviens pas. Je me souviens seulement d'avoir été soulevée par Walter au moment de la photographie, quand nous rapprochions nos têtes l'une de l'autre, et sauf pour la différence d'âge et de taille, nous étions semblables.

Mais je ne pouvais pas le lui dire.

9

D'ailleurs, en cette nuit de pluie, il avait dit : « Ne crie pas, ne bouge pas ! » Elle continuait à rester collée au chevet du lit, même pendant que ses promesses dévalaient comme un torrent et qu'il voulait qu'elle réponde et dise que oui, elle était d'accord, mais elle ne disait mot, captivée par le mouvement des lèvres de Walter, entre lesquelles de temps en temps il plaçait une cigarette sans l'allumer. Alors il la prit par la main et la conduisit à la psyché dépareillée à l'autre bout de la chambre. « Viens, n'aie pas peur... » dit-il.

Le haut miroir était encastré entre les deux rangées de tiroirs d'un meuble Art-Nouveau qui n'allait pas avec l'armoire et le lit. Il était suspendu entre deux volutes perpendiculaires conçues pour que s'y reflète la lumière d'une lampe à pétrole. La psyché datait des années trente et était figée dans l'étrangeté de sa forme précisément pour que Walter Dias et elle s'y reflètent en cette nuit de pluie. Mais il était difficile d'éclairer les deux visages en même temps car la flamme fuyait, poussée par un vent coulis qui soufflait entre les tuiles. Alors il lui dit : « Regarde ce qui est là ! » Et s'approchant d'elle, il essaya de les faire rentrer tous deux dans l'encadrement de la glace. « Regarde, regarde ! » disait-il en élevant la voix. La nuit devenait dangereuse et sa fille se sentait coupable du risque que tous deux couraient. Mais le plus surprenant était qu'il parlait comme s'il n'avait pas conscience que cette scène se répétait. « Mon Dieu, comme nous nous ressemblons ! » disait Walter en tournant le verre de la lampe et oubliant la photo qu'il avait laissée à Maria Ema. Ou plutôt, c'était comme si Walter avait oublié tout ce qu'il lui avait laissé, car en plus des photos prises par la suite, et développées par Kodak, devant les plants d'agaves où leurs images étaient si petites qu'on eût dit des couvées mortes ou si indistinctes qu'on eût cru des groupes de fourmis, avant toutes ces photos-là il y avait eu l'unique, la vraie photographie. Et cette nuit-là, il semblait ne pas s'en souvenir. « Comme nous nous ressemblons ! » répétait-il.

C'était une photo couleur sépia, de la taille d'une carte postale, où l'enfant était sur les genoux de Walter, bien à l'abri entre les bras d'un fauteuil, mais Maria Ema cachait cette photo pour que personne ne sache où elle se trouvait. Elle la dissimulait dans la maison de Valmares et ne la faisait réapparaître entre la vaisselle de porcelaine et les plis du linge que de temps en temps, elle l'extrayait de derrière les peintures flamandes suspendues par du fil de fer près du plafond, inclinées vers le milieu de la salle, vers le centre de la table comme si elles s'apprêtaient à nous sauter dessus. Dans les années cinquante, elle cachait la photo au dos de ces tableaux. Elle changeait de tableau, elle changeait le tableau de place. Et le samedi après-midi, elle grimpait sur des chaises qu'elle empilait sur un escabeau pour faire émerger la photo du dos des tableaux obliques et montrer à sa fille qu'elle était assise sur les genoux de son oncle. « Ton oncle Walter Dias ! » disait Maria Ema. Et l'enfant était associé à ce secret, à ces cachettes où la photo devait disparaître, hors d'atteinte de la multitude environnante.

10

Toutefois, ce n'était pas les cachotteries et la dissimulation de Maria Ema qui comptaient cette nuit-là, mais bien l'existence d'une photo où le soldat Walter n'était plus en habit de soldat, mais en costume de lin, et où l'enfant était tout contre lui, dans ses bras, face à un appareil posé sur son trépied, semblable à un ventre d'échassier, tous deux regardant un point fixe avec les mêmes yeux clairs. Des yeux d'ange, pour ceux qui les aimaient, des yeux de chat, diraient les personnes hostiles. Adelina Dias écrirait par la suite que c'était le regard d'un guépard. Mais ces transfigurations personnelles étaient sans conséquence. Peu importait que ces yeux fussent ceux d'une espèce animale ou angélique. Les anges auraient toujours la nostalgie de la nuit où ils avaient été des bêtes et les bêtes rêveront toujours du jour fulgurant où elles auront chassé la création entière faite d'anges. Cette double nostalgie était sans remède. Ce qui importait c'était que leur regard indéfinissable convergeât vers une même direction. Et pendant les années qui précédèrent la visite de Walter en cette nuit de pluie, elle avait toujours imaginé le corps de Walter près du sien, le visage de Walter appuyé contre le sien, et que l'espace d'un court instant, celui de la photo, elle serait enveloppée de son odeur d'homme et elle le contaminerait de son haleine aigre d'enfant. Voilà ce qu'elle voulait dire à Walter Dias en cette nuit dense où quelque chose d'essentiel se répétait devant le miroir, mais elle ne trouvait pas les mots, elle n'avait pas le temps, elle ne pouvait pas. Lui, lampe levée devant la gabardine mouillée, et elle, à côté de lui, entortillée dans la courtepointe, étaient unis.

« S'il te plaît, regarde ce qui est devant nous ! » disait-il, joignant leurs têtes devant le miroir. L'eau qui glissait le long des tuiles et qui tombait sur le pavé de la cour permettait cette rencontre. Et ce qui s'était passé douze ans plus tôt, le jour de la photographie, se répétait. Oui, elle savait très bien qui était devant eux.

Sur la photo aussi ils avaient ces mêmes cheveux crêpelés et leurs têtes étaient unies. Elle ne savait pas comment ils étaient entrés chez le photographe Matos, ni comment ils étaient arrivés à Faro, elle n'était pas non plus capable de reconstituer la route que la carriole avait prise ni la ligne de chemin de fer qui traversait la campagne. Elle avait juste une image de la gare avec son mur en damier, ses grands hêtres, et le halètement du train quand il s'était mis en branle, les explosions de vapeur contre le paysage brûlant. Pour le reste, elle ne savait pas comment ils étaient arrivés là ni comment ils s'en étaient retournés, comment ils avaient échappé à la vigilance de Francisco Dias et de ses innombrables fils. Elle supposait que Maria Ema était venue, elle aussi, qu'elle les avait accompagnés, qu'ils s'étaient enfuis tous les trois dans la carriole le long d'un chemin étroit bordé de blés mûrs. Après, seulement, ils auront pris le train. Mais tout cela n'avait pas d'intérêt devant le miroir encastré dans ce meuble. L'important était que tous les trois avaient été ensemble durant toute une journée, en 1951. Ce n'était donc pas l'appareil que tous deux regardaient, mais la personne qui les accompagnait, Maria Ema Baptista, qui se tenait à côté de l'appareil recouvert d'un drap noir derrière lequel le photographe attendait de tous deux une prouesse qui ne serait jamais qu'une image. Mais elle ne savait pas si elle gardait le souvenir de l'instant ou si l'instant était une invention créée à partir de l'image. Elle savait qu'elle conservait le souvenir du contact de la joue de Walter au moment où il la soulevait dans ses bras et où l'appareil prenait le premier cliché. Tous deux enlacés sous un resplendissement fugitif, sous un semblant de coup frappé à la porte d'une éternité instantanée. Même si cet éclair était une tempête, ils avaient l'assurance de rester unis. Et c'était cela qu'elle voulait lui dire en cette nuit de pluie où une partie de la photographie se répétait dans le miroir, mais elle ne le pouvait pas.

Cette nuit-là, pourtant, pour que Walter puisse détacher les yeux du sol et se promener à sa guise dans cette chambre comme sur un quai en toute liberté, il faut dire que c'est cette image qui la protégea, et qui la protégea encore quand elle dut affronter par la suite le chien enragé et le portail fermé, l'énigme des mathématiques, l'obscurité de la maison, l'intimité des hommes, l'interprétation de *L'Iliade*. Quand elle fut appelée de l'autre rive de la nuit, sans être attendue par quiconque, elle s'avança vers l'appel. Elle prit ce risque, elle défia cette faille creusée sur les escarpements du néant. Cette image la protégea, la photographie de Walter montrée à la hâte entre des almanachs et des soupières, enveloppée dans du papier brun, cachée au fond d'une boîte ou au dos d'un tableau. Après, longtemps après, elle se souvenait de l'avoir vue parmi les couverts en métal argenté, à une époque où Custódio Dias savait déjà que Walter ne reviendrait plus jamais. Les Américains couraient déjà vers la lune, elle devait déjà avoir vingt ans, elle dormait déjà à poings fermés dans d'étranges lits, banquettes de voiture ou dunes de sable. Bref, elle était devenue la fille légitime du soldat Walter. Mais cela se passa très longtemps après la nuit de la pluie.

11

« Tu es gelée ! » dit-il en la reconduisant et en la posant au milieu du lit, enveloppée dans la courtepointe. « Maintenant, parle-moi de toi. Que fais-tu ? »

Et Walter, illuminé par la lampe qu'il ne lâchait pas, se dirigea vers la table et lui demanda si elle était douée pour le dessin. Il feuilleta ses cahiers, renversa ses piles de livres, se tourna vers elle et lui dit d'un air satisfait : « Au moins ton écriture ressemble à la mienne ! » Puis il s'approcha de la penderie et l'ouvrit, il regarda, passa lentement la main sur les vêtements de la fille à peine éclairés par la lumière de la lampe. Elle fixait sa silhouette dans la gabardine claire qu'elle savait mouillée par la pluie et qu'il n'enlèverait pas, ce qu'elle aurait voulu qu'il fasse, ne serait-ce qu'un instant, pour se débarrasser du sentiment qu'il était encore en voyage alors qu'il était près d'elle, mais elle était incapable de lui demander quoi que ce soit. Il referma la penderie bien plus bruyamment qu'il n'aurait dû, car à ce moment-là il pleuvait moins fort et les pas pouvaient s'entendre. D'ailleurs, quand il s'éloigna de l'armoire, il semblait avoir les yeux blancs et elle eut l'impression qu'il était prêt à assumer ses longues enjambées. L'espace d'un instant, elle crut qu'il était décidé à faire un vacarme de tempête, un geste de rupture, un bruit qui réveillerait les endormis et ferait sortir de leur lit les occupants de la chambre du ponant, leurs enfants, leur grand-père Francisco Dias, et aussi Alexandrina et Blé, l'ancien intendant des moissons, et aussi les trois mules et les quelques poules et lapins restants qui sortiraient du poulailler et des clapiers et qui arriveraient tous si Walter assumait ses pas. Ce serait terrible, trop terrible, et elle enfouit son visage dans ses mains pour que cela n'arrive pas. Mais il s'approcha, s'assit au pied du lit. Ses yeux avaient repris leur couleur habituelle, mais ses paupières étaient rouges et cette rougeur s'étendit à son visage. « Du calme, nous avons encore du temps ! Là-bas, tu auras une armoire rien que pour tes vêtements, des vêtements différents, chauds, pour lutter contre tout ce froid... Tu verras les jeunes filles jouer avec la neige en allant à l'université, un bonnet de fourrure enfoncé jusqu'au nez qui leur cache même les yeux... » dit-il et de nouveau il souriait.

Mais ce n'était pas vrai, nous n'avions plus de temps.

D'ailleurs, il agita la lampe au ventre rond et il le comprit lui-même, il comprit que bientôt il remettrait ses chaussures et descendrait l'escalier, disparaissant comme une ombre qui n'était jamais venue. « Mais je ne t'ai encore rien donné... »

répéta-t-il en essayant de poser la lampe sans bruit sur la table de chevet.

La lumière était retournée à sa place. La fille aussi était retournée à sa place, adossée au chevet du lit. A cet instant, elle voulut lui dire : « Attendez ! » Mais elle n'y parvint pas. Peut-être parce que cela lui paraissait simple, facile à énumérer, elle voulut lui réciter le contenu de l'héritage le plus palpable qu'il lui avait laissé, elle voulut lui dire qu'elle avait grandi jusqu'à quinze ans en compagnie de son fourniment de soldat. Car alors il comprendrait. Il fallait expliquer à Walter Dias, avant qu'il ne descende l'escalier humide, qu'un tas de chiffons et d'œillets de ceinture pouvait incarner la personne qui les avait portés et que cette personne pouvait rester dans la maison, tenir compagnie et protéger jusqu'à ce qu'une force ou quelqu'un les fasse disparaître, mais même alors il en serait resté un élément essentiel. Si bien qu'il pourrait entrer, rire, s'asseoir où il voudrait, sans rien devoir lui offrir. Au contraire, c'était elle qui était sa débitrice.

12

Il y avait pourtant une chose qu'il fallait lui dire de toute urgence, avant que la rencontre ne devienne insoutenable : l'uniforme était enfermé dans l'armoire de la chambre où elle dormait. La géographie du tumulte et du hasard avait fini par l'installer dans la bonne chambre, celle qui était grande comme un salon et où l'armoire dansait sur le mur du fond. Et elle aurait énuméré, pièce après pièce, le havresac, les bottes, les jambières, l'uniforme, la capote, le calot, la gourde, le mouchoir et le ceinturon, tout ce qui avait suffi pour que Walter puisse être tout entier dans l'armoire. L'uniforme surtout et le calot étaient restés pendus dans l'obscurité, telle une personne qui nuit et jour attend une visite. La fille dormait à quelques mètres de l'uniforme, qui était caché à la vue par une porte opaque. Mais la fille savait où était la clé et à quoi elle servait. Elle la glissait dans la fente, elle la tournait et le corps du soldat apparaissait. Elle avait calculé que sa taille à elle ne dépassait pas la longueur de la manche de la capote. Elle se faufilait dans l'armoire pour se mesurer à la manche. Comme je l'ai dit, la fille allait voir ces possessions suspendues, jusqu'au jour où, sans qu'on sache pourquoi, elles furent investies par les mites. Les mites y avaient soudain installé leurs quartiers, telle une colonie vorace, elles les avaient mises en pièces et quand Alexandrina comprit que ces insectes y faisaient leur nid d'où sortait une progéniture destinée aux vêtements de la maison toute entière, capote, uniforme et calot furent sortis dans la cour et enterrés sous le néflier comme s'ils étaient les preuves matérielles d'un crime. « Il faut nous enfouir ça bien profond ! » disait Alexandrina pour que Blé creuse encore plus, comme si l'uniforme était une bête de chair qui pouvait pourrir. Maria Ema était là et elle les avait laissés jeter de la terre sur l'uniforme. Longtemps, la fille avait entendu les pelletées de terre s'abattre sur l'étoffe, sur le corps d'étoffe, sans que Maria Ema eût prononcé un seul mot. Puis le reste de l'héritage que Walter lui avait légué fut emporté en une seule brassée.

Attendez ! Voulait-elle lui dire.

Pendant des années, ils avaient laissé le temps décolorer, user, transformer tous ces objets en fragments et morceaux éparpillés sur le sol, assimilés à lui, de la même couleur et de la même substance que lui. Mais elle voulait lui dire qu'il y avait des objets qui ne disparaissaient pas, qui n'avaient ni poids ni matière, mais qui se métamorphosaient en souvenirs. Ils se transformaient en fluide immatériel, ils entraient et sortaient du corps immatériel des gens, ils se fondaient avec la circulation du sang et pénétraient dans les cavernes de la mémoire pour s'y loger tout au fond de la vie, ils demeuraient près d'elle, et cette nuit-là il aurait suffi d'approcher la lampe à pétrole du corps de la fille en chemise de nuit et enveloppée dans la courtepointe pour voir que ces objets habitaient dans sa tête. Silencieusement, sans trouver les mots pour le dire, elle avait thésaurisé les objets qui avaient constitué son héritage, elles les avait conservés entiers, intacts, comme des scarabées à l'intérieur d'une pyramide. Si Walter avait approché la lampe de son front, il aurait vu qu'elle avait gardé intégralement les guêtres noires, la gourde en émail, le mouchoir blanc, le havresac brun, l'uniforme de flanelle grise, la grande capote en laine avec sa longue manche. Voilà ce qu'elle aurait voulu lui dire.

Elle aurait dû dire à Walter, qui tantôt posait la lampe sur la table de chevet, tantôt l'empoignait et l'élevait vers son front, comme s'il voulait voir de très près ou alors mettre le feu à ce qu'il voyait, qu'elle n'avait pas assisté à la dilapidation de cette partie de son héritage avec indifférence, mais avec l'impuissance de ceux qui savent que la terre est le lit avide de cela même qu'elle engendre. L'enfant le sait déjà en son âge le plus tendre, il sait tout de la mort et de la vie. Plus tard, il oublie. Elle l'avait su depuis que le havresac de Walter avait commencé à se confondre avec les herbes près du mur à l'autre bout de la propriété, et ce savoir transmis par les objets de Walter l'attachait à un autre humus dont elle ignorait la couleur, mais dont elle savait qu'il l'attendrait comme une bonne terre paisible qui devait offrir un repos extraordinaire. Elle savait cela grâce aux objets dispersés de Walter. Et elle voulait le lui dire, pour qu'il arrête de lui faire des promesses de dépenses, d'économies et d'investissements, de gloires faites de toques ornées de glands et de chapeaux comme sur les hiboux représentant la sagesse, des promesses de professions libérales dans des mondes libres, et elle ne parvenait pas à remuer la langue, à prononcer le moindre mot, elle qui avait attiré Walter ici par la seule force de sa pensée. Maintenant la pluie était douce, elle tombait paisiblement après l'averse cinglante. Walter examina la lampe comme si elle était devenue dangereuse.

« Tu entends ? » demanda-t-il en baissant la mèche jusqu'au seuil de la lueur.

13

On entendait la porte de la chambre du ponant se fermer. On entendait un bruit de pas asymétriques venir du fond. Lents, inimitables, comme deux ailes se traînant sur le sol, une plus volumineuse que l'autre, plus velue, plus cramponnée à la terre, l'autre dans l'air, plus courte, plus légère, rythmée, rouage d'horloge, de petit mécanisme, de réveil-matin. Ainsi s'avançaient ces pas, avec régularité. Leur progression s'arrêtait au ras du palier. Et la voix alarmée : « Il y a quelqu'un, là-haut ? » Les pas montaient à présent, une marche, puis une autre, les deux pieds sur la même marche. Et aussitôt la lumière de la lampe de poche qui balaie le sol sous la porte, puis ce long instant pendant lequel la flamme de la lampe avait été masquée par les mains de Walter, et cette éternité de l'incertitude, jusqu'au moment où Custódio avait commencé à descendre, descendre, de son pas lent, puissant, asymétrique, régulier, en bas de l'escalier, le long du couloir, toc, tac, jusqu'à la chambre du ponant. Oui, c'était là que dormait Maria Ema. Et enveloppée dans la courtepointe collante d'humidité, collante de la combustion du pétrole et collante aussi de la conscience de sa volonté, qui avait tout manigancé, la fille de Walter Dias pensa à l'objet qu'elle cachait sous le matelas. Bien qu'elle ne sût qu'en faire, ni sur qui le braquer, elle trouva qu'elle devrait le montrer à Walter pour qu'il comprenne qu'il pouvait partir en paix, disparaître à son tour dans le couloir, tranquillement, car avec elle rien ne serait jamais perdu, elle avait toujours une protection qui l'accompagnait partout et elle n'avait donc pas besoin de sa présence, ni de ses promesses, ni qu'il prenne des risques et, à cette pensée, comme somnambule, elle glissa la tête et le corps entre les matelas et en retira un objet de métal sombre qu'elle plaça devant la lampe de Walter.

Et comme Walter Dias avait de nouveau élevé la flamme et regardait avec surprise l'objet brandi par sa fille, il était normal que l'espace d'un instant il eût cru qu'elle le braquait sur lui, car il s'agissait d'un revolver. Le revolver Smith.

Mais ce n'était pas vrai, elle ne le braquait pas sur lui.

Elle voulait juste lui dire qu'il pouvait partir en paix avec sa conscience et sa vie, rien de plus. Et pour qu'il voie qu'elle était protégée, elle ouvrit le barillet de l'arme et se mit à introduire des objets de métal dans les logements du cylindre, même si ce geste répétitif lui donnait le sentiment d'être ridicule et stupide, peut-être même pathétique, comme dans une scène de film avec Dany Kaye. A cet instant Walter saisit le poignet de sa fille pour lui prendre l'arme. « Donne-moi ça. Sois raisonnable ! » disait-il, d'une voix beaucoup plus haute qu'il n'aurait dû, la flamme de la lampe, verdie par la combustion de la bourre, était elle aussi beaucoup plus haute qu'elle n'aurait dû, étant donné qu'une personne au moins, un homme qui boitait, semblait ne pas dormir dans cette maison. Elle ne cessait d'appuyer sur la détente et de la relâcher, pour qu'il comprenne qu'elle n'avait peur de rien ni de personne, car cette nuit-là elle réussit en même temps à naître et à s'en aller, comme *l'éphémère* décrit dans le livre de zoologie, chapitre des insectes, famille des archiptères. Jusqu'au moment où lui-même baissa le bras.

« Mon Dieu, que t'avons-nous fait ! » dit-il, calmé, le regard plus sombre. Mais, peut-être en raison de la détermination de sa fille ou parce que des filets d'eau commençaient à se frayer un passage entre les tuiles et à tomber bruyamment dans la pièce, et que donc le rideau de protection risquait de disparaître, Walter Dias dit : « Du calme ! Restons très calmes. Une fois loin d'ici, tout s'arrangera. Remets-moi ça à sa place. Allez, viens ! » Et il la coucha, la couvrit avec la couverture, lui caressa les cheveux pour la première fois, la seule et la dernière fois de sa vie. Puis il ôta ses souliers, éteignit la mèche et commença à descendre. Il lui avait rendu une visite clandestine comme elle l'avait imaginé, comme elle l'avait voulu, comme cela arrivait dans le film qu'elle avait tourné elle-même, à l'insu de tous, pour ne blesser ni tuer personne. Attendez ! Voulut-elle lui dire une dernière fois.

Walter Dias pouvait descendre en paix, comme une ombre cousue au mur. Maintenant, délibérément, il lui permettait de garder le revolver. En 1951 il l'avait oublié avant d'embarquer sur le *High-Monarch* et le revolver était devenu l'objet le plus important de tous. Et pendant toutes ces années personne ne l'avait vu, bien que certains l'eussent touché, et le revolver faisait partie des lieux et des objets invisibles de la maison. Personne n'en parlait, personne, sauf la fille de Walter, ne semblait lui accorder d'importance.

Oui, déjà à cette époque il y avait à Valmares des chambres habitées uniquement par des meubles si hauts et si sombres qu'ils semblaient venir d'une autre planète. Dans une maison conçue dès le départ pour y loger une famille nombreuse, il n'y avait pas de lits à une personne. On passait du berceau orné d'un nuage d'organdi à des lits qui ressemblaient à des ponts de navire où les enfants étaient assaillis de rêves terrifiants. Les enfants rêvaient de chutes éperdues, ils étaient comme suspendus entre air et eau, entre une autre mer et une autre terre, personne ne venait à leur secours et ils hurlaient car ils savaient que quelqu'un pourrait les sauver et les recueillir. Ils hurlaient pour qu'on les entende. Mais elle n'avait pas besoin de crier ni d'appeler car elle avait toujours eu un lieu où se réfugier et un objet pour la protéger. Elle savait que cet objet se trouvait entre la paillasse et le matelas de laine. L'objet était le revolver Smith qui avait appartenu au soldat Walter. La fille de Walter se recroquevillait, se dressait, s'asseyait sur le revolver, affrontant le noir, à l'abri de la terreur du noir qui rôdait autour d'elle.

14

Car le noir était un être.

Le noir se levait au-dessus de la ligne de chemin de fer, avançait, la cernait de loin, approchait, l'encerclait, s'enroulait autour de son corps comme un loup qui tourne autour de sa proie, il exhalait son haleine fétide de loup contre le corps de la fille de Walter. Et la fille couchée au milieu du lit, ce même lit, au milieu de l'immense nuit qui recouvrait les confins de la mer, était paralysée, elle attendait que le noir ouvre la bouche, qu'il la lèche avec sa langue pestilentielle et qu'il la dévore par le front. Recroquevillée au milieu du lit, la fille de Walter offrait son front, mais elle l'offrait pour savoir si l'arme de Walter Dias pouvait tirer ou non sur l'immonde pouvoir du noir. L'arme était sous son corps, elle en sentait le renflement entre la surface de la paillasse et le matelas de laine. La bête immonde voyait en rayons X, elle savait que là se trouvait la force, le pouvoir d'extermination du noir et du mal, et la bête répugnante de la nuit qui rendait visite à la fille de Walter savait que si elle lui touchait le front, elle serait exterminée par le revolver de son père. Alors, d'un bond, la fille de Walter s'asseyait sur le lit, au milieu du noir, et le revolver de métal lourd agissait tout seul. Le revolver mettait en joue la bête qui tournait en rond, qui traversait les murs de la maison rongée par le salpêtre et s'enfuyait au loin dans le mugissement hallucinant du silence, là-bas, très loin, près des vagues pâles sur la grève. La fille se lovait au-dessus de l'arme, s'enroulait comme un écheveau, petite chienne de garde cramponnée à la force que le soldat Walter avait laissée là étourdiment. Attendez ! Elle savait et voulait le lui dire.

Lui dire qu'en ce temps-là la maison de Francisco Dias était très peuplée. Qu'y travaillaient sans relâche six fils et trois belles-filles, une fille et un gendre, trois petits-enfants, la fille de Maria Ema et de Custódio et leurs deux premiers fils. Il y avait une servante, son homme, leurs enfants, et cinq ou six journaliers qui se présentaient à la porte à l'aube et qui étaient renvoyés s'ils ne s'y présentaient pas. Que tôt le matin, ces années-là, on vivait dans le tumulte de la distribution des tâches, des vivres, des rations et du foin, au milieu des allées et venues des hommes qui s'entremêlaient aux mouvements des bêtes et de leurs exigences, ces bêtes semblables aux humains par leurs bouderies, leurs fugues, leurs départs intempestifs en tous sens, et à ce moment-là les fils de Francisco Dias pestaient contre les bêtes et se disputaient. Mais en dehors de ces altercations, les frères étaient silencieux, prêts à se disperser, même si pour Francisco Dias ils formaient une famille unie comme aucune autre. Le propriétaire de Valmares pensait que son domaine était une entreprise solide, une unité de production calquée sur le modèle d'un Etat, il la gérait comme un gouvernement avisé dirige un Etat. Au nom de la parcimonie, de l'épargne, de la productivité, au nom de l'avenir, un avenir sérieux, chiche, uni et indivisible, qu'un seul frère, Walter, avait quitté.

L'unité de production dirigée par Francisco Dias se réveillait deux heures avant le point du jour. Comme dans un empire où les oreilles de l'empereur sont partout et où son énergie est portée par les airs, la maison se réveillait quand Francisco Dias s'éveillait. « Levez-vous ! » braillait-il en bras de chemise, se lavant la figure dans la cour sombre et faisant tinter sur le pavé la bassine de cuivre pour que le bruit se propage jusqu'à la dernière soupente, marchant dans la maison à grandes enjambées dans ses bottes cloutées. Au même moment, les coqs se mettaient à chanter, le travail avait commencé. Dans le vestibule, en face de la mappemonde, il y avait une affiche avec un coq au bec ouvert d'où sortait une aurore radieuse. Tout ce qui pouvait se réveiller devait se réveiller dans les aubes de l'hiver 1951.

15

La fille de Walter elle aussi se réveillait avec la maison, mais son travail était différent.

Pieds nus, elle sautait par terre, introduisait la tête et le corps entre les matelas, avançait à quatre pattes, se faufilait, s'étirait, dénichait l'arme. La saisissait. L'arme était enveloppée d'une étoffe tachée par la rouille et à côté d'elle il y avait trois objets jaunes, lourds, trois glands en métal, trois pendentifs couleur d'or qu'elle examinait. C'était trois balles. Elle plaçait l'arme d'un côté, les glands de l'autre, pendant que les bruits augmentaient dans la maison. Elle les disposait en rond, sur une ligne droite, en un jeu de deux et de un, les pointes vers l'intérieur ou vers l'extérieur, les trois ensemble. Elle prenait l'arme, qui même à deux mains était lourde, volume inviolable, sans entrée ni sortie. Jusqu'au jour où il cesserait d'être inviolable. Soudain quelque chose bougeait sur l'arme, se dissociait du dos de l'arme, l'arme avait des oreilles, une queue, une bouche, l'arme s'ouvrait, se fermait. Dans la partie renflée de l'arme il y avait quatre orifices où les trois balles s'inséraient. Une à une, la fille de Walter les introduisait dedans. Pour les en retirer, il fallait que les glands parcourent le chemin inverse, elle ne voulait pas qu'ils restent à l'intérieur. Un beau matin ils y restèrent. Cela n'avait pas d'importance. Si l'engrenage tournait, il devrait être possible de les faire sortir par la bouche, mais si un gland sortait par la bouche ce serait un coup de feu, semblable au tir de plombs qui tuait la perdrix, blessait la vieille chienne ou le voleur de grand chemin. C'est à cela que servait une arme. Sinon la bête puissante de l'obscurité nocturne ne serait pas effrayée par l'arme quand elle la découvrirait enterrée dans le lit. Alors elle devrait appuyer sur la petite barre devant une surface quelconque. Le mur de la chambre ne semblait pas très indiqué pour un acte qui exigeait de la place. Mais elle pourrait descendre au rez-de-chaussée et brandir l'arme devant quelqu'un.

Devant qui ? En ces aubes froides de 1954 la fille de Walter choisissait Maria Ema. Encore en robe de chambre au milieu du couloir, Maria Ema recevrait la balle à l'endroit où les deux pans du vêtement s'entrebâillaient, juste à la naissance des seins. Couverte de sang comme la vieille chienne et la perdrix, Maria Ema se mettrait à crier en ouvrant sa robe de chambre. Ses cris seraient suivis de ceux de Custódio, Joaquim Dias, Manuel Dias et leur femme, des trois autres Dias, de Francisco

Dias et des ouvriers agricoles, encore dans la cour à cette heure, et tous se précipiteraient sur la fille de Walter pour la punir, pendant que Maria Ema se levait de son siège, indemne, inviolable et inaccessible, enveloppée dans sa robe de chambre grise avec de grandes roses jaunes. Immortelle comme dans les dessins animés.

Alors, assise sur son lit, la fille de Walter tournait l'arme contre Custódio Dias qui claudiquait vers les bêtes qu'il attelait aux charrettes. Elle l'atteignait au moment où elle l'entendait s'affairer dehors, traînant après lui cette asymétrie régulière qui le différenciait des six frères qui trimaient dans la cour. Et à lui non plus il n'arrivait rien. Du lit où elle se trouvait elle entendait une détonation, elle voyait le filet de sang, elle apercevait Custódio étendu à terre dans la cour, tous se précipitaient à son secours, il était sauvé et parmi tous ces hommes qui traînaient des araires et des fourches dehors, des voix identifiaient la fille de Walter. Alors tous la regardaient et la désignaient de leurs aiguillons, de leurs fourches, de leurs pieux, tandis que Custódio était sain et sauf, imperturbable, entouré de ses sauveurs. Il en serait de même pour ses frères à elle qui dormaient tout le temps. Elle pouvait se poster à côté de leur berceau et envoyer des glands de métal dans leur ventre blanc. Leurs couches deviendraient rouges comme du jus de grenade, comme le pan de drapeau qui se déployait à côté du coq sur l'affiche ou comme ses propres bobos quand elle tombait. Ses frères seraient réduits en bouillie par ses glands en or. Et pourtant, avant même d'être blessés, ils étaient protégés par une foule de gens qui ne s'aimaient pas, mais qui s'unissaient en présence du moindre danger et donc personne ne pouvait les atteindre, ni les faire souffrir, ni les tuer. Pensait-elle.

Mais si la fille de Walter retournait l'arme contre elle-même, contre sa poitrine et son propre ventre, personne ne viendrait. Personne n'accourrait pour la relever, d'ailleurs ce ne serait même pas nécessaire. Pour elle ça ne ferait pas mal, il n'y aurait pas de sang. Pour elle le bouton doré sortant par la bouche du revolver éclaterait dans sa tête comme un œillet éclôt, sans bruit, couleur de feu, mais sans feu. Couchée, roulée en boule, la fille de Walter continuerait à dormir, consciente que la vie laborieuse se poursuivait à ras de terre. Personne ne monterait, personne ne se soucierait d'elle, elle serait dans un abandon total et merveilleux. Personne ne se souviendrait de la fille de Walter. Calme, éternelle, suave et douce comme la mer d'urine qui se répandait sur le matelas. Elle resterait là à tout jamais, couchée sur le flanc, dans la vague chaude et humide du lit, protégée par la quiétude de cette grande chambre, longtemps, très longtemps. Toutefois, à mesure que la flaque refroidissait, elle expulsait la fille qui savait déjà que rien n'était durable dans la vie, pas même un bien-être solitaire à l'aube. Elle secouait convulsivement l'arme hors du drap. Elle continuait à penser que chaque balle entrée dans l'arme devrait aussi en sortir. La flaque lui entrait dans le corps, elle avait froid. Assise à côté de la centième flaque, elle secouait l'arme de toute la force de son âme. Jour après jour, elle rangeait entre les matelas l'arme qu'elle n'arrivait pas à décharger. Mais un jour, alors qu'elle ne s'y attendait plus, le revolver s'ouvrit et exhiba à l'intérieur de son ventre de métal le nid où les balles étaient enfouies. L'une après l'autre, elle les en extirpa. Dans cette chambre. Un matin d'hiver en 1955. Elle voulait le lui dire.

16

Elle pensait à Maria Ema, à Custódio Dias, à Francisco Dias. Savaient-ils qu'elle dormait sur un revolver ? Que cette arme demeurait cachée, jour et nuit, à l'intérieur de son lit ? Oui, ils devaient le savoir, mais apparemment personne ne s'était intéressé au revolver. On l'avait peut-être laissé là en manière d'offrande, de suggestion ou de défi, pour que la fille de Walter se trouve en danger ou que tous s'y trouvent ensemble, pour que se produisent une erreur, une disparition, un changement inattendu et fulgurant. On avait laissé le revolver de Walter

Dias sous son corps pour que tous soient en danger et pour répondre au désir irrépressible de tragédie qui existe dans chaque famille. Comme si la tension qui ne cessait de grandir exigeait un détonateur. C'était évident. Elles avaient été si nombreuses à faire le lit, à secouer les draps. La laine du matelas avait été changée si souvent, la paillasse retournée. Alexandrina, Maria Ema, Adelina Dias et les belles-sœurs étaient toutes au courant de l'existence du revolver et des balles. Pourquoi personne ne voyait-il donc ce revolver et ces balles ?

Et donc, la nuit où Walter lui rendit visite, les balles et le revolver étaient rangés. Il voulut lui retirer l'arme qu'elle détenait, en cette nuit de pluie il voulut prendre l'arme avec lui, mais elle sentait que s'il emportait cet objet, Walter en partant pourrait disparaître complètement. Il lui dit de nouveau : « Aie un peu de bon sens ! Sois raisonnable ! » Mais non, elle ne pouvait pas lui rendre l'arme. La lui rendre reviendrait à briser le fragile anneau qui raccrochait son être. Elle aurait pu lui rendre l'album des oiseaux, la photographie sépia, l'image de la table à son retour des Indes et son fourniment de soldat, mais pas le revolver. Cet objet faisait partie de son héritage le plus cher, elle ne pouvait donc pas le donner, pas même à Walter.

17

Bien entendu, elle n'aurait pas réussi à l'expliciter ainsi, ce qu'elle aurait voulu faire quand les pas de Custódio avaient disparu dans la chambre du ponant. Walter Dias comprit enfin que sa fille ne pourrait pas se séparer du revolver dont lui-même s'était servi, qu'il avait même oublié et sur lequel par une coïncidence elle dormait depuis qu'elle était toute petite. Alors il lui dit qu'elle pouvait garder l'arme aussi longtemps qu'elle le voudrait. Il le lui dit pour que la nuit se termine dans la paix et la nuit se termina dans la paix. « Tu peux le garder même là-bas, en Ontario. Même quand je t'aurai donné ce que je t'ai dit. Un voyage en avion jusqu'à La Guardia et une promenade dans un bateau qui glissera lentement sur l'Hudson devant la statue de la Liberté. Mais d'abord nous ferons un tour dans la région de Muskoke pour que tu entendes le rire du plongeon arctique. Ah ! les éclats de rire de cet oiseau t'amuseront beaucoup... Bien sûr que tu peux garder cet objet aussi longtemps que tu voudras... » Oui, elle pouvait conserver l'arme, Walter comprenait, il comprenait tout en cette nuit de pluie. Il lui répétait que ç'avait été grand dommage de l'avoir troquée pour les Indes. De l'avoir troquée pour les paons de mer, pour les oiseaux migrateurs, pour l'absence d'oiseaux pendant les grandes traversées, pour les vagues couleur d'or, pour le sillage d'écume derrière le navire. On lui avait promis qu'il irait par le canal de Suez et qu'il reviendrait par le Cap. Et que là-bas il pourrait naviguer entre Mormugaõ et Karachi, on lui avait promis plus, bien plus encore. C'était contre ces voyages-là qu'il l'avait troquée, comme s'il n'y avait pas d'autres destinations ni d'autres mers. Par la suite il l'avait regretté. « Que t'ont-ils dit de tout ça ? »

Il se faisait tard. Il allait redescendre tranquillement, chaussures à la main, enveloppé de sa gabardine humide, comme elle le voulait, comme elle le lui demandait sans le dire. Mais d'abord Walter Dias lui caressa le visage et la borda dans le lit, comme je l'ai dit. Ensuite il ôta le verre de la lampe et souffla la flamme.

18

Mais cette nuit-ci il s'arrête sur le seuil et n'entre pas, il ne se déchausse pas, ne ferme pas la porte derrière lui, ne s'approche pas de la lampe, comme s'il ne voulait pas qu'on voie son visage ou comme s'il revenait demander pardon, sans raison. D'ailleurs il n'y eut jamais de raison. Comme si le hasard avait voulu faire une démonstration, la couverture s'était promenée pendant dix mois, de poste en poste, jusqu'à arriver aujourd'hui même à S. Sebastião de Valmares. Au début, il fut difficile de comprendre comment un colis dont les adresses de l'expéditeur et du destinataire étaient couvertes de taches et entourées de messages, dont certains inintelligibles, avait pu arriver à destination. Maria Ema appela Custódio Dias et ils se mirent tous deux à examiner le colis, puis elle lui tendit les ciseaux à poisson et ils ouvrirent le paquet. Après seulement ils en remirent le contenu à la fille de Walter. Alors la couverture fut dépliée et étalée par terre et la fille de Walter souhaita qu'il revienne lui rendre visite pour pouvoir lui dire qu'elle avait hérité de la nuit de la pluie avec tout ce qu'elle contenait, et que par conséquent il était injuste que Walter eût écrit sur une carte une phrase d'une telle ironie sur lui-même. *Je laisse à ma nièce pour seul héritage cette couverture de soldat.* Et maintenant il vient lentement, il ne lui adresse pas la parole, il ne lui parle pas, elle ne sait pas pourquoi.

D'ailleurs, même s'il n'y avait pas eu la nuit de 1963, la fille de Walter aurait toujours disposé de tout le nécessaire pour se bâtir un héritage impressionnant. L'image qu'elle s'était faite de la personne de Walter constituait cet héritage. Quand il avait commencé à se déchausser près du palier, elle le connaissait déjà, et tout ce qu'elle savait de lui était bon, même si elle n'avait pas réussi à le dire, puisque pendant leur rencontre elle n'avait pas prononcé un seul mot, malgré l'insistance de Walter. « Parle, dis quelque chose, même si c'est désagréable... » avait-il dit enfin en la couvrant avec le drap et en lui caressant la tête où elle avait emmagasiné le regard de guépard de Walter. La tête où elle avait entreposé son héritage. La nuit de la pluie, elle savait déjà que la vie n'appartient pas seulement à qui la détient mais aussi à qui la raconte. Et que la vie de Walter n'appartenait pas seulement à lui, mais à beaucoup d'autres puisque à Valmares tous l'imaginaient et racontaient ce qu'ils imaginaient. Walter existait aussi dans les autres, chacun en possédait un morceau, un morceau dont ils parlaient volontiers, comme si Walter leur appartenait tout entier. Les Dias en faisaient leur pain de communion, ils se nourrissaient de sa vie comme on déguste un dessert froid et sucré. Elle savait depuis des années que Walter, quand il était encore enfant, s'était approprié la vieille carriole qui avait appartenu à Joaquina Glória et qu'il l'avait réparée et repeinte lui-même. Il y attelait une jument claire et galopait dangereusement sur les routes, pendant que ses frères trimaient de l'aube au crépuscule. Peu à peu elle avait appris que Francisco Dias avait beau multiplier les menaces et les privations, Walter ne travaillait pas. Que depuis l'âge de onze ans il refusait d'aider, il dormait toute la matinée, s'écartait des chemins habituels, coupait à travers les champs de céréales où il se perdait. Francisco Dias, les frères Dias, sa sœur Adelina, son beau-frère, ses belles-sœurs, les fiancées de ses frères, l'intendant des moissons Blé et sa femme Alexandrina qui habitaient dans la maison derrière, les ouvriers agricoles qui venaient, partaient ou restaient après le coucher du soleil dans les années cinquante, tous avaient quelque chose à raconter à propos de la vie de Walter. La fille, elle, s'enfermait seule à seule avec ces récits d'autrefois, elle les modifiait et les reconstruisait, la fille n'avait pas tous les mots mais elle savait. Et donc, même s'il n'y avait pas eu la nuit de la visite, cette image de Walter aurait constitué la partie principale de l'héritage. L'album des dessins, la manche de la capote ou le revolver n'auraient rien été sans l'existence de l'image de Walter. Elle le voyait se perdre entre les moissons, elle le voyait de la taille du blé, elle imaginait le jeune garçon écrasant les chaumes, courant en zigzag pour ne pas être rattrapé. Son imagination se déchaînait.

19

Mais un épisode intact dont elle avait hérité inaugurait tous les autres et était au cœur du film sur le retour des Indes qu'elle tournait depuis 1951, il était très précis et n'avait pas besoin d'être modifié ni complété. Il avait une existence propre et occupait une place à part dans l'espace. Walter avait douze ans et Francisco Dias avait dit : « Tu n'es pas supérieur aux autres. Attrape donc un panier toi aussi. » La tâche consistait à remplir le panier de fumier et à le tendre plein à ras bord au-dessus de la tête. João Dias, qui avait quatorze ans, Inácio quinze, Luís dix-sept, Manuel dix-neuf, étaient au fond de la fosse à fumier et ils remplissaient leurs paniers. Custódio qui avait vingt-trois ans et Joaquim vingt les saisissaient et les versaient dans des charrettes tirées par des mules. Ce travail de transvasement du fumier ne manquait pas de souiller les Dias, ceux d'en haut comme ceux du fond de la fosse. Walter regardait le fond et refusait d'y descendre. On le força à descendre. Dans un courant de soumission à une chose plus forte et plus impérieuse que la voix de Francisco Dias, tous obéissaient, remplissaient les paniers avec des fourches à manche court, les hissaient au bord de la fosse. Ils soulevaient le fumier en décomposition, fumant, gras, pourrissant, eux aussi salis de fumier comme si eux-mêmes étaient fumier et que cela leur était indifférent. Mais Walter, le plus jeune, qui était descendu dans la fosse à son corps défendant, n'empoignait pas l'outil et, contrairement à ses frères, ne bougeait pas. « Remue-toi ! Pourquoi ne fais-tu pas comme les autres ? » En entendant leur père crier, les autres se dépêchaient. Plus ils se dépêchaient, le nez dans le fumier, plus Walter se rapprochait de la paroi de la fosse avec l'intention de l'escalader.

Alors le père avait saisi lui-même une fourche pour l'empêcher de sortir du fond, pendant que Custódio et Joaquim chargeaient plus vite, toujours plus vite, et que les autres creusaient de plus en plus profond. Les mains plantées dans la paroi de fumier, Walter affrontait son père, criant d'une voix aiguë qui n'a pas encore mué. Un petit enfant aux cheveux de foin s'égosillait d'une voix stridente au milieu de la fosse, défiant son père. Puis un hurlement : « Seigneur Dieu, monsieur Francisco Dias, vous allez faire un malheur ! » aurait crié Alexandrina qui passait par là avec une bassine de linge propre. « Si la Joaquina Glória était encore de ce monde, ça ne se passerait pas comme ça ! » Et posant là sa cuvette, peut-être même sur le fumier, quitte à devoir relaver son linge, Alexandrina avait réussi à arracher la fourche à Francisco Dias en tirant sur le manche et en tirant ensuite en arrière le patron qui avait perdu l'équilibre et failli tomber. Il avait essayé de reprendre la fourche, mais elle l'en avait empêché, pendant que les Dias remplissaient sans relâche et qu'elle brandissait fermement la fourche au-dessus de sa tête. C'était donc grâce à l'intervention de la lavandière, grâce à ce geste humain de la servante, qu'elle-même raconterait ensuite à satiété dans les années cinquante, que la fille avait appris les détails de ce jour de dispute. Mais Alexandrina concluait : « Francisco Dias était là, les dents de sa fourche pointées sur le petit qui relevait sa chemisette et offrait sa poitrine en hurlant comme un fou contre son propre père. Ton blanc-bec d'oncle, ce morveux, ce rebelle ! » Puis Alexandrina se taisait. Alors, entre la cour et la fosse à fumier, dans sa fuite, Walter Dias existait. Elle avait hérité de Walter affrontant les dents aiguisées d'une fourche.

20

Quand il monta, elle attendit que la porte s'ouvre, juste un peu, juste ce qu'il fallait pour qu'il entre. Il y avait longtemps qu'elle avait hérité de la maison de Valmares des années quarante dont elle avait connu les protagonistes actuels encore en vie. Elle pouvait imaginer les frères Dias en train de savourer silencieusement les disputes entre le père et son benjamin, d'observer et d'attendre un acte décisif, un acte de violence qui mettrait fin aux vagabondages de Walter. Elle avait hérité de l'image de jeunes paysans adossés au mur, en train de regarder l'affrontement. Blé, l'intendant des moissons racontait. Walter Dias grimpait dans la carriole et Francisco Dias se plantait au milieu de la cour en braillant : « Tu devras d'abord me passer sur le corps ! » Le père, les bras écartés, le benjamin, juché sur les brancards, se faisaient face, et les autres fils, autour, attendaient. João Dias, Inácio, Luís, Manuel, Joaquim et Custódio Dias. Et Adelina s'écriait : « Attention ! Mon Dieu, il va tuer mon petit papa chéri ! » Peut-être. Peut-être que Walter tirerait sur les rênes, que la jument se cabrerait et que le père serait écrasé sous les roues. Peut-être qu'il faudrait commander une caisse noire avec une croix violette, peut-être qu'on y placerait le corps écrasé du père et qu'on lui ferait des funérailles noyées de larmes, dans un cercueil issu du crime. Peut-être que la Garde Nationale Républicaine de Faro viendrait chercher Walter avec deux grosses menottes. Peut-être que tout cela arriverait en cet instant d'affrontement. Peut-être.

Mais selon Blé, Custódio surgissait derrière le père, tous deux s'empoignaient, leurs chapeaux roulaient sur le pavé, et Francisco Dias, rouge, débraillé, était traîné par le fils aîné à l'intérieur de la maison. La voie devenue libre, Walter lâchait le frein, tirait sur les rênes et la carriole partait. Personne ne savait très bien où elle allait. Il revenait vers le soir, parfois à la tombée de la nuit, la lanterne de la carriole déjà allumée, il rentrait en sifflotant. La jument blanche éreintée par ces galopades sur le macadam. Ah ! Si la jument avait pu parler, si elle avait raconté où Walter la conduisait. Les femmes, il allait chez les femmes, il allait chez les trafiquants, il allait aux vices, peut-être boire des alcools sans odeur. Y avait-il des alcools sans odeur ? Des femmes qui ne vous refilaient pas une blennorragie ? Un jour l'intendant des moissons le suivrait en catimini, mais il était très difficile de suivre le benjamin de Francisco Dias. Blé n'avait jamais réussi à faire ce que Francisco Dias attendait de lui : qu'il prenne la berline pour le poursuivre. La berline était beaucoup plus lente que la carriole et on apercevait ses reflets luisants partout où elle passait. Qui ne connaissait pas la berline de Francisco Dias ? Blé se le demandait à lui-même.

L'intendant des moissons ne s'arrêtait jamais pour parler, sauf chaque fois qu'il était suivi par la fille de Walter. « Juste pour que vous voyiez comment était votre oncle... » Son oncle apprenait à dessiner des oiseaux, il les dessinait et vendait ses dessins.

Puis sans plus aucune retenue il allait chercher du papier à dessin, des couleurs et des crayons et toutes sortes d'autres instruments, et il dessinait et encadrait ses dessins dans la cour, comme un misérable encadreur. Le benjamin de Francisco Dias vendait des dessins d'oiseaux, il refusait de travailler. L'affrontement avait pris une tournure différente car Walter Dias avait maintenant dix-sept ans et il criait dans la cour que si on ne le laissait pas prendre la carriole il irait à pied et resterait là-bas, et personne ne saurait s'il reviendrait ou non. Francisco Dias avait des accès de haine. Il se résignait seulement parce qu'il savait que dans toutes les fratries il y avait toujours une brebis galeuse, un frère que la nature faisait naître au sein d'une famille rangée afin de maintenir l'équilibre, et pour que le mal ne soit pas uniquement l'apanage des autres. Une fistule permanente permettant de purger la dysharmonie, et donc chaque famille devrait se féliciter d'avoir sa brebis galeuse. La dysharmonie concentrée sur un seul être poussait les autres à la discrétion et à la raison. Les Dias unis, les Dias fourbus, parfaits, qui cultivaient les terres du père depuis leur enfance comme si elles leur appartenaient déjà, qui donnaient l'exemple aux autres familles qui achetaient pour trois sous des lopins de terre qu'ils transformaient en un an en jardins de fèves, à la sueur de leur front.

Oui, il devait y avoir un échange dans le destin, une espèce de marchandage entre le profane et le sacré. Francisco Dias laissait Walter Dias libre pour que par compensation les autres fils s'unissent. Il le laissait courir à sa propre perte, il le laissait faire. Plus celui-ci s'enfoncerait, plus les autres resteraient unis. Dans la maison de Valmares le mal, le mal inévitable, se concentrait sur ce fils. Il fallait donc simplement l'isoler, surveiller ses allées et venues, mais ne pas lui dire grand chose, ne rien lui expliquer. La fille avait été mise au courant des étapes de ce parcours déviant. En 1940, Dieu avait envoyé la dysharmonie dans la maison de Francisco Dias par Walter. La dysharmonie avait duré jusqu'en 1946, puis elle était revenue après le retour des Indes, pendant l'été de 1951. Elle n'avait cessé qu'au moment où il était parti pour s'embarquer à bord du *High-*

Monarch dans une ville appelée Londres. Etait-ce très loin ? La fille suivait Blé dans les pâturages, mais elle ne parlait pas, elle ne posait pas de questions, elle écoutait. Elle prenait plaisir à imaginer l'autre face des choses.

21

Francisco Dias lui aussi parlait de Walter. Il y avait un nuage sombre au-dessus de la tête du benjamin, cela lui semblait évident. Il le disait à qui voulait l'entendre, pendant les heures de loisir le dimanche, avant de faire un petit somme, il ne s'adressait jamais directement à la seule nièce de Walter, ne fût-ce que parce qu'il ne parlait jamais à sa petite-fille. Mais il ne l'empêchait pas non plus de se rendre compte de la différence entre Walter et ses autres enfants, si d'aventure elle voulait entendre, à supposer qu'elle entendît. Elle errait parmi les autres comme sourde, et pour lui peu importait qu'elle entendît ou non. Francisco Dias remontait jusqu'à l'école où, pensait-il, la vie d'un homme se dessinait et pouvait déjà se prédire dans ses grandes lignes. Il expliquait.

Tous les maîtres d'école de ses autres fils avaient été des hommes énergiques, durs, solides, irréprochables, des personnes qui savaient tenir les enfants, distribuer les claques avec vigueur, qui ne souriaient jamais, imposaient la discipline, s'attachaient à faire de chaque enfant un être soumis dont on obtiendrait un bon travailleur. L'école de S. Sebastião avait quatre fenêtres donnant sur la rue. Il était rare qu'il n'y eût pas à chacune d'elle un enfant portant un masque d'âne avec des oreilles en étoffe grossière et une rangée de dents dénudées. Mais à travers le museau largement fendu du masque on reconnaissait le visage de chaque enfant. Tout S. Sebastião savait qui était puni. Les masques cessaient d'être des masques et devenaient les enfants eux-mêmes. La honte des enfants. Et la honte avait toujours été un sentiment indispensable à l'apprentissage de la soumission, surtout pendant les diligentes années trente.

Tous ses enfants, y compris Adelina Dias, étaient issus de cette discipline de fer, formatrice et punitive, comme elle se devait de l'être. Tous, sauf Walter. Disait Francisco Dias, qui parfois n'arrivait pas à somnoler dans son fauteuil, les pieds dans des espadrilles, ses bottes cloutées à côté de lui. Il n'y arrivait pas à cause de son benjamin. La nièce de Walter le voyait bien.

Oui, contrairement aux autres, il avait fallu que le benjamin soit instruit par un nouveau venu incompétent, petit, au visage complètement glabre, qui faisait du feu sur son bureau, brûlait du papier, des têtes d'allumettes, de l'alcool et de l'ouate dans des flacons. Qui emmenait à tout propos les enfants dans les collines grises de S. Sebastião pour qu'ils observent la nature et épient les oiseaux. Il leur faisait mesurer la trajectoire du soleil avec des mètres de maçon, les obligeait à aller à l'école de nuit pour leur expliquer les éclipses, les poussait à remarquer des choses aussi inutiles que la position des pattes d'une jument au galop et au pas. Il ne leur apprenait rien. Il construisait lui-même des tubes spéciaux par lesquels les enfants devaient regarder les oiseaux, alors que tout ce dont les enfants eux-mêmes avaient besoin c'était de pouvoir distinguer les oiseaux utiles de ceux qui étaient inutiles, ceux qui donnaient de bons exemples aux hommes par leurs habitudes et les décrire en lettres bien calligraphiées. Mais ce dégénéré apportait en classe des oiseaux vivants et des oiseaux morts, il dépliait leurs ailes, montrait la différence entre leurs plumes, les articulations des pattes selon que les oiseaux étaient immobiles ou en vol. Et voilà comment Walter en viendrait à dessiner des bêtes en mouvement, surtout des oiseaux. Disait Francisco Dias à qui voulait bien l'entendre. Elle l'entendait.

Elle ne pouvait pas ne pas l'entendre. Elle apprit que cet homme avait fini par être chassé de S. Sebastião par une pétition, que beaucoup n'avaient pas signée de leur nom mais avec l'empreinte de leur pouce. Qu'une nuit de décembre, en 1935, on était venu chercher le maître d'école au visage glabre. Que ce maître quitterait l'enseignement, sans pouvoir se recaser, qu'il mourrait prématurément, encerclé d'yeux de toutes parts, mais en attendant il avait commis des ravages irréparables partout où il était passé. Ravages particulièrement perceptibles chez Walter.

Francisco Dias se souvenait d'avoir été convoqué par le maître d'école fluet uniquement pour s'entendre dire que Walter avait des mains étranges, qui dessinaient comme si elles gardaient le souvenir de la nature sous les ongles. Un don remarquable. Et bien qu'à l'époque, Walter et les autres aient peint surtout saint Sébastien criblé de flèches et Notre-Dame des Douleurs, Francisco Dias fut pris du soupçon qu'il ne s'agissait pas tant de peindre des saints mais plutôt de s'en servir comme prétexte pour faire dessiner aux enfants des bêtes, y compris les organes de la reproduction, ce qui expliquait que son fils dessinât des oiseaux. La fille apprit aussi que le nom des saints ne figurait pas sur les dessins, mais plutôt les noms latins des oiseaux. Que Francisco Dias lui-même avait écrit au représentant du ministère de l'Education pour faire état de ses soupçons et qu'il était à l'origine de la pétition avec les empreintes digitales. Le maître d'école avait disparu à son instigation. Mais c'était trop tard pour les enfants mal instruits. Trop tard pour son fils Walter, qui s'enfuyait de chez lui en carriole pour dessiner des oiseaux.

Oui, elle avait appris que Walter se couchait par terre et attendait que les oiseaux se posent. Parfois il les emprisonnait dans des paniers et des cages d'où il les relâchait ensuite, après les avoir reproduits sur du papier, après avoir copié leurs ailes et leurs formes et donné une vie particulière à leurs yeux. C'était comme si ces maudits moineaux parlaient, comme si les grives riaient, à cause des petites hachures qu'il mettait dans leurs yeux. A cause de sa façon de leur relever la queue et de déployer leurs ailes. Un jour Adelina avait crié : « Petit papa chéri, c'est pas des oiseaux, c'est des gens qui s'accouplent ! » Francisco Dias s'en doutait. Comment Walter aurait-il pu vendre ces dessins s'il n'y avait pas eu une autre intention derrière tout cela. En tout cas, Francisco Dias avait du mal à croire qu'il y ait des gens qui, plutôt que des tableaux représentant des paysages flamands, achetaient des dessins d'oiseaux, canards, tourterelles, colombes, becfigues, et qui plus est le faisaient sur commande. « Petit papa chéri ! Il dessine des perroquets qui se bécotent. Leurs becs se touchent, petit papa chéri ! » Racontait Francisco Dias, secondé par Adelina elle-même. La fille de Walter savait tout cela, la nuit de la pluie. Il y avait déjà plusieurs années qu'elle imaginait Walter en train de dessiner les oiseaux qu'elle collectionnait.

22

Mais Francisco Dias ne somnolait pas toujours pendant ses heures de repos dominical. Parfois il recevait ses compères et ils évoquaient ensemble l'époque pas si lointaine de cette guerre qu'ils n'avaient pas connue. La fille de Walter s'asseyait en leur tournant le dos et écoutait.

Pendant les années quarante, les Dias avaient peur de devoir prendre part à des opérations de combat, surtout ceux qui faisaient encore leur service militaire et qui pouvaient être envoyés d'un moment à l'autre dans des corps expéditionnaires. Des années dures, des années de misère. Sans pluie, sans engrais, des années de vent et de poussière, des années de chaleur, mais pour Francisco Dias ç'avait été de bonnes années. On comprenait pourquoi. Francisco Dias vendait bien son huile et sa farine, il les vendait cher, au compte-gouttes, comme si c'était de l'or, et il vendait uniquement aux revendeurs, qui lui étaient tous reconnaissants du peu qu'il leur vendait avec l'aide de ses fils, et bien qu'ils en aient souvent eu l'occasion, ni lui ni eux n'avaient jamais fait de marché noir. Ce n'était pas nécessaire, tout ce qu'ils avaient était le fruit de leur lutte contre un climat désertique, le produit de leur sueur. En deux ans Francisco Dias acheta dix terrains pierreux et fit travailler douze piocheurs qui démolirent les pierres à coups de massette, faute d'explosifs. João et Inácio, encore à Lagos, devraient vite revenir pour s'occuper des terres et pallier le manque d'engrais, aider à arracher les pierres et à remplir la fosse à fumier, aider à répandre le fumier dans les champs pour produire plus, pour produire beaucoup, le blé blond, la fève verte, le pois chiche doré, les arbres croulant sous les fruits plantés par les bras des Dias malgré le climat aride. Pourquoi n'étaient-ils pas déjà là ? Déduisait-elle de ce que Francisco Dias racontait. Un soir de septembre, ils avaient entendu un bruit assourdissant et cru que la guerre avait gagné la péninsule. Mais c'était juste un incident isolé. Du côté du ponant un avion arrivait en rasant la mer et quelques secondes plus tard, sans qu'on sache comment, un avion de chasse à deux queues fumait devant la maison de Francisco Dias, avec deux Anglais morts à l'intérieur de la carlingue. Il était tombé à côté de l'aire à battre, détruisant dix paillassons de figues dont personne ne put profiter. Après, l'intimidation des autorités, le silence des autorités, les bâches en toile cirée sur les civières. Les compères se souvenaient de tout cela.

Alors, Francisco Dias se laissait aller et racontait autour d'un jeu de brisque rapide pendant la brève heure chaude du dimanche. Cette image avait fait naître en lui une pensée insolite, dont il n'était absolument pas responsable, elle avait traversé son esprit sans qu'il eût rien fait pour cela. A la place d'un de ces aviateurs blonds, carbonisés et morts, à la place de l'un d'entre eux, il avait vu nettement, avec une clarté extraordinaire, son fils Walter, à supposer que celui-ci fût parti à la guerre. Oui, s'il partait là-bas. S'il s'enrôlait ou si soudain le Portugal participait à la guerre en y envoyant les soldats des nouvelles incorporations, la guerre ne lui prendrait aucun de ses fils, sauf celui-ci, elle lui prendrait Walter. Francisco Dias racontait cette pensée, content de lui, satisfait de la lutte sans gloire qu'il avait menée pour sauver son benjamin. Son raisonnement avait été lucide et juste.

Oui, si le Portugal entrait en guerre et envoyait un corps expéditionnaire, si Walter en faisait partie, de deux choses l'une, ou bien il mourrait ou bien il s'en tirerait. S'il mourait, il serait peut-être décoré à titre posthume, et lui-même, Francisco Dias, recevrait sa médaille et quelqu'un viendrait jouer de la trompette à côté de sa tombe. Et si d'aventure il s'en tirait, ce qui n'était pas à exclure et était même probable, à son retour il ne serait plus le même. Car assurément il reviendrait hâlé, éreinté, amaigri, rompu à la discipline, ayant appris ce qu'étaient l'effort, la maladie et la mort. Il reviendrait forcément sérieux. Il ne sillonnerait plus la campagne dans cette carriole, il ne lui crèverait plus sa jument, il ne chanterait plus ces horribles chansons dont il répétait inlassablement le même refrain pendant qu'il dessinait, « *Charlie, Charlie.* »

Mais il pouvait bien dessiner et découper des cadres de bois en fredonnant « *Charlie, Charlie...* » A la fin de l'année 1944 des affichettes noires disant aux Portugais : *Portugais, travaillez et faites des économies, afin que Dieu vous épargne la guerre !* étaient apparues dans les gares et dans les administrations. En un sens cela contrariait Francisco Dias, car bien que la stratégie recommandée par le tract lui permît d'acquérir d'autres terrains pierreux, il perdait l'espoir de voir son benjamin s'éloigner de chez lui. Toutefois, sa vraie contrariété survint une semaine avant le départ de Walter pour la caserne d'Evora, une caserne comme il se doit, au bord d'une plaine sans fin. Un lieu fait pour que des hommes puissent s'y entraîner à de grandes manœuvres. Pourquoi fut-il si contrarié ? Une semaine avant le départ de Walter, la carriole des cavalcades revint avant l'heure habituelle et Walter mit pied à terre en abandonnant la jument au milieu de la cour et en hurlant : « On dit que la guerre est finie ! » Custódio arriva de son pas asymétrique pour s'occuper de la carriole. « Mais elle a fini comment ? » Et Adelina Dias avait couru à l'écurie où Francisco Dias était allé rentrer le cheval. « Petit papa chéri ! La guerre est finie ! » Francisco Dias secoua son chapeau où un filament de crottin était resté collé : « Ce n'est pas possible, ça ne peut pas être vrai, elle n'est pas finie ! »

Francisco Dias racontait comment il avait été vaincu par le destin. Il se souvenait d'avoir vu Walter couché sur le pavé, bras écartés, hurlant de joie : « La guerre est finie ! » C'était comme cela que la fille le voyait. Elle le verrait toujours ainsi, même si la nuit de 1963 n'avait jamais existé.

23

D'ailleurs cela s'était passé si récemment que Francisco Dias ne pouvait s'empêcher de parler du soulagement qu'il avait ressenti la nuit où il avait vu son benjamin partir accroché à la portière d'un wagon de train, faire de grands signes d'adieu avec son chapeau et disparaître ensuite parmi les arbres sombres qui bordaient la voie ferrée. Le soupir de soulagement que poussa Francisco Dias ce soir-là en rentrant chez lui ressemblait au cri triomphant lancé par le train de nuit dans l'étroite plaine sableuse, avant de disparaître, avec ou sans guerre.

Mais la ligne de chemin de fer était à double sens et ramenait parfois les passagers qu'elle emmenait. Cinq mois plus tard, ce même wagon, cette fois dans le sens inverse, déposait Walter à la gare de Valmares. Et contrairement à ce que Francisco Dias avait imaginé en voyant les deux Anglais emprisonnés dans la carlingue, Walter était plus vivant que jamais, plus homme, les bras plus musclés, les traits plus affirmés, le cheveu coupé ras, les dents plus blanches et plus régulières dans une bouche mieux dessinée. Il était autre, il n'était plus le même. De plus en plus différent à chacune de ses visites une fois par mois.

Il sautait du train le samedi à cinq heures du soir et repartait à huit heures le dimanche soir, et pendant ces vingt-quatre heures à peine de permission, Walter Dias n'arrivait pas à se reposer. Il attelait la jument blanche à la carriole noire et partait. Il trottait sur la route parallèle à la mer, la plus plate, la plus plane, abîmant le macadam à son passage. Parfois il prenait la direction des terrains sablonneux, grimpait vers les garrigues, mais la route escarpée et pleine de trous, encaissée entre des rochers et des caroubiers à l'ombre sinistre l'empêchait d'aller plus loin. Il reprenait l'autre route, la plus lisse, celle où la jument pouvait trotter, crinière au vent, sans trébucher sur des cailloux. C'était comme s'il rentrait à la maison uniquement pour courir. Custódio était le seul de ses frères à l'attendre. Il passait tout son dimanche à la porte de la maison pour le voir revenir. Il allait l'attendre au fond de la cour, remisait la carriole, s'occupait de l'animal. Ce qui, selon Francisco Dias, était une forme de protection irresponsable. « Je ne te connais peut-être pas bien, disait le père à Custódio, mais j'ai l'impression que si tu ne fais pas comme Walter, c'est uniquement parce que tu ne peux pas. Toi aussi tu voudrais bien dessiner des oiseaux ! » C'était en 1946, au printemps. Custódio devait avoir trente et un ans. Assise, le dos tourné, la fille calculait l'âge des Dias par rapport à celui de Walter.

Bien sûr que Francisco Dias ne s'adressait pas à elle. D'ailleurs elle n'entendait peut-être même pas. Quasiment muette, elle ne parlait pas, n'entendait pas, ne savait pas, peu importait d'ailleurs que la nièce de Walter entende ou non. Parfois Alexandrina lui parlait en secret, rien qu'à elle, la fille de Walter. La femme de l'intendant des moissons disait : « Ah, le grand problème de votre oncle ce n'était pas les oiseaux, non, c'était les femmes. Il se mettait en quatre pour elles et elles se mouraient pour lui, voilà la vérité... » Elle s'interrompait, se retournait, baissait la voix et ajoutait : « Mais après, il est arrivé une chose horrible... » Expliquait Alexandrina dans la cuisine en plantant la pointe de son couteau dans le cœur des pommes de terre qu'elle coupait en deux et lançait avec vigueur dans les marmites qui servaient à nourrir les Dias.

Car tous attendaient l'événement, tous attendaient que le sexe de Walter se montre, qu'il laisse une trace, qu'il soit objet de scandale, afin de comprendre enfin le caractère de Walter, d'avoir une raison évidente de le punir et de rétablir l'ordre et l'équilibre. On entendait parler ici et là de la carriole arrêtée devant telle porte, aperçue en tel lieu, et du retour précipité, de la jument écumante, arrivant du côté de Faro. Oui, un homme qui était soldat, qui peignait des oiseaux et qui ne travaillait pas, devait forcément se manifester par le sexe, sinon le personnage ne serait pas complet, il resterait incompréhensible et on ne pourrait pas dormir tranquille. Et voilà-t-il pas que c'était arrivé, racontait Alexandrina, mieux que tous les autres. Mais les paroles les plus autorisées venaient des Dias eux-mêmes, qui ne se lassaient pas d'évoquer ce dimanche de juin.

24

La fille avait appris qu'il faisait une chaleur torride en ce dimanche de juin, les chiens mangeaient sous la table en châtaignier quand ils s'étaient mis à courir soudain entre les jambes des Dias pour aller aboyer comme des fous devant le portail. Mais c'était comme si les arrivants ne voyaient pas les chiens. Une charrette en bois, complètement ouverte, était attachée à l'anneau et Francisco Dias reconnut dans les personnes pressées qui traversaient la cour Manuel Baptista et sa femme qui habitaient au bord de la route une maison avec un rosier à côté de la porte. Il s'aperçut seulement plus tard qu'ils étaient suivis par une jeune fille svelte, assez frêle, qui tenait ses mains sur son ventre. Francisco Dias ouvrit la porte toute grande mais Baptista ne semblait pas vouloir entrer. Comme s'il ne connaissait pas la jeune fille qui s'approchait lentement, le visage dissimulé par le bord de son chapeau de paille, les mains cachant sa taille, Baptista pointa le doigt sur elle : « Je suis venu vous dire que votre dernier-né l'a culbutée. » Et comme tous le racontaient à tout bout de champ dès que le souvenir leur revenait en tête, Baptista avait ajouté qu'il n'était pas venu pour exiger quoi que ce soit mais simplement pour dire à Francisco Dias que son garçon avait laissé sa semence dans sa fille. Qu'il se reproduisait en elle. Elle, c'était Maria Ema Baptista.

« Oui, elle ! » Car lui, Manuel Baptista, savait que ce n'était pas sa faute à lui, le garçon, mais à elle, sa fille. Il était sûr que c'était Maria Ema qui avait sauté dans la carriole, elle qui s'était étendue sur la couverture de caserne dont le garçon se servait pour forniquer avec les femmes le long des routes. Elle, la plus jeune. Mais elle ne comprenait pas que c'était arrivé uniquement parce que le soldat n'avait pas réussi à approcher ses sœurs aînées, Dulce et Quitéria, ni leurs cousines Zulmira, tenues à l'abri de ses entreprises et réservées à des hommes sérieux, qui viendraient un jour. Et maintenant la culbutée était là, apathique, un chapeau de paille enfoncé sur les yeux qui la faisait paraître encore plus jeune, le ventre légèrement proéminent, vêtue d'une robe courte qui remontait devant, exposant ses genoux.

Francisco Dias, dans cette chaleur et cette lumière crue qui inondait la cour, sa serviette de table encore passée dans la patte de sa chemise, avait commencé à jouer son rôle de père de garçon et déclaré, simplement pour dire quelque chose, qu'il n'y avait pas moyen de prouver que c'était son fils qui l'avait culbutée. « Comment peut-on prouver une chose pareille ? » Manuel Baptista trouvait qu'il avait parfaitement raison et il demanda à sa femme, qu'il incriminait aussi au passage, de montrer ce qu'elle avait apporté. La femme s'empêtra les doigts dans les poignées de son sac à main, puis en sortit une liasse de papiers qu'elle tendit à son mari et que celui-ci remit à Francisco Dias avec la solennité de qui transmet un testament inique. Le père de Walter Dias secoua la tête et déclara que c'était bien l'œuvre de son fils Walter. Et il se mit à réfléchir, à se creuser la tête, les papiers à la main en cet après-midi brûlant, jusqu'à ce qu'il trouve quelque chose à dire, en père de garçon qu'il était : « L'ennui c'est qu'une femme qui se donne à un, se donne à tous. Elle ne vaut plus rien... » « Oui, elle ne vaut plus rien... » avait répété Manuel Baptista. « Elle s'est dépréciée elle-même... » Mais Alexandrina était vexée par l'air absent de la nièce de Walter, qui s'asseyait en lui tournant le dos sans dire un mot, pendant que son mari et elle lui racontaient cette histoire avec un bel ensemble.

Alors, Alexandrina faisait le tour de la chaise pour se planter devant la fille de Walter, râpe en l'air, défaisant, écrasant, broyant avec une fourchette la pulpe des derniers légumes. Alexandrina voyait encore Maria Ema, en cet après-midi brûlant de juin, pâle, immobile comme une poupée de porcelaine hébétée tombée dans la mer, ne sachant s'il fallait traverser la cour vite ou lentement. Mais elle ne tarderait pas à le savoir. Sans échanger une parole, les Baptista détachèrent la charrette et grimpèrent dessus en empêchant leur fille d'y monter. Maria Ema devait payer. Elle commençait déjà à payer. La charrette partait en balançant ses ridelles et en soulevant de la poussière. Maria Ema se mit à la suivre, à courir dans le sillage de poussière derrière la charrette sans parvenir à la rattraper.

Elle avait entendu ce récit bien deux cents fois, avec de légères variantes, mais toutes se terminaient sur la même image : Maria Ema en train de courir derrière les Baptista, de perdre son chapeau dans la poussière, de fuir, tresses dénouées, tout au long de ce chemin interminable. De crier au secours derrière la charrette, quand elle avait dix-huit ans.

Alors Alexandrina donnait libre cours à son indignation, tournant le dos à la chaise où la fille de Walter s'asseyait. Oui, aujourd'hui encore elle en était révoltée. Personne n'avait compris que les Baptista aient mis leurs filles aînées à l'abri et laissé Maria Ema en liberté, qu'ils aient permis à leur benjamine de s'approcher des brancards de la carriole. C'était la mère de Maria Ema, la femme de Baptista, qui était la coupable. Dans les histoires de coucheries, la mère a beau se trouver des excuses, elle est toujours responsable. C'était la mère Baptista qui avait permis qu'il la dessine, qu'il la fixe entre les quatre bords de ces feuilles où il reproduisait les filles qu'il portraiturait. Et Walter ne l'avait pas dessinée une fois, mais dix. Peut-être même vingt fois. Avec chapeau, sans chapeau, avec tresses, sans tresses, avec robe, sans robe, avec des fleurs dans les cheveux, sans fleurs. Et des oiseaux. Moitié tourterelle, moitié colombe, moitié rossignol. Certains avaient dit moitié milan. Le dépravé. Les paris allaient bon train et le bruit courait que toutes les filles qu'il dessinait tombaient nues sur la couverture, déjà déshabillées. Et dans la version biblique d'Alexandrina, il en aurait dessiné une dizaine ou une douzaine de ces pauvrettes, le long des routes.

Oui, la nuit de la pluie, ça faisait belle lurette qu'elle avait hérité de ces récits. Ils n'étaient pas cruels. Ils étaient, c'est tout. Elle avait hérité de ces récits tels quels. Walter n'avait qu'un rapport oblique avec cette cargaison d'images. Elle le savait. Walter passait à côté.

25

Mais Francisco Dias vieillit en raison de la contrariété que lui causa le départ de son fils pour les Indes à un moment où celui-ci aurait dû rentrer chez lui pour réparer l'offense faite aux Baptista. Car Maria Ema avait commencé à être torturée par sa mère et par son père. Claquemurés chez eux, ployant sous le poids du déshonneur, ils obligeaient leur fille à sortir faire les commissions, à porter des fardeaux trop lourds, à apporter des messages dans les endroits fréquentés, à s'exposer à la vue de tous, la forçant à se pencher à la fenêtre à côté du rosier le dimanche et le samedi après-midi pour que son supplice soit complet, et comme elle résistait, ils l'avaient enfermée, ils lui donnaient à manger par la porte entrebâillée qu'ils refermaient aussitôt. Ils venaient nous le raconter. Et Francisco Dias, qui se targuait d'être compatissant et un homme d'honneur, avait écrit à Walter pour lui demander de venir réparer sa faute à sa première permission et il lui avait raconté ces sévices avec force détails.

Il avait écrit quatre lettres d'affilée, chaque fois plus courtes, plus impérieuses, décrivant la scène de la charrette en fuite qui avait tant fait pleurer Adelina. Mais la cinquième lettre ne portait que le lieu et la date. A la deuxième ligne Francisco Dias avait posé le porte-plume sur le bureau où il faisait sa comptabilité et décidé d'aller voir lui-même son fils dans la caserne au milieu de la plaine infinie dont il avait tant rêvé. Il avait chaussé des bottes en vachette et passé une nuit et une matinée entière sur une banquette de train pour aller voir son fils. Mais au lieu de son fils, il se trouva en présence d'un commandant qui l'invita à s'asseoir sur une chaise capitonnée sans faire appeler Walter, qui n'était plus soldat mais caporal. Bien qu'il lui en coûtât de le croire, Walter, à l'instruction, avait été le premier à ramper, à fourbir son arme, à sauter par-dessus des murs, à pourfendre des ballots de paille avec un sabre. Il était aussi le premier au tir, le plus rapide dans les marches, dans les traversées de mares, il avait été le plus empressé à s'avancer quand, pendant un cours de formation, on avait demandé qui serait disposé à aller défendre le pouvoir portugais aux Indes. Le caporal Walter Glória Dias s'était enrôlé pour partir à Goa.

Toutefois, Francisco Dias n'avait pas abandonné l'administration de ses domaines pendant deux jours pour s'entendre raconter cet engagement, mais bien plutôt pour faire état de l'histoire d'une jeune fille enceinte, l'histoire d'un scandale dû au caractère de Walter. Sauf que ce traître de commandant était de mèche avec le caporal. En plus, il n'était pas très bavard : « Nous verrons, c'est lui qui décidera. » Et après une attente interminable, le caporal Walter était apparu à la porte pour donner sa réponse, préférait-il réparer sa faute ou servir l'armée aux Indes ? Il était resté coi. Mais le commandant précipita la décision. Il déclara qu'il serait très difficile de prouver que Walter était le coupable. Que Francisco Dias réfléchisse bien, qu'il n'aille pas gâcher l'avenir de son fils. Le cultivateur se leva. Non, il ne gâcherait pas son avenir, il trouverait une solution, il était d'ailleurs le dernier à vouloir le voir revenir à la maison. Et ainsi donc, son benjamin partirait en mission, sifflotant, appuyé au bastingage du paquebot *Pátria*. Son bourlingueur de fils Walter. Racontait le père.

26

Sa nièce pouvait écouter si elle voulait, et si elle ne voulait pas qu'elle n'écoute pas. Le bourlingueur ne reviendrait pas à Valmares avant de partir pour les Indes. Le bourlingueur avait des appuis. Il avait dû commencer à faire des dessins à la minute même où il avait mis le pied dans cette caserne. Il avait dû dessiner des milliers d'oiseaux avec des yeux humains se bécotant ou des milliers de figures humaines entourées d'oiseaux s'embrassant sur la bouche. Il connaissait bien ce fils que Dieu lui avait donné. Il ne croyait pas que Walter ait été le premier dans le fourbissage, le ravaudage, les rampements et les cabrioles. A son avis c'était le pouvoir du dessin qui était à l'origine de la promotion concrétisée par la petite bande d'étoffe qui faisait de lui un caporal. En réalité, autre chose était en jeu, quelque chose de subversif, qui sait. L'ascension de Walter en un lieu où lui, son père, l'avait envoyé pour le punir, était un mystère qui le poussait à imaginer d'obscures tractations à un moment où il aurait mieux fait de réfléchir à ce qu'il dirait aux Baptista.

Et Francisco Dias se remémorait à haute voix et devant les intéressés eux-mêmes, en certaines soirées d'hiver, le moment où il avait remis le pied dans la gare de Valmares à son retour et aperçu au loin la toiture de sa maison. Et tandis qu'il s'approchait, il regardait son fils Custódio travailler dans la cour. Son fils soumis, voué à l'endurance depuis sa poliomyélite. Son fils Custódio, toujours prêt à défendre la conduite de Walter. Il était entré chez lui, avait pris place à table, regardé son fils au pied bot assis au milieu de ses autres fils. Et soudain ce fut comme si une lampe s'était allumée entre ses yeux, Custódio était le fils dont il avait besoin en cet instant précis. Il se souvenait de ce moment, de ce jour de lucidité, de cette minute fulgurante. Il s'était penché au-dessus de la table : « Custódio, tu ne vas pas me laisser tomber, toi... » Il faisait de nouveau froid dans l'étroite plaine sableuse. Les amandiers dénudés ressemblaient à des toiles d'araignée, pas à des arbres. Les figuiers penchaient vers la terre d'un air accablé. Et tous deux, le père et le fils, qui s'étaient concertés, compris, avaient posé leur fourchette et leur serviette de table, attelaient une bête à une charrette et tout en devisant commençaient à descendre lentement vers la route. Jusqu'à arriver devant la porte des Baptista. Francisco Dias agirait avec circonspection, il se félicitait de son intelligence et de son sens de l'honneur. Certes, Walter n'était pas à ses côtés comme il aurait dû l'être, comme cela eût été juste, mais pour réparer la faute de son benjamin Francisco Dias amenait son aîné. Ils frappèrent à la porte et entrèrent.

Une heure plus tard, Maria Ema, enveloppée dans un manteau de laine, sortit de la maison, un sac à la main, et se hissa sur le marchepied de la charrette, aidée par Custódio Dias. Maria Ema reçut son mari un samedi de bon matin, couverte d'un ample manteau de velours bordé d'astrakan et coiffée d'un chapeau de feutre avec une plume blanche. Mais il n'y a pas de registre officiel, pas de trace publique de cet acte qui existait exclusivement dans la conversation de Francisco Dias à la veillée, presque toujours à l'intention de ses compères, pour qu'ils voient comment agit un homme intelligent face à des difficultés imprévues.

Et la nièce, la distraite, n'avait pas à écouter. Ou alors, si elle voulait savoir, qu'elle sache, assise sur une chaise en tournant le dos comme d'habitude. Et elle savait.

27

Elle savait aussi que Maria Ema aurait attendu Walter car il ne gardait pas le silence, il écrivait, il envoyait des dessins, des dessins d'oiseaux, à mesure qu'il avançait et arrivait en vue d'une terre. Il les envoyait de São Tomé, de Luanda, de Lourenço Marques, en route pour les Indes, il les envoyait à son cher père et à son cher frère. Mais bientôt tous comprendraient à qui il les envoyait. Custódio l'avait toujours su. En 1947 les communications étaient lentes, les mois longs, les soirées sans fin. Les voyages interminables laissaient le temps de penser et de réfléchir, de créer des personnages entre l'aller et le retour, entre ce qui se disait et ce qui se savait. Cinq faits suffisaient à remplir une vie. Encore fallait-il que ces faits fussent séparés par de l'eau, de l'amour, des lettres. Les années pouvaient s'écouler, même s'il n'était pas toujours possible d'attendre. Elle, pourtant, attendait.

La fille de Walter l'apprendrait.

La preuve était que Maria Ema n'aurait pas partagé sa chambre avec Custódio Dias. L'aîné de Francisco Dias n'entrerait dans la chambre où Maria Ema Baptista dormait qu'après le retour des Indes de Walter, alors que la fille de Walter avait trois ans et qu'ils s'étaient fait photographier ensemble le jour où tous trois s'étaient enfuis dans la carriole noire. Les ouvriers agricoles du domaine pensaient que c'était Custódio lui-même qui avait facilité cette fugue. Il les aurait conduits lui-même à la gare dans la carriole et laissés seuls en cette journée de l'été 1951. A cette époque déjà Custódio portait le dur sobriquet de cornard. Le cornard aura ainsi parrainé la photo du père et de la fille, pris tous deux devant l'appareil. Le cornard les aura protégés. On apprit que pendant plusieurs heures tous les trois auront constitué une famille. Mais le cornard avait la patience des chardons, le cornard attendait. On disait qu'en 1951 le cornard savait que l'autre allait partir, alors que la maison de Valmares était encore peuplée par les innombrables Dias et que tous s'uniraient pour chasser Walter.

Oui, on raconte que cet été-là Walter avait accaparé la carriole comme jamais auparavant. Vêtu de kaki, il sautait dedans et galopait, il éreintait la jument dans ses courses effrénées.

Carriole et jument, réunies, furent appelées la carriole du diable. Les femmes enfermaient leurs filles à la maison et celles-ci se postaient derrière les fenêtres pour regarder passer le fourrier des Indes, fascinées, muettes, dociles comme des brebis. A Valmares, tous s'attendaient au pire, sauf le frère aîné qui comme toujours guettait Walter, le regard fixé sur la route. « Laissez-le. Chacun fait ce qu'il peut comme il peut... » disait Custódio. Bien plus tard seulement, plusieurs mois après le départ de Walter pour Melbourne sur le *High-Monarch*, on comprit que Maria Ema avait ouvert sa chambre à Custódio Dias. Il y entra et se mit à lui faire des enfants.

Seulement après le départ pour Lisbonne, Londres, Melbourne.

Walter avait commencé le voyage en costume de lin, d'après les frères qui le conduisirent à la gare de Valmares. Après, dans la version de Blé, ce costume aurait peut-être fini par lui coûter très cher. Peu importait ce qu'ils racontaient tous. C'était ainsi que sa fille l'imaginait, allant de port en port. Très droit, dans un costume clair, une montre dorée au poignet gauche. S'il n'était pas venu en 1963, c'est de cette image que sa fille aurait hérité.

28

Elle avait aussi pris l'habitude de suivre Custódio Dias. Elle appréciait le silence du mari de Maria Ema sur ses propres affaires. Elle était fascinée par ses pas asymétriques, lents, circonspects, autour de la maison. Elle l'accompagnait dehors, le long des passages étroits jusqu'aux dépendances où logeaient les petits animaux et les écuries où les grandes bêtes agitaient la queue. Parfois, Custódio allait dans la vieille remise où étaient entreposées les hottes à vendange pour y jeter ce qui ne servait plus à rien. Ce corps de bâtiment était séparé de la maison par un tapis de paille et de boue. Dans ce lieu à l'écart dormaient les poussins maladifs, les poules en train de couver, celles qui ne pouvaient pas couver et qui portaient un grelot à la patte. On y parquait les chats souffreteux, on y empilait les tables cassées, les guéridons bancals pour pots de fleurs, les colliers des mules mortes. On l'appelait la remise à bric-à-brac et c'était là que se trouvait aussi la carriole noire en cet été torride de 1955. La fille assimilait son plateau grand ouvert à un être vivant prêt à bouger. Même couverte de poussière ç'avait été la carriole de Walter. Elle avait les jambes toutes tremblantes quand elle s'en éloignait.

Mais cette année-là en automne, elle sautait déjà sur les brancards de la carriole et la conduisait sans peur, car de jour la campagne était claire et la nuit, s'il faisait noir, il y avait le revolver dans sa chambre et comme partout, même dans la remise à bric-à-brac, la fille de Walter était en sécurité, elle avait une compagne, la solitude. Petite, dépourvue de taille et de formes, elle aiguillonnait une jument imaginaire, galopait sur des routes goudronnées où elle n'était jamais passée, et dans l'abri de la remise sombre elle portait sous le bras du papier à dessin, des peintures Viarco et des crayons Faber. Mais comme elle avait les mains empêtrées dans les cordes qui servaient à réfréner la fougue de la jument fantôme, elle ne dessinait pas d'oiseaux, elle racontait à grands cris, assise sur les brancards, les oiseaux qu'elle ne dessinait pas. En cet automne lumineux comme un été. Le soleil se cachait, un rayon horizontal perçait encore entre la montagne et le nuage. Francisco Dias approchait dans ses bottes cloutées. Il s'arrêtait à la porte de la remise à bric-à-brac. Il revenait en braillant, tandis que les Dias rentraient à la maison. « Il y a quelqu'un sur la carriole dans la remise à bric-à-brac. Allez me descendre ça. » En ce sombre hiver de 1956.

« Que fait la fille de ma bru sur la charrette ? » criait-il sur le seuil de la remise dans la nuit noire, à la fin du printemps. « Descendez-la de là-haut ! » disait-il à Blé. « Descendez-la-moi de là-haut une bonne fois pour toutes ! » Francisco Dias ignorait qu'on ne pouvait la descendre de là-haut même si on l'en descendait, il l'ignorerait jusqu'à son dernier jour. Il était de ceux qui ne savent pas qu'il y a un espace entre l'acte et l'être, une distance infranchissable, un point inatteignable où l'être se révèle dans son essence. Et comme il l'ignorait, il demandait : « Cette enfant n'a donc pas peur ? » Quand Blé l'emmenait, la chassant devant lui comme une poule. « Pourquoi n'a-t-elle pas peur ? »

Non, dans la remise à bric-à-brac elle n'avait pas peur. Jambes fermement plantées sur les ridelles de la vieille barcasse, la nièce de Walter transformait la carriole en voiture amphibie, en berline, en long train, en paquebot géant qui traversait les mers. Toujours sans taille, petite, sans nichons, sans dents définitives, la fille de Walter était au gouvernail face à la plaine où ondulaient les blés, elle sillonnait la boue et les vagues, elle domptait le vent et les embruns, l'éclat du soir sur la mer, la noirceur de la nuit ténébreuse sur les eaux de tous les océans dont elle avait entendu parler. La nièce de Walter n'avait pas peur. C'était bien cela qui inquiétait Francisco Dias et le reste des Dias qui n'étaient pas encore partis en 1957. Ce n'était pas la nièce de Walter qui les inquiétait mais simplement le fait qu'une enfant n'eût pas peur du noir, les nuits où la lune cachait à la terre sa face blanche.

Ils s'alarmaient de ce que la nièce n'eût pas besoin de lumière pour monter dans sa chambre, qu'elle gravît l'escalier et se couchât sans allumer une allumette. Maria Ema elle-même s'en alarmait. João Dias et Inácio Dias, qui n'étaient pas encore partis en Amérique revenaient eux aussi à table pour dire qu'ils l'avaient croisée dans le couloir, dans le noir, se faufilant sans peur entre les pieds des guéridons à pots de fleurs, comme une vieille personne. Maria Ema aussi s'effrayait de ce que la nièce de Walter n'eût pas peur et donc elle lui allumait la lumière. Elle l'obligeait à garder la lampe allumée, à regarder la mèche s'éteindre à côté d'elle, pour pouvoir redescendre dire à son mari, à son beau-père, à ses beaux-frères et à ses belles-sœurs que tout était normal. Elle allumait la lumière elle-même pour que l'enfant n'ait pas peur de la peur qu'elle n'avait pas et Custódio Dias demandait en préparant le feu : « Notre fille n'a pas peur ? » Maria Ema se penchait sur la table et plongeait la tête dans son ouvrage. Elle cousait toujours. « Chacun a la peur qu'il peut. Pas vrai ? » En cet hiver doux de 1957.

Mais Custódio Dias ne descendait pas la nièce de la carriole avec les mêmes gestes que Francisco Dias. Il s'approchait de la remise de son pas irrégulier et solide, sortait une torche de sa poche et, inconscient de son intensité lumineuse, éclairait le chemin du *High-Monarch* sur la mer. Il voyait sûrement l'eau, lui aussi. Lampe de poche allumée, Custódio s'approchait lentement, tendait les bras, la descendait des brancards, la posait par terre, la prenait par la main et la ramenait à la maison. La bonté existait, elle prenait forme humaine et parfois se confondait avec le corps de Custódio Dias. Il la ramenait en silence. Il était le seul à savoir que la nièce avait hérité de la carriole de Walter.

29

Toutefois en 1958 Custódio la ramenait dans une maison où il n'y avait plus que deux fenêtres éclairées. Les frères Dias étaient partis définitivement. Sournoisement partis. Et elle apprendrait que la sournoiserie n'est pas dissimulation, stratégie ou calcul, mais une chose innée, le reste d'une bête de proie rapide, assoupie pendant l'attente, réfugiée dans l'âme, enroulée comme pendant le sommeil. Mais elle ne dort pas. Une part d'elle-même veille et agit à distance, par instinct, indifférente au bien et au mal. Une sorte de vengeance préméditée, savourée d'avance, longuement, obstinément, dans la somnolence, les yeux fermés. Elle attend. Une question de glandes, peut-être. Car la sournoiserie ne s'apprend pas. Elle naît, elle surgit, comme des cheveux roux sur le corps ou une implantation capillaire en pointe sur le front, qui sont juste des signes distinctifs de classement, rien de plus. Tout comme la sournoiserie. Avec le départ des Dias elle hérita de la connaissance de cette espèce humaine non cataloguée, à la frontière entre les mammifères et les oiseaux. Le visage des sournois, la lèvre des sournois, le regard des sournois ont une façon d'être, une intelligence complice de la mort. Tels étaient les Dias. Peut-être qu'aura subsisté en eux le souvenir couché sur leur vie, un souvenir enroulé, qui guette et attend le départ. Une offense qui avait ainsi couvé en eux.

Les Dias avaient commencé à déguerpir deux ans après Walter, n'annonçant leur départ qu'une semaine à l'avance. Elle se souvenait d'Adelina et de son mari Fernandes, celui qui avait fait des études d'électricité et qui lui avait appris la lettre W de Watt et de Walter. Elle se souvenait de Joaquim, de Manuel et de leur femme respective. Peut-être aussi de leurs fils et de leurs filles. Quant à Luís, João et Inácio, célibataires, elle se rappelait davantage leur nom et leur âge que leur tête, mais elle les voyait tous soumis au père, sans volonté, obéissant comme des mulets bien dressés, alors qu'en fait ils complotaient entre eux, ourdissaient silencieusement le projet d'abandonner Valmares, murmuraient entre leurs dents dans les coins, tandis que les femmes, elles, ne desserraient pas les lèvres. Adelina Dias disait : « Nous ne parlions de rien, petit papa chéri ! » Et le schéma se répétait, ils avaient commencé à s'absenter de la maison le dimanche après-midi, puis le mercredi soir, puis presque tous les soirs. Ils disparaissaient et rentraient tard, et comme si tout avait conspiré dans cette conjuration engendrée par une sournoiserie naturelle, même les chiens de garde se taisaient à leur retour. Le père avait bien organisé un service d'espionnage, mais les espions étaient déjà dans le camp des conjurés. Le système était toujours le même. Ce fut justement Fernandes, le mari d'Adelina, qui l'inaugura, ensuite les autres lui emboîtèrent le pas. Les fils de Francisco Dias allaient à S. Sebastião étudier des mots étrangers dans un dictionnaire Figueirintras et un manuel intitulé *L'Anglais sans maître*. Elle se souvenait qu'ils revenaient à la maison tard, ils rentraient en tapinois par la porte latérale, des papiers enroulés au fond de leurs poches de pantalon. Elle les voyait à l'entrée de la cour recevoir les uns après les autres les insultes de Francisco Dias, amaigri et déboussolé : « Bande de vauriens ! Canailles ! »

D'ailleurs ils n'existaient pas devant Francisco Dias. Ce n'est qu'à l'annonce de leur départ qu'ils commençaient à acquérir une singularité dans la maison, une identité propre devant leur père, ils se distinguaient du troupeau, du troupeau productif, de la brigade de travailleurs qu'ils constituaient, pour devenir des personnes à part entière. Pour se planter les uns après les autres devant les valises qu'ils faisaient de nuit. Elle s'en souvenait. Contrairement aux autres paysans qui faisaient d'un départ une sorte de fête avec un parfum d'enterrement et de fanfare, les Dias partaient sans bruit, sans prévenir. Ils quittaient leurs outils, leurs bêtes, leur fumier, leurs champs, leur femme, leurs enfants, leur vaste chambre, sans bruit, comme s'ils allaient faire des achats en train et seraient de retour le lendemain. Ils promettaient de revenir vite. Ils n'expliquaient pas à Francisco Dias où ils allaient. Ils mentaient. Elle se souvenait. Elle avait hérité de l'image de la sournoiserie à l'état pur. Les Dias se libéraient de leur père comme des lapins. Silencieux et rapides comme les lièvres dans les rêves. Ils se libéraient.

30

La nuit de la pluie, elle voyait les fils de Francisco Dias tourner le dos aux champs de blé, aux chargements sur les batteuses, aux labours, au travail journalier, tourner le dos au monde champêtre de Valmares, pour monter à bord de paquebots dont les photographies alimentaient l'image du *High-Monarch*, le navire britannique qui avait emporté Walter. Elle les voyait se libérer, silencieux, complices, poussant des cris de triomphe au-dessus de la mer. D'abord Fernandes et Joaquim en cinquante-trois, puis Manuel et Luís en cinquante-quatre, João en cinquante-six, Inácio en cinquante-sept. Elle les voyait s'éloigner, disparaître, s'évanouir merveilleusement au loin, entreprendre des travaux étranges et ardus, se confondre les uns avec les autres, faire venir ensuite leur femme et leurs enfants pour ne plus jamais revenir, eux, pour être plus féroces et plus durs encore avec Francisco Dias, pour surpasser Walter. Faisant revenir Walter lui-même.

Oui, il faut que Walter sache en cette nuit où il revient comment sa fille avait hérité du vide de la maison de Valmares, de ses portes immenses, des impostes vitrées par où entraient des flaques de lumière dans lesquelles les pas se reflétaient. Hérité du silence de la maison déserte, de l'écho de chaque chambre, des corridors qui les reliaient, des boiseries sombres entrecroisées. Comment elle avait hérité de cet espace de silence, d'attente, hérité de la chambre du haut entre toutes les autres chambres, hérité du pouvoir sur le labyrinthe. De l'espace qui s'était multiplié entre les murs, du damier des ombres, de l'enfilade des portes, de leur symétrie, des vides d'où les fils étaient absents, et avec leur départ tout s'était empli de la présence de Walter.

Pour Francisco Dias aussi Walter revenait, mais autrement désormais. Francisco Dias ôtait son chapeau avec colère. « Ils ont suivi son exemple, c'est lui qui leur a tourneboulé la cervelle avec ses histoires de gros billets de banque en cinquante et un. C'est lui qui leur a donné l'exemple. Lui qui les a poussés dehors. Lui ! » Francisco Dias voulait s'occuper des travaux des champs lui-même, il ne dormait pas, il se réveillait à quatre heures du matin, obligeait Alexandrina et Blé à se lever et criait dehors, avant que les étoiles ne pâlissent : « Custódio, viens donc ! » criait-il, privé qu'il était de bras pour la besogne. C'était des cris réconfortants qui prouvaient qu'au loin Walter résistait, le dos tourné. Où qu'il se trouvât, il était bien.

31

Oui, elle le savait. Maria Ema n'avait pas tenu. Elle avait laissé le fourniment du soldat se désintégrer. Maria Ema n'avait pas été capable d'attendre, de persévérer, elle n'avait pas eu la fermeté et la constance nécessaires pour attendre Walter, contrairement à la nièce. Car elle était de plus en plus la nièce de Walter. Mais cela n'avait pas d'importance. Custódio Dias avait beau être silencieux, il avait beau la prendre dans ses bras et l'asseoir sur ses genoux dans la charrette, elle attendait l'autre, alors que Maria Ema, elle, n'avait pas attendu. En 1953, un jour que Maria Ema s'était tournée à contre-jour dans la porte, on vit que sa taille s'était arrondie. Une rondeur pareille à une poche. Une poche pleine était suspendue au corps de femme de Maria Ema. La nièce n'avait rien remarqué avant, elle ne comprenait pas ce qui avait fait grossir Maria Ema et déformé son corps. Pourtant, même sans débrouiller ce mystère on comprenait qu'elle avait cédé à l'autre. Puis, l'une après l'autre, trois poches pleines, trois fils qui ressemblaient à Maria Ema et à Custódio. Maria Ema portait une blouse plissée et une jupe avec une ceinture qui paraissait immense. Et pourquoi ?

Parce que Custódio la promenait en berline, la conduisait à Faro, l'emmenait au cinéma voir Charles Boyer, la laissait danser avec ses cousins et ses sœurs à la Société Récréative, tandis qu'il se postait près du buffet. Parce qu'il lui avait acheté un manteau de martre zibeline qu'elle ne mettrait que deux fois par an, ou peut-être pas du tout certaines années. Il l'emmenait au salon de coiffure Lirio, lui rapportait des bas nylon, lui offrait des meubles laqués, un chauffe-eau Vacuum, une radio Luxor, un appareil suédois, pour qu'elle puisse danser l'après-midi. Des revues où elle pouvait s'identifier à tour de rôle à Michèle Morgan, Vivian Leigh et Ava Gardner, et se fabriquer une personnalité de femme. Et Custódio faisait tout cela contre la volonté de son père, contre son sens de la parcimonie, contre l'entreprise familiale fondée avant tout sur le principe de l'économie. Francisco Dias faisait la guerre à Custódio Dias puis faisait la paix avec lui. Car en fin de compte Custódio agrandissait la famille par de nouveaux petits-fils à un moment où ses autres fils et petits-fils filaient au Canada, aux Etats-Unis, en Amérique du Sud. Comme s'ils s'évertuaient à se disperser aux quatre coins du globe, comme s'ils voulaient bâtir l'envers des états-unis de Francisco Dias. C'était comme si la table familiale tombait en morceaux, année après année, et que chaque morceau finissait dans une région différente du monde. A la fin de l'année 1958, Francisco Dias en vint à accepter le gaspillage instauré par Custódio Dias. Dans l'immense maison de Valmares, il n'y avait plus qu'un seul fils, bien que Francisco Dias continuât à attendre le retour de tous les autres. Francisco Dias traversait des propriétés travaillées par des étrangers et bénissait le jour où Dieu lui avait donné un fils avec un pied bot, car celui-là ne partirait jamais, il resterait là, humblement, à attendre les autres. Et crachant par terre, il pensait à Walter Dias, le bourlingueur, l'annonciateur de la dispersion de la famille, il pensait à lui avec dépit, avec haine, avec une véritable rage. L'image de la carlingue où étaient morts les deux étrangers, là, si près de sa cour, et l'espoir secret qu'il avait nourri à l'époque lui remettaient en tête que les hommes rêvent de choses que Dieu dédaigne. Le temps lui-même lui semblait faux et dédaigneux. Et la nuit tombait.

32

Ces nuits calmes, infiniment tristes de la paisible année 1959. Les portes se fermaient et dans la maison il n'y avait plus que trois adultes. Francisco Dias voulait savoir d'où l'embarqué, le bourlingueur, envoyait ses vœux de bonnes fêtes? L'homme aux multiples visages. Celui dont on ne pouvait dire qu'il était ceci ou cela, car il était tant de choses à la fois qu'il n'en était plus aucune ? Cette année, il envoya de Floride des oiseaux qui ressemblaient à des grives. C'était en Amérique, la Floride ? Et le Canada ? N'était-il déjà plus au Canada, dans cette baie de Fundy où il avait mangé du poisson cru ?

De là, il envoyait des martins-pêcheurs en train de chasser le poisson. Ces oiseaux portaient une cravate argentée. L'argent qu'il dépensait là-bas en crayons de couleur aurait permis d'acheter les propriétés en vente autour de Valmares. Maintenant le bourlingueur descendait vers le sud. Il était aux Antilles. Que faisait-il, aux Antilles ? Quoi qu'il fît, il y peignait des oiseaux jaunes, gros comme des mouches, disait-il. Il se bornait à dessiner et à peindre. Ce n'était pas possible, il devait bien faire quelques chose d'autre pour se procurer l'argent qui lui permettait de se déplacer sur les eaux. Il ne faut pas oublier qu'on peut gagner sa vie en travaillant à bord d'un bateau. Francisco Dias sursautait. Un fils de Francisco Dias, travailler à bord d'un bateau ? Le misérable, le misérable bourlingueur. Mais ce n'était pas vrai. Le lendemain il recevait une lettre contenant le dessin d'un aigle. « Il est à terre puisqu'il dessine des aigles. »

D'où envoyait-il les aigles ? D'Inde, quand il était là-bas. Non, d'Inde il avait surtout envoyé des paons et des corbeaux. Les aigles, il les avait envoyés d'Angola. Non, pas d'Angola, mais du Brésil. Plus personne ne savait. Mais Maria Ema, elle, savait, même si elle ne le disait pas, elle le disait uniquement si Custódio le lui demandait. Alors elle savait. Il envoyait des aras du Brésil, des palmipèdes du Panama, des cigognes de Casablanca, des colibris de Caracas. Elle, oui, savait. Custódio montrait à son père qu'elle savait. Francisco Dias se mettait en colère. Sa bru, la femme légitime de Custódio Dias, ne devait pas savoir ainsi par où son beau-frère était passé. Elle n'avait pas à connaître par cœur les timbres des lettres dans lesquelles il envoyait les dessins d'oiseaux, car pour Francisco Dias les oiseaux étaient sûrement tous les mêmes autour du globe. Et lui, le bourlingueur, au lieu d'envoyer des photos et des cartes postales comme les autres fils, envoyait des dessins d'oiseaux.

Des plumes, rien que des plumes. Que savait faire le bourlingueur, hormis dessiner des plumes ? Une nuée de plumes s'élevait après son passage. Malheur à qui l'avait un jour suivi. Courbée entre Custódio Dias et Francisco Dias, Maria Ema gardait le silence. La fille savait tout cela, bien avant que Walter ne lui eût rendu visite la nuit de la pluie.

33

Elle savait aussi que Francisco Dias avait attendu pendant cinq ans le retour de ses fils et que peu à peu, sans que rien ne l'annonce, il avait commencé à vivre un Eldorado d'expectatives sans aucun rapport avec la réalité. Dans la maison splendidement vide où des pas ne résonnaient que de loin en loin, il imaginait un retour collectif infaillible, des présences absentes, mais précises, des silhouettes réelles qui se déplaçaient entourées de bolivars et de dollars.

De l'argent, des rivières d'argent prenaient leur source aux pieds de chaque fils et toutes convergeaient pour ne plus former qu'un fleuve qui avançait en serpentant, mois après mois, en direction de Valmares. Peu lui importait qu'un de ses fils soit enfoui au loin dans un sillon de neige où il traînait des billes de bois derrière un camion qu'il ne parvenait pas à rattraper. « Ici, on veut nous tuer et on nous paie des clopinettes. Nouvelle Ecosse », écrit l'un deux, Luís Dias. Francisco Dias n'était pas non plus gêné par l'obscurité d'une mine sous un lac où Manuel Dias travaillait des mois d'affilée sans voir la lumière du soleil car, comme il l'écrivait lui-même, il n'avait d'existence ni sous terre ni sur terre. Une photo le montrait coiffé d'un chapeau de métal avec une lampe sur le devant, un seau à la main, le visage luisant de fatigue. Peu lui importait qu'un autre soit enseveli sous les maisons en bois qu'il démolissait à coups de pioche. Il ne voulait rien savoir de l'immensité du paysage où étaient éparpillées des vaches, ces bêtes laitières rondes que Francisco Dias détestait. Il n'imaginait pas non plus ce que pouvait faire sur les collines de Caracas le fils qui avait raconté dans une lettre qu'il avait refusé de livrer du pain de porte en porte, comme le facteur à Valmares. Francisco Dias avait aussi entendu Custódio lire des lettres sur la dureté du travail le long d'une voie ferrée sans fin où cheminait péniblement son gendre Fernandes qui s'éloignait de plus en plus en direction du ponant. Une de ces lettres, adressée à Adelina, portait même une trace de sang et disait à peu près ceci : *Excuse-moi, Adelina, je ne voulais pas t'envoyer cette lettre mais je n'ai plus de papier ni d'encre et il faut absolument que je te donne de mes nouvelles aujourd'hui, sinon je ne sais pas quand je pourrai le faire car j'ai les doigts rongés jusqu'à la racine des ongles...* Francisco Dias ne voulait pas non plus avoir de nouvelles des femmes parties plus tard avec leurs enfants et qui habitaient maintenant loin de leur mari dans de minuscules pièces en bois. Il ne voulait rien savoir. D'ailleurs les Dias écrivaient peu et répugnaient à parler d'eux-mêmes. Mais la rareté des détails nourrissait l'imagination de Francisco Dias. Il savait vaguement où ils habitaient et ne voulait pas approfondir le peu qu'il savait, cela lui semblait participer de péripéties provisoires dans un monde provisoire dont le sens apparaîtrait à leur retour. Le reste ne le concernait pas.

C'était comme si ses fils et son gendre traversaient une épreuve initiatique dont les étapes étaient obscures et douloureuses, mais nécessaires, et qu'il ne voulait pas en connaître les détails, il voulait juste que l'épreuve s'achève. Il voulait que ses fils arrivent au bout et se dépêchent de lui annoncer qu'ils étaient devenus millionnaires. Aussi sûrement qu'il entendait les battements de l'horloge dans la salle, il les voyait revenir pour administrer les sommes d'argent qui coulaient vers sa maison avec la fluidité d'une source. Ni la mort, ni la vie des Dias ne l'intéressait. Ni l'avant, ni l'après. L'avant était simplement son propre père qui lui avait laissé le domaine, et l'après, la masse indistincte de ses fils qui devaient l'augmenter. Rien avant, rien après, rien au loin et rien à l'intérieur. Les horizons de son domaine étaient tout ce qui l'intéressait, le seul Dieu qu'il connaissait et auquel il vouait toute la rigueur de sa volonté. L'honneur, l'amour, la vie n'avaient de sens que transformés en hectares de terre. J'évoque ce temps où Francisco Dias vivait dans l'euphorie, à contresens du temps, pendant que sa petite-fille balbutiait des syllabes de langues mortes avec l'espoir superstitieux qu'elles redeviendraient des langues vivantes. Rassemblés dans un même espace pendant cinq ans, séparés par des espoirs contraires. J'évoque ce souvenir cette nuit, afin que Walter sache.

Francisco Dias en arrivait à demander à des propriétaires qui se défaisaient à la hâte de garrigues et de chênaies d'attendre le retour du premier de ses fils. Adelina et son mari si travailleur, de même que tous les autres, ne tarderaient pas à revenir. Il en avait la certitude. Il se levait la nuit pour ordonner à Adelina de nettoyer la maison de Valmares en vue de son arrivée. Pourtant, ils ne reviendraient pas de sitôt. Comme les ouvriers agricoles partaient eux aussi par-delà les frontières vers l'Europe, talonnés par la misère, et que ceux qui restaient se considéraient indispensables et demandaient cher, Francisco Dias commença à mettre des terres en jachère, à cesser de sarcler les figuiers, à fermer les ruches, en attendant ses fils. Chaque fois qu'une famille partait et laissait sa maison tomber en ruines et ses terres se couvrir d'orties, il imaginait qu'il achèterait ce qui était à l'abandon, qu'il ferait aplanir les terres et transformerait les cultures. Il se promenait entre les champs incultes et les maisons sans tuiles des alentours comme s'il en était déjà propriétaire. Il finirait par tout posséder, par être le seigneur de toutes les terres abandonnées. Il attendait. A ses yeux, quelque chose de plus décisif encore que l'invention de la roue était en train de se produire. Un grand espoir planait sur Valmares. Nous étions séparés l'un de l'autre par l'idée que nous nous faisions de l'avenir et par la table sur laquelle nous mangions. Nous ne nous ne parlions pas, nous ne nous comprenions pas. Je pensais que les Dias ne reviendraient jamais tandis que Francisco Dias entendait déjà leurs pas à l'autre bout de la cour. Ils rentreraient bientôt tous, ils reviendraient tous riches, sauf un. « Sauf un, sauf un ! » criait-il en se levant de table. Car Walter, lui, ne reviendrait pas.

Et soudain, au printemps de l'année 1962, une lettre de Walter. Il envoyait divers dessins d'oiseaux du froid, des plongeons du Nord volant au-dessus d'un plan d'eau, et sur toute une page il disait dans une écriture régulière une chose extravagante qu'il fallut relire plusieurs fois. Walter Dias écrivait qu'il avait l'intention de revenir.

34

Qu'est-ce que c'était que cette lettre ?

Et Francisco Dias s'appuya à la table pour ne pas tomber. C'était impossible. Le bourlingueur ne reviendrait jamais. La vocation d'un bourlingueur c'était de ne pas revenir à son point de départ, à moins qu'il ne soit plus capable de vagabonder de par le monde et que l'immobilité forcée en un même lieu ne lui rappelle sa terre natale. S'il n'était pas malade ou à l'agonie, le bourlingueur ne reviendrait jamais dans cette maison. Nous pouvions dormir sur nos deux oreilles, disait Francisco Dias. Son fils Walter avait trente-huit ans, il était au zénith de ses bourlingages et donc il ne reviendrait pas. Et s'il revenait, si par hasard ce hasard survenait, ce serait pour manigancer quelque chose de bizarre, de louche peut-être, à un moment où la maison de Valmares livrée au pas irrégulier de Custódio Dias avait avant tout besoin de paix, en attendant le retour des autres. Non, il ne reviendrait pas. Et pour qu'il ne revienne pas, pour que pareille idée ne lui traverse jamais l'esprit, pour l'en dissuader, il fallait lui écrire immédiatement une lettre solidement argumentée. Et comment serait rédigée cette lettre ? Francisco Dias sourit.

Ce serait une lettre chargée de couleurs sombres qu'il écrirait de sa propre main. Une lettre noire qui le dissuaderait de jamais revenir, car le bourlingueur avait trop roulé sa bosse dans le monde, contrairement à ses frères, qui s'étaient fixés dans des régions sûres et riches. Il fallait lui dire, et lui dire clairement, qu'il ne pouvait pas revenir ici. Walter était habitué à des moyens de transport rapides, paquebots, avions, trains au long cours, il était incapable de rester en place, ni de se déplacer au rythme de ses propres pas, ni de se soumettre au pas lent d'une bête. Or, dans la maison de Valmares il n'y avait que des moyens de transport lents, à ras de terre, enserrés entre les bas-côtés, se balançant entre les pâturages. Les transports existants étaient réduits à leur plus simple expression, à des fins strictement utilitaires et pratiques. Ils étaient également peu coûteux. Autant de raisons pour qu'il ne vienne pas.

Les bâches avaient été retirées des charrettes et elles gisaient par terre. Les poules d'Alexandrina allaient y pondre leurs œufs. Des abris magnifiques. Les charrettes servaient au transport des fardeaux, paille, outils, de tout ce qu'il fallait pour fertiliser un sol de plus en plus aride. Quelqu'un voyait il Walter revenir de si loin pour grimper sur le plateau d'une vieille charrette ? Et puis il y avait la berline. Elle était remisée et faisait l'objet des soins de Blé qui la nettoyait, mais il fallait bien reconnaître que la paire de bêtes qui la tirait était devenue par trop asymétrique et que seul Custódio à force de patience en venait à bout. Quelqu'un voyait-il Walter Dias conduire une voiture tirée par un attelage dépareillé ? Dans cette maison, personne. Et Francisco Dias se parlait à lui-même à haute voix. Oui, la carriole aussi était inutilisable. Elle avait été reléguée dans la remise des hottes à vendange, sa capote avait été enlevée et suspendue au plafond, et l'étoffe autrefois blanche était devenue toute noire. Les toiles d'araignée et la poussière avaient fait de ce véhicule un vieux rafiot qu'il faudrait brûler dans un grand feu, un de ces prochains hivers, pour réchauffer les deux ouvriers agricoles qui restaient encore. Qu'il ne compte pas sur les ouvriers. S'il envisageait de revenir, parce qu'il était encore attiré par la carriole noire, il fallait qu'il sache que les juments qui la tiraient avaient disparu depuis longtemps. Rien de tout cela n'existait plus. Alors que viendrait faire le bourlingueur dans cette maison ? Demandait Francisco Dias, en écrivant sur le papier les noms corrects de son fils et non le sobriquet qu'il prononçait entre ses dents.

Mais quand il eut fini, il hésita à fermer la lettre. Il la relut. Sa main trembla. C'était comme s'il venait de s'avouer à lui-même, noir sur blanc, l'état de ses propriétés.

Ce qu'il venait d'écrire était-il la vérité ? Sa maison, son entreprise, son idée d'un empire productif géré avec économie étaient-elle réduites à cette décadence ? Pourquoi ses fils émigrés tardaient-ils tant à revenir ? Pourquoi n'écrivaient-ils pas ? Ou écrivaient-ils si chichement, au dos de cartes postales ? Pourquoi se conduisaient-ils comme des traîtres ? Francisco Dias s'apercevait, sans que personne le lui eût demandé, qu'il venait de décrire pour la première fois la réalité cruelle de sa propre vie. Il mit du temps à finir la lettre. Mais il la termina comme il devait le faire, en concluant irrévocablement : *Ainsi donc, mon fils, ne reviens plus jamais ici.*

35

Si, il reviendrait, pris de nostalgie de la maison, il reviendrait, disait Walter dans les quelques lignes d'une lettre qui avait croisé celle de son père. Quelques lignes seulement, pour laisser de la place sur le papier à un dessin d'oiseau. Un animal du froid. La lettre ne permettait aucun doute, le bourlingueur voulait revenir.

Il revenait. Mais Francisco Dias ne comprenait pas pourquoi il revenait. Et s'il revenait, pourquoi il n'allait pas passer la nuit dans un petit hôtel au bord de la mer ? Pourquoi revenir à la maison puisqu'il n'y avait pas de place à Valmares ? La demeure de dix-huit pièces était bourrée de dépouilles, de vides, d'objets disparus, remplie d'absences, de départs. Il n'y avait pas de place pour l'arrivant. Si un autre fils était revenu, tout serait différent, il serait le bienvenu, la maison l'attendait, elle restait propre et rangée dans ce seul but, mais il fallait que ce soit justement celui-là, l'indésiré, qui revienne. Bref, dans une maison encombrée de tant de fils partis, il n'y avait pas de place pour Walter.

Francisco Dias parcourut le corridor plusieurs fois, sec, grand, courbé, la nuque raide, se tournant d'un seul bloc pour regarder de côté, frappant chaque porte de sa canne. La maison avait trente portes, mais il estimait qu'aucune ne devait s'ouvrir pour son fils Walter. Sa place était là-bas, très loin, là d'où il envoyait cet oiseau. Il savait, il pressentait que cet oiseau migrateur n'était pas porteur de bonnes nouvelles, qu'il venait détruire l'harmonie du couple, pilier de la maison, qu'il venait s'insinuer entre Custódio et Ema, perturber le père, agiter les trois petits neveux, semer le trouble dans l'esprit de la nièce déjà adolescente. *Non, ne reviens pas ici !* Mais Custódio imposa sa volonté. Custódio avait le courage des hommes qui ont déjà tout perdu avant même que les batailles ne commencent, et il aimait son frère, ce frère qui avait ce qui lui manquait à lui. C'était comme si son autre moitié venait à sa rencontre. Si cela n'avait tenu qu'à lui, Walter serait déjà de retour. Et il était certain qu'il reviendrait bientôt. D'après les feuillets qu'il envoyait, de plus en plus courts, toujours signés avec des oiseaux, le bourlingueur arriverait dans l'après-midi du 22 janvier 1963.

36

C'était en décembre 1962. Cette année et ce mois convergent vers cette nuit où Walter connaîtra ce temps de Maria Ema. C'est elle que je vois.

D'un jour à l'autre, la mère des neveux de Walter se transforma. Sans jamais mentionner la visite de son beau-frère, elle marchait sur la pointe des pieds et restait immobile pendant que Francisco Dias écrivait et lisait d'une voix de bombarde ses lettres à Custódio. *Ne reviens pas ici, ne reviens pas ici !* Une nouvelle discussion s'ensuivait. Personne n'aurait jamais imaginé que Francisco Dias veuille fermer la porte au nez d'un fils qui venait lui rendre visite. Maria Ema marchait sans bruit jusqu'au bout du couloir, penchait la tête sur son ouvrage, la relevait vers les caroubiers plantés dans la terre comme des bateaux avec des voiles vertes. Les bateaux au feuillage persistant et verdoyant en décembre se déplaçaient, invisibles et rapides, comme des animaux primitifs qui lui parlaient. Maria Ema voyait. Elle cessait de se pencher au-dessus de son ouvrage, le posait dans la corbeille, parcourait le couloir en sens inverse, s'arrêtait, sursautait, comme si une ombre mouvante l'agrippait par derrièrre. Elle frissonnait, la poitrine rentrée dans les épaules, le visage caché. Elle écoutait. Derrière la porte de la salle à manger Francisco Dias lisait de nouveau. *Ne reviens pas ici, ne reviens pas ici, mon fils Walter !* La discussion se poursuivait. Maria Ema traversait la maison dans toute sa longueur d'un pas pressé. Elle allait d'une fenêtre à l'autre, d'une extrémité à l'autre de la maison rectangulaire. Elle allait et venait, sérieuse, comme si elle était occupée à une activité sérieuse. Mais elle ne faisait rien. Parfois, dans un débordement d'énergie, elle vérifiait les poignées des portes, les actionnait, en éprouvait la solidité. Elle avançait dans la forêt des portes. La maison sentait la lavande, elle sentait le changement. Jamais, même à Noël, Maria Ema n'aura déplacé autant d'objets. Pourtant, quand Custódio Dias surgissait clopin-clopant dans l'embrasure de la porte, elle suspendait son geste, interrompait ses déménagements. Les nappes restaient en suspens, la porcelaine en l'air, le nom d'Alexandrina à moitié prononcé. Alexandrina l'aidait. Elle aussi s'arrêtait. Maria Ema reprenait ses esprits. Sa vie et son âme étaient déroulées devant tous avec la netteté d'une carte de géographie. Blé disait aux journaliers qui restaient encore : « Le soldat Walter revient pour la Noël ! » Un Noël qui n'arriverait qu'à la fin du mois de janvier. Il en fut bien ainsi. J'évoque le souvenir de ce jour de Noël en 1962 où Maria Ema revêtit une robe de soie.

Je me souviens du froid qui soufflait ce jour-là et de l'image de Maria Ema, dans sa robe de soie estivale, devant le miroir. Ses enfants l'attendent dehors en gambadant. La berline est attelée. Et Maria Ema est debout au premier étage et se regarde par-delà le tain du miroir. Custódio l'observe de derrière, et lui aussi la voit par-delà la glace. Sur le lit, étendu, comme une personne qui attend quelqu'un à bras ouverts, le manteau boréal de martre zibeline.

Soudain, les muscles cessent de s'agiter, les grelots de tinter. Un silence de verre règne dans la chambre. Ni lui ni elle ne parlent. Elle est prisonnière d'une rêverie qui se reflète dans le miroir, elle est face à son image réfléchie, elle attend. Seule, silencieuse, elle attend. Il n'existe pas d'abécédaire permettant de dire cette tragédie silencieuse. Alors Custódio s'avance vers elle, vers les épaules dévêtues de Maria Ema, et il lui dit que la température est basse. Il lui dit davantage, il lui dit qu'il est encore trop tôt, que Walter ne s'est pas encore mis en route. Il serait déjà en route s'il venait en bateau, mais il vient en avion. Il n'a pas encore fait sa valise, il la fera la veille de son départ qui n'aura lieu que dans une vingtaine de jours, à en croire les lettres. « Pas encore ! » dit-il. « Pas encore ? » Devant le miroir, Maria Ema se ressaisit, mais elle ne le montre pas. Après, elle enlève la robe. Elle est en bas de nylon fixés par une jarretière au-dessus du genou, elle est en combinaison de satin et son dos et ses épaules sont nus. Ses cheveux sont défaits. Maria Ema relève sa robe et, sans grands gestes, comme si ses mains étaient des lames de ciseaux acérées, elle la prend par les coutures du décolleté et la déchire. Le visage blanc, les yeux fixes, la robe qui s'ouvre par le milieu. La robe en lambeaux, devant le miroir. Puis Maria Ema se dirigea vers le lit, se recroquevilla tout au fond, enfouie sous les draps, comme si elle habitait à l'intérieur du lit, pour n'en émerger qu'au bout de plusieurs jours.

Dans huit jours, trois jours, deux jours. Comme dans le compte à rebours du Spoutnik. Pour que cette nuit Walter sache.

37

Avec le recul, le temps qui allait commencer semble un entracte, une scène rapide se déroulant entre une porte qui s'ouvre à l'Est et une autre qui se ferme à l'Ouest, et entre ces deux rideaux, il se produit un susurrement, un sursaut, une effervescence, comme si le sable froid de l'hiver était en ébullition. Comme si un vent soufflant des entrailles de la terre cinglait les vêtements, les pans des manteaux, les dômes des parapluies. Et comme si tout cela était arrivé en un jour, en une heure. Avant c'était le silence, après le silence. Comme si ce temps avait été creusé dans le siècle en un condensé de vie. Car tout ce qui était arrivé avait eu pour finalité ce temps-là et tout ce qui était venu après en avait découlé en réaction à ce tumulte, à ce feu d'artifice, à cette combustion qui avait eu lieu dans la maison et qui se répercutait sur la végétation, sur les nuages rapides, enflés comme des poitrines de tourterelles, qui venaient de la mer. Qui venaient des vagues, survolaient les falaises, avançaient au-dessus de la plaine et s'en allaient déverser leurs déluges abrupts près des ravins des montagnes. Il était difficile de dire si cette bénédiction était due à son attente. L'attente de Maria Ema.

Le jour de l'attente.

Maria Ema avait trente ans, elle était à l'apogée de sa splendeur. Elle se coiffait en boucles retournées à l'intérieur, comme Ingrid Bergman dans les revues. L'ondulation allait des tempes aux épaules. Maria Ema était en train de se maquiller. De se maquiller pour deux hommes. Je le sais, je l'ai vue. J'évoque cet instant. Custódio se tenait de nouveau à côté d'elle et il lui tendait le nécessaire à maquillage. Elle savait. Il y avait du désespoir chez lui, un désespoir surmonté jadis dont cette magnanimité était le fruit. Il traversa la longue pièce parquetée et lui tendit l'étui.

Mais le maquillage de Maria Ema se réduisait à un trait de rouge à lèvres. Elle ne mettait rien d'autre. C'était la bouche qui se transformait. La carnation blanche pâlissait à côté du rose vif de la bouche. La bouche de Maria Ema devenait une vraie rose, une rose nacrée brillante, qui avivait ses yeux, rajustait sa coiffure, affinait sa taille, faisait son pied plus effilé, sa cheville plus fine, sa main plus satinée. Le fard de sa bouche la révélait toute entière. C'était inexplicable. Pourtant elle ne se maquillait les lèvres que dans les grandes occasions et les jours de messe. Maintenant elle dessinait sa bouche devant la glace, devant cette même glace où trois semaines plus tôt elle avait déchiré une robe. Mais ce vêtement plus intime qu'une robe était déjà recousu, déjà ré-assemblé. Elle se tenait devant la glace dans une autre robe, en laine bleue, et se fardait la bouche de rose, avec une touche d'orange et de cannelle, un soupçon de vermillon. Et de nacre, comme le voulait la mode. Elle reculait le visage, l'avançait, tendait les lèvres, les étirait, y repassait du rose pour la dixième fois, tandis que dehors les bêtes attelées à la berline grattaient le sol de leurs sabots. Le frère boiteux avait changé d'attelage, dépensé neuf millions de *reis*, qu'il n'aurait pas dû dépenser, pour que les bêtes soient de la même taille. Le frère de Walter voulait que Maria Ema se dépêche, pour pouvoir aller chercher l'ancien soldat Walter, devenu bourlingueur et devenu maintenant Dieu sait quoi. Custódio Dias avait apporté lui-même le tube de rouge à lèvres. Maria Ema retouchait une dernière fois sa bouche. La différence entre être maquillée et ne pas l'être était aussi radicale qu'entre être vêtue et être nue. Elle était nue, évidemment.

Comment un paysan bancroche aurait-il traversé la pièce pour apporter du rouge à lèvres à sa femme le jour où elle attend son frère, si elle n'avait pas été nue ? Comment un homme mettrait-il sa vie et son amour en péril, devant son frère, s'il n'y avait pas eu une nudité profonde en Maria Ema ? Et s'il n'y avait pas eu dans le geste de Custódio de la passion, de l'amour, plus que de l'amour, peut-être l'image de la perfection. Walter ne venait pas seulement d'Australie, il venait d'Afrique, il venait d'Afrique du Sud, du Tanganika, d'Angola, il venait des côtes de l'Amérique du Sud et des Caraïbes, des Antilles, il venait du Nord, de l'Amérique du Nord, des terres froides du Canada. Il apportait un morceau du monde avec lui, l'âme du monde, la sensation du mouvement à travers l'espace. Comme si Custódio savait que pour lui le monde n'existait pas, comme s'il avait perdu depuis toujours ce qu'il avait à perdre et qu'il ne lui restait plus que l'acte de donner, le geste de tendre une serviette, un tube de rouge à lèvres. Il le tendait. Elle se maquillait la bouche. Elle se levait. Le cheveu ondulé et la bouche peinte. Elle pouvait à peine supporter la joie. Maria Ema ressemblait à une île écartelée qui tantôt émergeait tantôt s'enfonçait. Elle était restée enfoncée huit jours durant, maintenant elle émergeait, resplendissante, lèvres couleur de rose nacrée. Alors, au moment où elle rentrait le rouge dans le tube, quand nous étions tous presque prêts à aller le chercher, les bêtes agitées raclant le sol de leurs sabots à côté de la berline, Walter arriva. Il arriva en taxi.

38

J'entends le roulement du taxi et le taxi lui-même. Walter arrive dans la cour et les bêtes agitées grattent le sol devant la berline, les bêtes sursautent, se figent. Le glissement suave du taxi dans la boue, puis sur la pierre. Le chuintement moelleux des pneus à l'arrivée. En 1963 un taxi était encore un moyen de transport peu usité. Dans le taxi sombre il y avait un homme en gabardine claire avec une cigarette allumée. D'abord un pan de la gabardine émergea, puis la main avec la cigarette, et seulement après, quand il nous aperçut dans la cour, le soldat Walter.

Nous étions à la porte pour l'accueillir. Nous n'avions pas l'électricité mais nous avions le téléphone. Custódio Dias l'avait fait installer dans l'entrée pour Maria Ema et pour les gens des environs. Walter avait téléphoné pour dire par quel train il arriverait. Mais une fois à Lisbonne, les horaires de train lui avaient semblé malcommodes et il avait loué un taxi. Il arrivait à l'instant où, prisonniers de la couleur des lèvres de Maria Ema, nous n'étions pas encore prêts. Même elle n'avait pas encore arrangé ses cheveux sur ses épaules ni chaussé ses souliers à talons hauts. Custódio n'avait pas encore enfilé son pardessus. Francisco Dias n'avait pas encore mis son chapeau ni sa veste en peau de mouton. Les neveux de Walter n'avaient pas encore noué les lacets de leurs souliers. Le fils aîné de Maria Ema, c'est-à-dire sa fille, n'avait pas encore rassemblé ses cheveux en queue de cheval. Et c'est ainsi, dans cette précipitation, dans cet inachèvement, les bêtes non encore attelées à la vieille berline, le pinceau et l'huile encore accrochés aux roues, c'est ainsi que Walter arrivait en avance. Dans une gabardine ouverte sur un costume bleu marine, avec trois valises et une cigarette éteinte sur le pavé. Lui devant nous, et nous sept, interloqués, raides comme des piquets. Et alors les embrassades commencèrent.

Walter embrassa Francisco Dias avec de grandes accolades, joue contre joue, mains dans le dos, poitrine contre poitrine. Walter étreignit son frère, joue contre joue, leurs corps réunis à hauteur de poitrine. Mêmes accolades, mêmes claques dans le dos. Walter serra la main de Maria Ema, l'embrassa sur les deux joues, un baiser sur chaque joue, en l'appelant ma sœur. Ma chère sœur. Il souleva chacun de mes frères, ses neveux, à hauteur de ses épaules, déposa un baiser sur chaque joue de l'aînée, la nièce. Il dit lui-même. « Embrasse ton oncle Walter ! » Il le dit lui-même. Tous le dirent. Avec un bel ensemble. Ils dirent : « Ton oncle Walter est arrivé ! » Maria

Ema le dit. Elle avait à peine un peu plus du double de l'âge de la fille de Walter et pourtant elle le dit. La joie faisait de Maria Ema un roseau oscillant dans le vent. Le vent, le souffle, la vie venaient de ce corps qui arrivait, ce corps rayonnant, connu bêtement sous le nom de soldat Walter. Maria Ema dit dans un cri : « Va, cours, ouvre la porte de la chambre de ton oncle Walter ! » Cela semblait incroyable, mais Walter Dias était là, en chair et en os, il revenait, il était arrivé.

39

Walter Dias entra, ôta sa gabardine, s'assit à table, on alluma la cheminée, il frotta ses mains devant la flamme, secoua ses cheveux bouclés, garda son cache-col rouge sur son costume bleu marine, essuya les semelles de ses souliers sur la serpillière. Il s'assit à table. Il se servit dans la soupière que lui tendait Alexandrina, attendit qu'on lui adresse la parole, qu'on l'invite à parler. Il était prêt à répondre aux questions mais personne ne lui demandait pourquoi il était revenu dans la maison de son père. Sa figure parlait d'elle-même. Il revenait comme revient celui qui se sent bien dans l'espace qu'il traverse et domine, un espace qui ne l'agresse pas, qui l'accueille, l'embellit, le valorise, l'exalte et le révèle. Walter était là et n'avait pas besoin de dire pourquoi, car sa seule venue était une raison suffisamment explicite. Francisco Dias, au haut bout de la table comme jadis et toujours, acceptait lui aussi. D'ailleurs demandait-on pourquoi le soldat Walter était revenu de l'étranger ? Non. Walter lui-même dit en poussant un profond soupir : « Eh oui, mon frère, me voilà de retour ! » dit-il en tapotant la main de Custódio, sa belle-sœur près de lui. Ni ce jour-là, ni les jours qui suivirent, personne ne posa la question. Et il se mit à pleuvoir.

Il plut. Pendant plusieurs jours la pluie tomba. La maison fut enveloppée de pluie. C'était comme si la pluie voulait que nous soyions réunis tous les huit autour de la table. Parfois la pluie était diluvienne. On l'entendait tambouriner sur les toits, contre les vitres, contre les portes fermées, sur les abreuvoirs débordants, sur les citernes fissurées. Nous sommes en janvier 1963, nous sommes assiégés par la pluie, je l'ai déjà dit. Mais j'ai beau le dire, il m'est difficile d'oublier le bruit de cette eau en furie. Elle a encore le dessus, elle vous suffoque, elle rentre par cette nuit de lune et la métamorphose, la mouille et l'emplit de bruits liquides. Cette nuit est traversée par le temps du retour de Walter en 1963. Après, on a raconté qu'il avait sa couverture dans une de ses valises. Je ne l'ai pas vue, je ne sais pas. Les valises furent ouvertes dans la chambre qu'Alexandrina et Blé avaient nettoyée, blanchie à la chaux et cirée. Sur le moment, personne n'a parlé de cette couverture. Après, très longtemps après, on a inventé la présence de la couverture à son arrivée, mais cela n'a pas d'importance. Ce qui importe c'est que la pluie nous a enfermés tous les huit dans cette maison. Les nuages venaient des vagues, traversaient les falaises, avançaient au-dessus des plaines et allaient déverser leurs masses d'eau près des montagnes entaillées de ravins. La pluie, les flaques, le lac blanc qu'étaient devenus les champs de fèves encerclaient notre demeure. Nous sommes assiégés par ces escadrilles de nuages qui vrombissent en passant au-dessus des toits des maisons. Les deux ouvriers agricoles sont immobiles sous l'appentis, debout dans leurs bottes rigides, cloutées et ferrées. Eux aussi sont prisonniers des eaux, prisonniers du temps, en face de nous, à côté, adossés aux murs, conscients que dans la maison il y a un homme différent, il y a Walter. Tous ont entrevu la silhouette de Walter. Personne ne demande ce qui a ramené Walter à Valmares, dans la maison de son père. La question est autre, dans la douce prison de pluie. C'est Maria Ema qui la pose : « Elle va durer encore longtemps cette pluie ? » Maria Ema est debout, elle nous tourne le dos, elle écarte les rideaux de la fenêtre et Walter va vers elle pour inspecter les nuages gonflés, blancs et gris, de tempête méditerranéenne. Lors de son retour.

40

La pluie dura-t-elle plusieurs jours, une semaine, deux semaines ? Même pas un jour ? La nuit se multiplie en nuits de pluie, le jour se divise en jours d'eau tombant entre le ciel et les champs de fèves, une eau fine, dure, lisse, brillante, qui tombe en cordes, ou tamisée, ou en cascades, entre de subites éclaircies. Mais le jour et la nuit ne font qu'un autour de la table et du crépitement de la cheminée. Le feu, la table. Tous les huit autour de la table. Pourquoi Walter Dias est-il venu ? Question dépassée et vaine.

A laquelle il répond lui-même, dès le deuxième jour.

Il est venu pour décrire à son père et à ses neveux, à son frère et à sa belle-sœur la vie en Australie, les sols instables, les maisons en bois, les fermes éloignées, les tempêtes de sable, les feux de forêt impossibles à éteindre, les côtes découpées. Lui à Canberra, à Sydney, à Melbourne. A quoi ressemblent les gens, les fêtes. A quoi ressemblent l'Inde, l'Afrique. Des concentrés de synthèses élaborées à partir de la vue et de l'odorat. L'enchantement ou la répugnance qu'il manifeste n'ont rien à voir avec le contenu de ses lettres, ainsi raconté c'est son récit à lui, c'est comme s'il rouvrait les routes du monde avec une joie d'enfant, d'adolescent qui s'émerveille de découvrir le monde avec ses limites, ses ressemblances et ses différences. Et tout à la fin, d'autres synthèses encore. A son goût il y a trop d'huiles en Inde, tout y est luisant, même la mer a l'air huileuse, tellement il y a d'algues dedans. L'Australie est trop lointaine, l'Afrique trop sauvage. D'ailleurs le monde avait commencé à changer, à être en proie à de nouveaux tiraillements. Il le savait pour avoir été en Inde. L'Afrique serait bientôt à feu et à sang, ce serait irréversible, l'avenir lui paraissait bien sombre pour ce continent. Il fallait que les gens pacifiques s'en aillent. Le monde est vaste, mais il y a toujours des êtres qui s'attachent aux lieux. Pas lui. On peut vivre partout, à condition de pouvoir partir vers un ailleurs de paix et de prospérité. Pour sa part, il préfère l'Amérique du Nord. Lui-même arrive d'Ontario où le monde est différent, il y fait meilleur vivre et c'est tranquille. Là-bas on travaille et on a du temps pour tout si on le veut, on a de l'argent pour continuer à voyager et on a du temps pour dessiner. Non, il ne vend pas ses dessins, il les donne. Francisco Dias a des doutes, mais il ne trouve pas d'arguments à opposer à Walter. Pour la première fois il se dit qu'une occupation décente n'est peut-être pas incompatible avec des dessins d'oiseaux.

41

Oui, il parla aussi de Valmares, mais ce qu'il en dit fut inattendu. Il cessa d'attiser le feu pour déclarer que son frère et sa belle-sœur devraient se débarrasser de cette maison et de ces terres avant qu'elles ne valent plus rien, pour investir dans une affaire sur la côte. Que cela ne valait pas la peine de se lancer dans la mécanisation des cultures sur des terrains dispersés, séparés les uns des autres par des kilomètres et de hauts murs de pierre. Avant que d'autres ne se précipitent sur cette industrie, ils devraient investir dans le secteur des loisirs. Le loisir et le récréatif étaient par excellence les domaines qui rapporteraient de l'argent. Les loisirs deviendraient la grande source de richesse, la grande source de développement, de changement, de transformation du monde. Les loisirs seraient un mode de vie, une finalité, une raison d'être. Il fallait que quelqu'un investisse dans ce secteur.

Mais Francisco Dias se méfiait du sens de ces paroles. Pour lui, loisir faisait penser à Lazare, lazaret, c'était des notions tristes. Comment le loisir pouvait-il créer de l'argent ? Loisir et fainéantise étaient des mots distincts et il était difficile de les associer à l'idée d'un rendement assuré. Comment une industrie pouvait-elle dépendre de l'envie de se reposer des gens ? Et si les gens n'avaient pas envie de se reposer ? S'ils préféraient travailler sept jours sur sept, comme il avait toujours fait, lui, toute sa vie durant ? Le loisir n'était pas une industrie contre laquelle il troquerait un seul arpent de ses domaines. Le loisir pouvait-il sérieusement rapporter de l'argent ? Quel genre de loisir pouvait être utile ? Demandait le père au bourlingueur, qu'il appelait son fils, en le regardant d'un air soupçonneux. Mais il est faux de dire que Walter ait insisté auprès de Francisco Dias, qu'il l'ait malmené ou menacé comme on l'a raconté. Bien au contraire.

Walter finirait simplement par s'expliquer plus en détail. Il pleuvait, nous continuions à être assiégés et Walter déclara qu'il était venu pour nous dire que tout allait changer. Que le changement ne se ferait pas du jour au lendemain, mais qu'il se produirait, qu'il commençait déjà à se produire, il le savait. Walter Dias venait dire qu'il était encore temps d'établir la maison du père ailleurs. Que nous devions fuir les événements qui se préparaient, comme devant une tempête ou un incendie. Un incendie blanc, une marée noire qui nous anéantiraient au milieu de la plaine. Il fallait vendre le domaine, partir, décamper, l'établir ailleurs. Et là Francisco Dias aurait dû tempêter, démolir cette image du fils prodigue devant ses quatre petits-enfants, mais il ne voulait pas réagir, ou cela ne lui semblait pas nécessaire, puisqu'il avait une certitude, un atout. Son fils Custódio avait un pied malade, jamais il n'embarquerait. Il s'occuperait de tout jusqu'au retour des autres.

Je vois Francisco Dias en cette heure de conversation familiale, d'examen des comptes de la gestion commune, cet acte sacro-saint de l'espèce humaine. Et en fait, les yeux du père sourient, car la cheville de Custódio est l'ancre qui l'amarre, par la grâce de Dieu qui a offert cette maladie au fils aîné, a donné cette bouée de sauvetage à son bateau, à sa terre, à sa maison. Ce pied tordu de Custódio sauve sa fortune, son honneur, l'honneur des Dias qui sont restés. Il nous relie au bon vieux temps d'autrefois, aux temps où la maison de Francisco Dias était une entreprise, et aux temps heureux qui s'approchent. Nous ne pouvions pas partir, nous ne pouvions pas abandonner le domaine.

Le domaine était ces terrains dispersés que les Dias accuseront Walter plus tard d'avoir traité d'empire de cailloux. Et la maison où nous faisions du feu et où nous nous abritions d'être le quartier-général en ruines de cet empire. C'est un mensonge. J'étais l'aînée des neveux de Walter. J'entendais tout ce que Walter disait, ses paroles, ses hésitations, ses respirations profondes, les interruptions pendant lesquelles il fumait, approchait la cigarette de ses lèvres. Moi, sa nièce à l'époque, j'entendais tout et je ne l'ai jamais entendu dire que le domaine de Francisco Dias était un empire de cailloux. Peut-être les frères Dias m'auront-ils confondue avec Walter, bien des années plus tard. Car moi je leur dirai, je leur écrirai que ce domaine était fait de murs pourris, d'yeuses sauvages, et qu'il était un empire de cailloux. Maria Ema et Custódio étaient restés dans cet empire comme des lézards errant dans une citerne romaine abandonnée. J'ai écrit cela, moi. Mais Walter ne l'a jamais dit, il n'a jamais proféré cette injure. C'est un mensonge. Lui était lui, il n'était pas moi. Cela n'avait pas d'importance.

42

Le bourlingueur, l'homme qui avait beaucoup roulé sa bosse, portait un costume bleu marine, un pull-over en laine. Ses gestes avaient changé et il dessinait des oiseaux pour montrer à ses jeunes neveux sur le planisphère à quoi ressemblaient la faune et la flore du monde qu'il connaissait. Il savait et enseignait. La nièce, plus grande que les neveux, regardait les dessins de loin, debout, par-dessus la tête de ses frères. Elle voyait Walter jauger la feuille de papier, l'agiter, la tourner, prendre un crayon, faire une esquisse rapide d'un geste ample et fignoler ensuite les détails, remplir les espaces de couleurs, le crayon allant d'arrière en avant, dans un mouvement sûr de lui. Tantôt c'était des dessins rapides, juste pour illustrer les espèces et leur habitat, tantôt les dessins s'animaient d'intentions, et des sentiments apparaissaient dans l'expression des bêtes comme si elles avaient une âme. Penchés des heures entières au-dessus de la table, les neveux regardaient naître du papier un oiseau, puis un autre, un autre et encore un autre, des nuées d'oiseaux s'échappaient de la main féconde de Walter. Tranquilles, muets, pendant qu'il pleuvait.

Mais soudain les dessins s'arrêtaient et les neveux regardaient Walter en silence. Francisco Dias attisait le feu en silence. Custódio Dias regardait les dessins d'oiseaux et le feu. Elle aussi entrait dans la salle, elle aussi en silence, elle aussi dans une attitude d'attente, absente, comme s'il ne se passait rien. Mais c'était faux. La nièce de Walter le savait. Maria Ema entrait, prête à se défendre et à attaquer, prête à fuir. Prête à arriver. Mobile, toute entière mobile, et comme sa tête à la chevelure ondulée tournait en tous sens, sa respiration s'ajoutait à la pluie pour engendrer un souffle enveloppant qui se mêlait au bruit du thé et le transformait en cascade bouillonnante. Sa main tremblait, le thé déviait de son cours, les anses des tasses heurtaient les verres de vin. Des taches rouges s'étalaient sur la table. Elle disait « Ah ! » Les deux frères se précipitaient, accouraient en même temps. Elle leur souriait à tous deux avec la même bouche fardée. On comprenait que Maria Ema s'était maquillé la bouche seulement pour Walter. C'était une femme à l'apogée de sa jeunesse, une femme visitée par l'amour, incendiée par le brasier du désir, mise enfin au bord de l'étreinte. L'amour au masque rose lui posait la main sur l'épaule et la poussait vers le corps de l'homme dont il avait fait sa demeure. Je la vois penchée au-dessus de la table, la théière blanche à la main, rougissante, les jambes tremblantes, les cheveux éployés, se redresser, courir avec le récipient vers la fenêtre et s'exclamer que ces gros nuages annonçaient un orage. « Ah ! » disait-elle encore. Les trois jeunes enfants de Maria Ema couraient vers leur mère, Custódio les éloignait de la fenêtre, il éloignait Maria Ema du coup de tonnerre imminent en la prenant par la taille, il l'éloignait de l'embrasure de la fenêtre. Francisco Dias éteignait le feu, Alexandrina éteignait les lumières, Walter les rassurait tous. L'éclair déchirait le ciel. Walter savait qu'en Orient il y avait des typhons femelles et des typhons mâles, il connaissait des courants terribles, des tempêtes qui changent le lit des fleuves, il connaissait les catastrophes naturelles, les tempêtes de l'Afrique, les tempêtes de l'océan Indien, le piaillement de l'alcyon qui annonce l'ouragan, les pluies de Cabinda, les pluies de la Guinée, la foudre qui fendait les arbres en deux sous l'équateur. Et de l'autre côté de la terre, les nuages, les blanches tempêtes de neige, les maisons enfouies sous un froid manteau de glace. Qu'étaient donc ces nuages qui passaient sur la côte sud-ouest de l'Europe, par cette porte de douceur où tout n'était qu'effleurement sans gravité et sans violence, comparé aux grandes révolutions de la nature, aux typhons en Floride, qu'il n'avait jamais vus, mais que ceux qui les avaient vus lors de leurs voyages dans une petite partie du monde lui avaient racontés. Et lui, certes, continuait d'observer les oiseaux. Les oiseaux fuyants. Maria Ema se sentait protégée par les bras de Custódio et elle s'y pelotonnait devant Walter. Walter Dias était face à elle, face à leurs enfants, face à son père et à sa fille qu'on appelait sa nièce et face au mari de Maria Ema qu'il appelait son frère. Mais nous étions bien dans l'obscurité du soir, assiégés par la pluie, par le tonnerre qui s'éloignait, s'affaiblissait, se morcelait, puis revenait, refluait, comme s'il voulait nous emporter à tout jamais, excités, décontenancés, désorientés, enveloppés par une mer d'eau.

43

En tout cas, Francisco Dias ne pouvait pas se demander pourquoi son benjamin était revenu. La raison était évidente. Là où il était, il remplissait l'espace, il n'y avait pas de place perdue, rien n'était gaspillé. Accroupi entre la table et le feu, il parlait à quatre enfants qu'il appelait ses neveux, il expliquait, dessinait des oiseaux invisibles, qu'il savait être cachés et tapis dans des trous, en attendant que l'orage passe pour pouvoir commencer à bâtir leur nid. Il connaissait le coucou, le rouge-gorge, le bouvreuil, le grimpereau, l'oiseau suceur de figues, le rossignol, la fauvette. Il savait parfaitement où était le plumage clair, les plumes sombres, les cravates, les capuchons, les couronnes, les joues, les narines, les yeux, les longues plumes de la queue. Il parlait fort. Pour dessiner un oiseau, n'importe lequel, il faut commencer par dessiner un œuf. Dans un oiseau, il y a toujours un œuf, sa forme intérieure est ovoïde. Après avoir dessiné l'œuf on ajoute tout autour ce qui a le moins d'importance. Les plumes. Mais il faut faire attention avec les plumes car ce sont elles qui donnent aux oiseaux leur beauté. Il faut avoir la main très sûre pour les peindre. Il n'y a rien de plus difficile que de peindre des plumes. Les neveux allaient chercher une plume, Walter écartait les barbes, les réunissait, montrait la souplesse et la résistance du rachis puis disait : « Maintenant nous allons la copier. » Puis il rappelait qu'elles étaient disposées en couches par milliers, que parfois on savait qu'elles étaient là mais qu'on ne les voyait pas, qu'elles se transformaient en touffes lisses et que si on fermait les yeux on verrait l'oiseau comme une organisation de taches. « Je vais en dessiner un rien qu'avec des taches. » Et il prenait un fusain et l'estompe et il étalait les ombres pour former les taches. Démontrait-il pendant la pluie. Je convoque la pluie, la fin de la pluie. « Dessines-en un autre, encore un autre, et maintenant un qui vole ! »

44

Quand le mauvais temps cessa pour se diriger vers le continent, le champ de fèves était un lac de flaques si profondes qu'elles semblaient bleues. Il commença à faire froid et la gelée créa comme des draps à la texture de verre. Le ciel se refléta dans le verre et dans l'eau. Walter s'enveloppa dans sa gabardine et téléphona. Il dit qu'il paierait le téléphone. Que pendant son séjour ces dépenses-là seraient à sa charge. Et il téléphonait, demandait qu'on rappelle, attendait. Quand il recevait les appels, il fermait la porte. Il semblait avoir un secret, semblait préparer une surprise. Il riait, riait. Il ignorait ce que ses frères diraient plus tard du triomphe qui le faisait rire à côté du téléphone, mais pour l'instant il riait. Il riait beaucoup. Ah, le rire de Walter. Le visage mobile, plutôt osseux, les dents blanches, le teint basané, les yeux clairs, les cheveux frisés, tout cela dominant une gabardine longue. Une cigarette après l'autre. Il va enfin sortir. Il ne voulut prendre aucune des charrettes, non plus que la berline. La vieille berline qui remorquait l'autre siècle derrière elle comme une ultime traîne. Walter enfila des bottes de caoutchouc et marcha sur les miroirs de glace, traversa les champs de fèves gelés, transformés en miroirs, et disparut sur le chemin qui menait à la route. De l'appui de la fenêtre où nous nous tenions, nous voyions briller sa gabardine. Où pouvait-il bien aller ? Reviendrait-il ? Pendant presque quatre heures, nous avons cru qu'il ne reviendrait plus jamais. Francisco Dias pensa qu'un bourlingueur serait toujours un bourlingueur, qu'il ne changerait jamais. Mais quand l'inquiétude s'installait déjà dans la maison, on entendit un bruit de roues. Nous courûmes à la fenêtre, descendîmes dans la cour et nous vîmes Walter arriver dans une automobile. Une grande Chevrolet noire, toute neuve, bien mieux qu'un taxi. « Une auto ! » crièrent-ils. Walter Dias, le benjamin de Francisco Dias avait une automobile.

45

Oui, c'était une Chevrolet noire avec des bandes argentées, un capitonnage gris, un tableau de bord étincelant, un miroir luisant, un espace habitable, une maison sur roues pour couronner ce jour, ce jour d'excitation. Devant tous les autres, Francisco Dias était anesthésié, comme si une potion d'oubli avait aboli les autres fils absents. Et la distance entre l'Occident et l'Orient avait été franchie en à peine un jour.

La promenade a un but, elle a un véhicule, elle a un chauffeur, elle a des passagers, de la boue, des éclaboussures de boue, des taches douteuses qui souillent la surface lustrée du véhicule. Elle a une route, elle a un itinéraire, elle a des cris. C'est nous, l'ensemble indistinct des neveux de Walter Dias, qui crions. La fille elle-même, pendant tout ce temps-là, se moque pas mal d'être la nièce et elle crie de joie dans la grande barque noire conduite par l'oncle Walter, qui est son père. Elle fait semblant d'être la nièce sans la moindre difficulté, elle fait semblant en échange de cette joie inoubliable. « On y va ? » disait-il dans la cour boueuse. On partait. Oui, je ne suis qu'une nièce, mais ça m'est égal. Je pouvais même être moins, être seulement la première partie de mon nom, ou la dernière, ou simplement une syllabe, puisque en échange de cela il m'était accordé de monter dans l'auto de mon père que j'appelais mon oncle. Mes frères et moi. Nous poussions des cris dans la grande voiture que Walter avait ramenée trois semaines après son retour à Valmares. Une automobile géante, un mastodonte avec une grille métallique comme les fourchettes en argent, des coussins en peau de chamois gris comme les gants. C'était un moment si extraordinaire. Je me souviens. Si, comme on l'a dit ensuite, il circulait à cette époque avec sa couverture sur le toit, moi, je ne l'ai jamais vue. S'il la mettait dans le coffre à bagages, moi, je ne m'en suis jamais aperçue. Si une couverture de soldat voyageait avec nous, le contenant oblitérait le contenu, nous-mêmes étions dévorés par le réceptacle roulant, par la grande barque fermée dont les voiles en miniature se trouvaient sous les pieds de Walter. Nulle couverture absente ou présente n'avait d'importance, même pour ceux qui en connaissaient l'existence. Nous nous abandonnions simplement corps et âme au mouvement, comme à une nage qui ne demandait aucun effort. Nous avancions dans l'espace clos de la grande automobile, entassés au long des chemins et des routes, roulant à 90 Km à l'heure sur la nationale 125, arrachant avec cette vitesse brutale la campagne à sa léthargie. Ces premiers jours participaient du moment qui se prépare, un moment vers quoi tout converge, une saison de joie qui approche mais qui n'est pas encore arrivée, le virage n'a pas encore été pris, nous ne l'abordons pas encore. Les plus grands éclats de rire ne se sont pas encore fait entendre, nous rions mais nous ne poussons pas encore de cris. Nous non plus, maintenant, nous ne nous demandions plus pourquoi Walter était revenu, nous le saurions bientôt. Nous saurions pourquoi.

Car, la voiture n'était pas apparue pour rien. La voiture était un espace très particulier. Elle avait beau être grande, elle logeait difficilement tous les passagers qu'elle transportait. Autrement dit, nous n'avions jamais été tous aussi proches en même temps. Cette proximité nous unissait. C'était cela le but recherché.

46

Equipé de lunettes de soleil, Walter nous ouvrait les quatre portes et nous faisait entrer. Il installait deux passagers devant et cinq derrière. La répartition des places et la fièvre avec laquelle nous nous emparions des sièges tenaient du cirque. C'était comme si nous entrions dans une cage dorée qui nous emmenait et nous ramenait à la maison de Valmares. Les derniers journaliers se tenaient autour et nous montions. D'abord Francisco Dias et le dernier petit-fils, coincé entre ses genoux sur le siège de droite. Puis Custódio Dias s'asseyait au milieu de la banquette arrière, suivi de Maria Ema et de leurs deux fils, leurs enfants à tous les deux, ceux du milieu, puis elle entrait, elle, la nièce de Walter. Maria Ema appuyait la tête contre la vitre, en face du rétroviseur. Pendant ce temps, sa fille de quinze ans s'installait à la place opposée et s'appuyait contre la fenêtre à droite, de façon à voir Walter Dias. Mais la fille n'était pas la fille, elle était la nièce. Walter entrait après, une fois les portes fermées. Et nous partions. Tous unis par le même châssis, tirés par le même moteur, emportés par le même destin. Il fallait que nous soyons tous dans la voiture pour que Walter et Maria Ema ne soient séparés que par la distance d'une main. Assise sur la banquette arrière, entre son mari et ses enfants, Maria Ema enfonçait les genoux dans le dos du siège avant. Walter demandait : « Vous êtes mal installée, ma sœur ? » Non, elle n'était pas mal, dans la voiture Maria Ema était toujours bien.

Le manteau en zibeline sur les genoux, entre son mari et ses enfants, les mains tout près du dossier devant elle, Maria Ema était bien. Elle était là, avec son manteau de zibeline et la proximité voulue de nos corps et de nos vies. Et ainsi, tous ensemble, serrés dans la barque noire, d'un noir étincelant éclaboussé par la boue, en février 1963, nous traversions les champs inondés, les cultures de fèves naissantes, les blés sous l'eau, les foins pourris, les portails défoncés. Nous voyagions ensemble sur un radeau, bavardant, créant une vague qui enflait, incapables de nous séparer, incapables de nous unir. Où aurions-nous noué ce lien vénéneux qui nous ligotait ? Qui nous poussait vers un même centre et nous en éloignait ? Nous roulions, roulions. Nous allions à Faro faire des achats, nous nous arrêtions devant la rade pour regarder les mouettes se poser sur les bateaux. Nous prenions des photos de groupe où chacun n'était qu'une petite tache. Puis nous revenions, excités. Ce qui se passait dans la voiture était incompréhensible. La proximité nous poussait de l'avant, nous étions une masse de gens à la dérive, joyeux, chantant, elle parlait, il répondait, nous arrivions à Valmares tout rouges. C'était comme si dans la grande automobile Custódio Dias devenait aveugle, Francisco Dias anesthésié et les enfants de Maria Ema fous d'énergie. Tous voulaient aller voir la mer se briser sur le rivage, mesurer la hauteur des vagues. Walter tournait la barque dans la direction de Quarteira. Maria Ema se penchait en avant et humait l'air de la mer, humait le parfum de son beau-frère

Walter. Nous étions sourds et aveugles. Parfois ils étaient les seuls, lui et elle, à ne pas sortir de la voiture pour aller voir la mer se briser, la mer tendre vers nos souliers et nos chaussettes des langues d'écume. Ils restaient assis bien droits, à la vue de tous, sans bouger, sans se regarder, immobiles, absolument immobiles, comme des oiseaux paralysés. Ils attendaient notre retour. Nous revenions à la maison en poussant des cris. Nous étions aveugles, sourds et muets devant la réalité inarticulée. Nous ne savions pas, nous ne voyions rien.

Francisco Dias aussi entra dans la folie.

Il chaussa des bottes en box-calf sans un seul clou et descendit dans la cuisine où il n'entrait jamais, pas même pour surveiller les travaux quand il fallait en faire. Il descendit, entra brusquement, s'arrêta entre le fourneau qui brûlait encore et la table couverte d'ustensiles et d'épluchures. C'était l'endroit idéal pour déclarer à Alexandrina que son benjamin était revenu du Canada, ou plus précisément d'une ville située au bord du lac Ontario. Savait-elle par hasard où cela se trouvait ? C'était trop loin pour le lui expliquer. Au milieu des restes de nourriture, Alexandrina avait l'air interloqué. Le patron lui dit d'une voix menaçante : « C'est fini ! Ici, dans cette maison, ni toi ni personne ne dira plus jamais que mon benjamin a été soldat. Plus personne ne lui donnera ce sobriquet. Il a un nom comme tout le monde. Il s'appelle Walter Dias, comme moi, son père... » ajouta-t-il, fier de son discours. Oui, même Francisco Dias était devenu fou.

47

Mais ce n'était pas vrai. La nuit, certains devenaient plus fous que d'autres.

Ou alors, soudain, un instinct de survie se réveillait, une sonnette d'alarme retentissait, un coup était porté à l'âme, pendant les nuits froides qui suivirent la pluie. Car Maria Ema et

Walter émettaient des signaux clairs, perceptibles. Ils rôdaient tous deux dans la maison à des heures indues. Tout le monde savait. Vers minuit elle passait dans le couloir, une lampe à la main, pour aller chercher de l'eau et on entendait le doux frôlement de ses mules. En bas, Walter ouvrait la porte et sortait dans la cour, on entendait le bruit du loquet, le brusque claquement métallique de la serrure de la Chevrolet. Puis il rentrait dans la maison sur les semelles élastiques de ses chaussures en caoutchouc et cuir de buffle. D'après leurs pas, à l'un et à l'autre, ils devaient se voir en robe de chambre. C'était sûr et certain. Et s'ils ne se voyaient pas c'était tout comme. Ils étaient aveugles. Un éclair privé de lumière étincelait dans la maison. Custódio savait, en ce temps-là le couple dormait dans la chambre du ponant. Maria Ema se levait de bon matin, avant Custódio, elle allait remplir la bouilloire et se plantait devant en attendant que l'eau bout. Sans qu'on sache pourquoi, sans que personne n'entre ni sorte, la porte de Walter s'ouvrait et il s'écoulait dix à quinze minutes d'un silence absolu.

Alors on commençait à entendre comme une cloche bancale, comme un battant de cloche qui ne frapperait qu'un côté de la cloche, on commençait à entendre le pas asymétrique de Custódio Dias. Les pas asymétriques frappaient ici, là, comme un pendule, régulièrement, en avançant vers la cuisine. Ils s'arrêtaient là. Les pas de Custódio étaient un avertissement délibéré. Francisco Dias apparaissait lui aussi, pieds nus, en caleçon et veste de mouton, il se plantait devant la fenêtre du fond pour voir le temps qu'il ferait dans le dernier scintillement des étoiles. La grande Ourse et ses gardiens. Maria Ema quittait la cuisine. Et Custódio remontait, on entendait à nouveau le martèlement de son pied bot. Comme une grosse caisse défensive dont l'écho résonnait dans la maison en cette heure matinale et réveillait pour elle-même et pour eux l'instinct de garde, l'instinct de défense chez tous, car en cet instant ils avaient conscience d'un danger et d'un risque. Ils ne se l'énonçaient pas clairement, mais dans les tréfonds les plus obscurs de leur être, là où l'on sent ce qu'on n'exprime pas, ils savaient

qu'il était impossible de continuer ainsi. Il va y avoir une mort, pensaient-ils sans le dire. Quelqu'un va mourir dans cette maison. Ou alors, il y a quelqu'un de trop, il y a quelqu'un de trop parmi nous. Et il y avait quelqu'un, assis sur son lit, qui pensait ce que tous les autres pensaient. Et ce quelqu'un concluait que la personne de trop, c'était elle-même, la nièce, la fille de Walter.
C'était moi qui étais de trop.

Mais la fille de Walter remettait à plus tard l'aboutissement définitif de cette pensée et elle attendait qu'une bombe éclate, que la maison de dix-huit pièces explose pendant la nuit. Que soudain Francisco Dias se réveille et chasse très loin un des deux fils et que ce ne soit pas Walter. Mais rien de tout cela n'arriverait parce que nous ne voyions pas ce que tous voyaient.

48

Car au dehors on appela de nouveau Custódio le cornard. Custódio l'apprit et ne s'en formalisa pas. Nous allions à la messe. Le grand-père, les petits-enfants, le cornard et moi, la famille au grand complet, ce qu'il en restait après les départs plus ce qui en était né après, la famille métropolitaine de Francisco Dias. Nous allions bien couverts.

Elle devant, dans son manteau de fourrure, entourée de ses quatre enfants, le beau-père devant, dans ses bottes non cloutées, Walter et Custódio derrière, tous deux chaussés de souliers en peau de buffle. Elle s'était maquillée les lèvres de rose-cannelle, avec une goutte d'orange et un soupçon de sang, sa peau était mate, ses yeux sombres. L'assistance dans l'église était troublée, les statues des saints aussi. Personne ne savait comment réagir devant ce comportement que tous savaient être un crime sans pouvoir expliquer pour autant où commençait ce qui était interdit et ce qui était permis. L'église bouillonnait d'émoi, de rires étouffés, de regards circulaires comme celui des mouches ou des caméléons. Des regards qui allaient des chapelets entre les mains des fidèles à saint Sébastien criblé de flèches en haut du maître-autel, mais ils ne s'y fixaient pas et revenaient bien vite aux Dias, qui se levaient, s'asseyaient, s'agenouillaient, se signaient comme de bons croyants. C'était comme si l'église de S. Sebastião accueillait le péché devenu matière, la faute faite corps, l'esprit du mal incarné dans la personne des Dias, conduits par cet homme, Walter, connu jadis sous le nom de soldat. Et pourtant il y avait une certaine classe dans cet abaissement. Il y avait une élégance dans cette situation qui forçait les regards à se détourner, qui repoussait les commérages et les maintenait à distance. Les Dias étaient les protagonistes d'un combat, d'une lutte sans trêve où la défense de soi et l'indulgence envers soi-même étaient portées à l'extrême limite. Les Dias étaient la preuve vivante que le monde était mal fait. *« Orate pro nobis »*, disais-je avant eux. Et après, nous nous levions, nous nous tournions, nous nous agenouillions une dernière fois, tous ensemble, comme un animal malade qui ne sait pas que ses plaies sont exposées à la vue de tous. Et par-dessus le marché, nous avancions sans nous presser vers la Chevrolet qui exhibait ses quatre portes grandes ouvertes. Nous y montions en exécutant notre numéro de cirque habituel. Nous partions. Tous savaient qu'un péché originel jetait son ombre sur notre famille, qu'une pieuvre géante égarée nous enserrait dans son étreinte.

49

Le dimanche après-midi, après la messe, le poste de radio diffusa de la musique. Walter s'écria : « De la musique de danse ! » La radio donne la musique de danse. J'entends la musique de danse de ce dimanche après-midi en mars 1963. Custódio descendit avec son pied bot et trouva Walter entouré de ses trois jeunes enfants. Francisco Dias s'approcha du poste, regarda la boîte, s'assura qu'il en sortait de la vraie musique. De la musique de danse. Custódio Dias appela en haut : « Maria

Ema, de la musique de danse ! Un boléro ! » Maria Ema descendit, s'assit et regarda le poste. Son pied battait la mesure contre le pied de la chaise. De la musique de danse ! Il n'y avait pas de place pour danser. Walter écarta deux chaises, imaginant un couple. Custódio dit à Walter : « Pourquoi ne danses-tu pas avec elle ? » Walter prit le bras de Maria Ema, elle plaça sa main gauche sur son épaule, bien à plat comme une pelle, et elle lui donna sa main droite. Custódio rangea les canapés et les autres sièges le long du mur et l'espace s'agrandit. Ils occupèrent le centre de l'espace et les trois enfants de Custódio et de Maria Ema, à genoux, les mains à plat sur le sol, se mirent autour d'eux à quatre pattes, se balançant comme des chats en folie. Les enfants se retrouvaient tête contre tête et faisaient demi-tour, telles des bêtes dansant sur leurs quatre pattes. Maria Ema et Walter, enlacés, traversaient la salle de bout en bout, contournaient les enfants. Le frère de Walter Dias perdit patience et retira ses fils du milieu de la salle, il les poussa brutalement près des chaises, les fit asseoir et les força à se tenir tranquilles. Il n'avait pas fini de dompter ses enfants que la radio annonça la fin de l'émission de musique de danse. Les enfants de Custódio et de Maria Ema commencèrent à se bagarrer, Custódio leur donna à chacun une claque sur la tête et Maria Ema, qui venait tout juste de quitter cette position de légèreté étranglée tout contre Walter, s'en prit elle aussi à eux et leur distribua des gifles. Un des enfants se mit à pleurer tout bas, puis plus fort, puis à hurler, et aussitôt tous commencèrent à brailler et on n'entendit pas la fin : *« Mesdames et Messieurs, en cette sainte après-midi dominicale, notre émission de musique de danse s'achève et nous vous disons à dimanche prochain... »*

50

Cela se passa le lendemain.

En ce jour unique, ce jour splendide que fut la visite de Walter, tissé comme on le sait de nuits et de jours. La musique de danse avait inspiré un nouveau but aux voyages de la Chevrolet. Et si cette fois nous allions vers le ponant ? Oui, allons-y.

Nous mîmes donc le cap sur le ponant. Nous étions de nouveau sur la route, nous écroulant les uns sur les autres dans les virages, nous redressant dans les lignes droites. En route vers le ponant, la grande automobile nous emportait tous à travers prés, collines, terres hautes, végétation pelée, oliviers vermoulus, figuiers nains, et tout cela s'agitait, s'ouvrait à notre passage, au passage de l'automobile noire où nous roulions en direction du grand promontoire historique de Sagres dont aucun de nous n'avait rien vu si ce n'est la lumière de son phare. Nous allions là comme à un pique-nique, avec un panier de fruits et un appareil-photo à l'épaule. Soudain la voiture s'arrêta, nous sortîmes, le ciel devint immense, nous traversâmes un champ de pierres et nous nous trouvâmes devant l'abîme.

Francisco Dias ne pouvait croire qu'une pointe de terre accolée au domaine où se trouvaient sa maison et ses champs pût contenir pareil abîme. Le vent soufflait. La mer se brisait en contrebas dans un vacarme qui montait vers nous. Nous allâmes voir la lentille du phare. La grande lentille de cristal. L'ultime objet avant l'abîme. Nous avions tous perdu l'usage de la parole. Nous étions tous abasourdis. Nous ne savions que dire. La lentille était une flèche qui indiquait l'abîme. La lentille en forme de lune coupée en deux était un astre de plus. La lentille éblouissait, elle brûlait de fulgurance et de froid. Le gardien du phare parlait. Il parlait de la fin du continent et de la découverte du nouveau monde, de tout ce que Walter avait déjà raconté et que plus personne n'avait envie d'entendre. Personne n'avait envie de savoir qu'entre Sagres et Long Island, avant, bien avant, infiniment avant cet avant-là, il n'y avait même pas la distance d'un pied. Que la terre avait été d'un seul tenant, qu'elle avait flotté d'un côté seulement du globe, nous n'avions pas envie d'écouter cette dissertation de géographie. La seule chose qui nous intéressait c'était l'abîme. La demi-lune de cristal n'était que le doigt pointé vers l'abîme. Nous sortîmes et le vent semblait vouloir nous entraîner vers des lieux sans nom. Où la mer perdait sa désignation d'Atlantique pour être une masse d'eau infinie où voguait la terre qui cessait d'être une province ou un continent, une route ou une ville, pour n'être plus que terre. Les éléments autour de nous appelaient à grands cris à un retour aux temps antiques, rugissant, nous entraînant, attirant nos vêtements vers l'abîme. Il ne nous restait plus qu'à nous engouffrer dans la voiture noire comme on retourne à l'obscurité de l'utérus, marchant à grandes enjambées, fuyant ce lieu qui nous attirait vers le fond de la mer, vers ce triangle où les vagues se brisaient dans un bruit assourdissant. Nous prenions la fuite. Alors la passagère en manteau de zibeline, au lieu de courir avec nous vers la voiture, se mit à courir dans la direction opposée, vers le promontoire où le vent passait sans hurler, puissant, indomptable, invisible comme une tentation. On la voyait de la voiture. On voyait Maria Ema ôter ses chaussures à talon, arracher son manteau et s'approcher du bord. Le boiteux fit quelques pas déséquilibrés vers elle, leva les bras, laissa le vent lui tirer les cheveux mais ce fut Walter Dias qui arriva le premier près de la dernière nervure du promontoire. Ce fut Walter qui la ramena, qui lui remit son manteau, qui la fit monter dans la voiture, qui l'assit devant, apaisa ses pleurs, l'arracha à l'abîme. A cet abîme-là. Pour le retour nous avions changé de places. Devant nous, Walter lui passait la main dans les cheveux, lui tenait la main dans les lignes droites, posait sa main sur la sienne et l'approchait du levier de changement de vitesse. Il la caressait devant tout le monde, impudiquement, hardiment, comme s'il n'y avait pas de témoins. Comme si le dossier de la banquette où ils étaient assis leur servait de paravent et les dissimulait aux yeux du monde. Le monde assis derrière eux. Un monde muet. Les petits-enfants étaient muets et ne savaient où regarder. Derrière, nous étions six. Muets. Nous étions assis les uns sur les autres, nous étions un amoncellement de bétail malheureux qui revenait à Valmares dans un fourgon funéraire.

Nous ne pourrions plus jamais monter dans cette voiture.

51

Il gara la voiture à côté de la berline. Il y avait de la haine dans les yeux clairs de Walter, comme à cause d'une mort injuste.

Je lui vois ces mêmes yeux le lendemain matin. Je l'entends se lever, ouvrir les portes sur la cour, allumer la lampe à pétrole, traîner des meubles, laisser tomber des tiroirs, aller et venir dehors alors qu'il fait encore nuit noire. Je le vois dans les couleurs de cette fin de nuit qui en cet instant est cette nuit-ci, et dans cette nuit-ci comme dans l'autre, les feuilles mortes des amandiers forment un fin tapis près des sentiers autour de la maison. Cette même maison. Sa gabardine est une tache blanche qui trahit ses déplacements le long des sentiers boueux. Walter est tout habillé, il a fait sa toilette. Il traîne des papiers, des vêtements, des morceaux de caisse, des bouts de hottes à vendange, des manches de houe qu'il jette dehors. Il tire brutalement la carriole hors de la remise et la démolit à coups de hache. On entend dans le petit matin la hache fracasser la carriole, on entend Walter la traîner petit à petit, en pousser le plateau jusqu'au bas de la pente, décrocher la capote et la faire dévaler avec fracas. Roues, brancards, ridelles, joug sont entassés. Les fenêtres de Valmares sont ouvertes sur la froidure de l'aube. Alexandrina et Blé s'approchent avec une lanterne, ils échangent quelques mots, puis reculent, s'éloignent, comme nous ils s'adossent aux murs pour assister au combat de Walter. Nous savons ce qui va se passer. Soudain, dans le froid inhabituel pour la saison de ce matin de mars s'élève le feu qui illumine la façade et la cour. Walter prend congé, efface ses traces, il ne reviendra plus dans cette maison.

Pourtant, je le vois encore dans la lumière et dans l'ombre du feu, dans le froid, dans le miroir de glace que le feu fait fondre. L'eau lisse s'écoule sur la boue. Les cristaux de glace pareils à des plaques de verre se fendent. Je l'entends encore sortir dehors. Il partira avant le lever du jour, il ne reviendra plus. Plus rien de Walter ne retournera dans cette maison, excepté les commérages sur sa personne, sur la légende de son arrivée et de son départ. Tout cela si proche, et pourtant raconté avec l'imprécision d'événements moyenâgeux. Il ne nous parviendra de nouvelles de lui-même que de très loin, avec des dessins différents selon les lieux par où il passera, puis c'est cette couverture qui reviendra pour confirmer le silence. Le rideau de l'Occident était tombé du côté de l'océan Atlantique devant lequel nous avions notre demeure, parmi des collines de pierrailles et des langues de sable et de chaux. Nous l'avons encore. Quelle demeure est-ce là ?

Mais je descendis, je me plantai sur le chemin devant la voiture et il en sortit.

Il m'attira à lui une dernière fois, contre sa gabardine noircie par le combat et par le feu et je me pénétrai une dernière fois de la chaleur tiède de son cou, de ses cheveux retombant sur le col, de son haleine, de son parfum. Je les recueillis pour toujours au creux d'une coupe. Les dernières images de Walter à Valmares s'élèvent dans le matin humide des vapeurs du givre et rident à peine la surface de l'eau. Brasier monté pendant la nuit, brasier allumé avant le point du jour. Je le vois comme une lumière. Une flamme timide mais tenace dans l'aube du sud. Les fenêtres sont ouvertes. Tous sont aux fenêtres, y compris Maria Ema, mais personne n'ose dire un mot, comme si l'abîme s'était travesti, avait changé d'écume, de roches, de lieu. Ensuite ce fut le silence.

52

Comment Walter avait-il pu dire, quelques jours plus tôt, pendant la nuit de la pluie, qu'il ne m'avait rien donné ? J'ai hérité des événements tonitruants qui précédèrent le silence. Je suis devenue l'héritière de l'image d'un amour, d'une passion vive et pourtant à tout jamais inassouvie. Cette image traverse le silence de bien des années, dix, vingt, trente. Après, la voiture qui se déplace toujours sur cette fine pellicule enveloppée de silence arrive et s'arrête. Fantôme douillet. Maria Ema et Walter sont à l'intérieur. Bien que je sache qu'ils n'y ont jamais été seuls. Les photos Kodak le prouvent. Nous avons pris des photos, aujourd'hui bombées comme des tuiles. Maria Ema et Walter n'y sont jamais ensemble, ils sont toujours séparés. Walter et moi sommes séparés nous aussi. Lui et moi sommes toujours loin l'un de l'autre, comme elle. Peut-être étais-je elle, lui peut-être moi, je ne sais pas, personne ne saura, sauf un jour, dans un avenir lointain, quand notre secret se transmuera, quand le mystère de l'amour sera enfoui sous la terre, enterré, pour refleurir ailleurs.

Pour pouvoir être elle-même, dans la vie de femme qu'elle aurait mérité d'avoir, Maria Ema aurait dû se débarrasser de moi, mais elle ne l'a pas fait. Elle n'a pas su le faire, elle n'en avait pas les moyens. Elle ne savait comment se débarrasser de la créature qui s'enroulait en elle. Elle s'était donc laissé prolonger malgré elle et moi je me prenais pour cette partie nécrosée d'elle-même. Nous étions là, elle et moi, toutes les deux loin de lui. Moi j'étais toujours loin de lui. Nous étions séparés par plusieurs têtes, nous n'avions pas l'air d'être père et fille comme sur la photographie originelle, nous n'avions plus la même auréole de cheveux crêpelés. Mon visage avait changé. Pendant l'hiver rigoureux de 1963 je domptais ma tignasse avec de l'huile et le sèche-cheveux au plus chaud, je la décrêpais, je voulais être différente et je ne lui ressemblais donc plus. Mais épaule contre épaule nous créerions de nouveau l'image de la ressemblance. D'ailleurs nous en avions apporté la preuve la nuit de la pluie, devant la glace de la psyché avec ses longs ornements d'algues. Nos cheveux ébouriffés à tous les deux étaient illuminés par la lumière de la lampe à pétrole et il me dit : « Mon Dieu, comme nous nous ressemblons ! »

Si je n'avais pas existé, Maria Ema serait aux côtés de Walter, les fils de Custódio Dias seraient ceux d'une autre femme et mes frères seraient les enfants de Maria Ema Baptista et de Walter Glória Dias. Ils seraient sans doute seuls à exister, moi je n'existerais pas. J'étais la fille d'un hasard, d'un élan, d'une brève rencontre de voyage, d'une fougue juvénile, de l'exubérance des corps. Non, je n'existerais pas, seuls existeraient mes trois frères, leurs enfants à eux, des enfants de sagesse et d'amour, et donc il y aurait eu plus de place dans la voiture, puisque, n'existant pas, je n'en aurais occupé aucune. J'étais donc responsable de l'arrivée de cette barque noire devant notre porte et du naufrage qui s'ensuivrait. J'étais coupable, responsable, d'une responsabilité plus grave que la faute, car née d'un état antérieur à mon existence, d'une condition héritée qui m'avait faite à l'image et à la ressemblance de la faute elle-même. Les flaques, les nuages, les plages, les croisements de chemins, tous ces endroits où nous étions passés étaient autant de lieux où demander pardon de vivre, des points cardinaux qui indiquaient des routes où capituler, fuir, disparaître à jamais dans la distance infinie. Une faute abjecte, une faute plus grande que nous, aussi sordide qu'un lent suicide, et pourtant, complaisante envers moi-même, je continuais à exister. Quinze ans. Quinze années d'un pacte de silence absolu qui me permettait d'exister.

Voilà pourquoi je n'avais jamais parlé dans la voiture, seulement crié, pas une seule fois je n'avais interpellé Walter directement, je ne m'étais jamais adressée à personne, pas même à mes frères. Nous nous bagarrions et échangions des coups, eux-mêmes s'insultaient entre eux, mais je ne les appelais jamais par leur nom, comme si je n'étais pas là. Même aux heures de volupté de la course, j'avais fait le suprême effort de n'être ni présente ni absente, afin qu'ils ne sentent pas le poids de mon existence, afin de ne pas aggraver ma faute. Dans la voiture, j'étais toujours restée silencieuse, comme la gardienne d'un dragon, sachant que s'il s'échappait nous serions tous vaincus. Maintenant commençait le dernier matin et le silence était traversé par un bruit, le bruit d'un roulement de voiture, et ce bruit était comme un anneau fermé, pétri de froid et de silence.

53

D'ailleurs c'était Maria Ema elle-même qui avait prononcé le mot. Elle-même qui m'avait demandé le silence, avant l'arrivée de Walter.

Après être sortie du lit, à la suite de la scène où elle avait déchiré le vêtement de soie, quand elle commençait à s'abandonner à la joie d'attendre Walter, comme on s'abandonne à l'euphorie d'une drogue douce, rattachée de nouveau à la vie par la force de ses trente ans, Maria Ema était venue me voir avec le portrait du photographe Matos à la main. Elle savait qu'elle pourrait commencer par la photographie qu'elle gardait cachée dans des endroits incroyables et elle me la montrait avant que Walter n'arrive parce qu'elle voulait me demander une faveur pour l'amour de mes trois frères et de Custódio Dias lui-même. Voilà quelle était cette faveur. Elle voulait me demander de ne jamais me tromper, de toujours dire oncle à Walter. Elle me demandait pour l'amour du ciel de ne jamais faire d'erreur. Entre cette désignation et l'autre, deux mots si courts, il n'y avait que quelques lettres de différence. Qu'est-ce que cela me coûtait de prononcer telles lettres plutôt que telles autres, tels sons ? Me demandait-elle. Je devais prendre sa demande en considération, je devais l'aider en ne me trompant jamais. « Ne sois jamais distraite, je t'en supplie ! » me recommandait-elle avec des yeux brillants. Maria Ema disait que je devais être gentille et serviable, l'aider lors de la fête d'arrivée, mais l'aider surtout par ma discrétion, mon silence, lui prêter main forte par-dessus tout en utilisant le mot oncle. Elle comptait sur moi. Et nous nous comprenions. Nous ne nous parlions presque pas toutes les deux et pourtant nous étions si proches que, soudain, devant les vitres des fenêtres, nous nous regardions et nous avions le même âge. Il ne faisait pas encore trop froid en ces premiers jours du mois de janvier 1963. Oui, c'est depuis cette époque qu'était scellé entre nous ce pacte d'aide et de silence, et maintenant, devant l'automobile noire, sachant qu'il allait partir, j'aidais à ce départ. Maria Ema avait demandé de la discrétion et du silence ? Et bien le silence allait s'instaurer. Il arrivait à la fin de l'hiver avec le départ de Walter Dias.

Oui, l'heure du silence avait sonné, le siècle du silence était arrivé, il commençait avec le crépitement du brasier dehors, à côté du champ de fèves rachitiques, au bord du terrain sablonneux où se trouvait notre potager. Où il se trouve toujours. Le silence indiquait ce qui allait se passer, il montrait ce que serait l'avenir de la terre. Le silence disait que le ciel serait ainsi. Un grand espace vide où personne ne se souviendrait de rien, où il n'y aurait personne pour se souvenir de rien. Au ciel il n'y aurait plus rien. Ni désir, ni souffrance, ni trace du moindre sentiment. Le ciel serait ainsi. Les ruisseaux gelés, les nuages absents, tout serait néant. Le ciel serait néant. Quelle joie, le ciel serait annihilé, le travail de l'homme deviendrait superflu, l'amour serait immobile, à l'état pur. Ce serait cela le ciel. Ici, sur la terre, il n'en était pas encore ainsi. Nous nous déplacions encore comme des bêtes, nous tracions des routes, tout était encore en mouvement, ne serait-ce que pour nous faire tomber au terme d'une longue existence, elle-même précédée par une autre, bien plus longue encore, et finissant sur un effacement de toute trace d'existence. Oui, le ciel serait ainsi. La maison de Francisco Dias, ce matin-là, se mettait à ressembler au ciel, penserait par la suite la fille de Walter Dias, et elle l'écrirait dans ses cahiers d'écolière, protégée par le revolver laissé par son père, laissé, pas oublié. Et à présent, volontairement offert. Je me souviens de ce silence, ce cheminement vers la réalité du monde, vers l'épaisseur de la matière. Je me souviens d'avoir tenté de m'opposer à ce silence. Et j'allais chercher les bruits de la réalité, ceux qui me poussaient à avancer, dans le passé, dans cet espace en mouvement rapide que nous avions connu à l'intérieur d'une automobile. Ces bruits naissaient de la volonté de reconstituer le son des pas élastiques de Walter. Walter rentrait de la cour inhospitalière de Valmares. Nous étions encore en février, au plus fort de la surprise, des courses le long de la N. 125, au comble de la joie, des vagues, de la vitesse et de l'ivresse, pour tous, même pour Francisco Dias.

54

Oui, le silence avait été organisé en accord avec Maria Ema. Mais toute entière à sa joie, la fille avait aussi ressenti le désir d'outrepasser les limites étroites qui entravaient ses mouvements et de s'abandonner à la volupté de violer sa promesse.

Sa transgression consistait à attendre que Walter, la nuit, gare la Chevrolet sous l'appentis dans la cour et entre dans la maison par la porte latérale. Pour aller à la salle, Walter devait passer par le couloir aux impostes au-dessus des portes. Elle ouvrait lentement la porte de sa chambre en haut de l'escalier, elle l'entrebâillait à peine et du coin de l'œil elle le regardait passer dans ses souliers en cuir de buffle qui semblaient n'avoir ni poids ni forme définie et qui le soustrayaient très vite à sa vue. Elle le regardait se diriger vers la salle puis vers sa chambre, ombre dense qui allait se coucher pour que le lendemain la joie renaisse. C'était l'unique moment où, sans le savoir, il partageait avec elle une chose unique et privée. Il partageait ce passage dans le couloir où il ne se retournait pas. Et elle commença à se placer dans l'entrebâillement de la porte pour mieux jouir de cet instant. Elle n'avait pas besoin qu'il parle, ni qu'il la voit, ni même qu'il se retourne. « Ne vous arrêtez pas, ne regardez pas, ne me voyez pas... » Et une nuit, il se retourna et l'aperçut dans l'embrasure de la porte. « Ne me regardez pas, ne me voyez pas, ne montez pas... » Et la nuit suivante il se retourna et la vit au même endroit. « Ne restez pas là, poursuivez votre chemin, ne me voyez pas, ne m'appelez pas... » Et l'espace d'un instant il s'était arrêté. Dès la nuit suivante Walter s'était mis à parcourir le couloir à pas légers, étouffant le bruit de ses semelles élastiques et elle pensa, en haut de l'escalier, « Il n'a pas besoin de me voir, ni de s'arrêter, ni de monter... » Et pourtant elle restait dans la porte entrebâillée et attendait. Elle ouvrait la porte avant l'arrivée de Walter, se plaçait sur le seuil, devant la lumière, pour assister à ce moment. « Non, ne montez jamais. Mais si un jour vous avez envie de monter, si vous montez... » pensait-elle, sans s'écarter de l'angle lumineux de la lampe.

Et la nuit de la pluie, où l'eau qui tombait offrait un voile protecteur inhabituel et où tous étaient endormis dans leur chambre, elle pensa que ce serait une bonne nuit pour qu'il vienne lui rendre visite, si bien qu'elle ne se posta pas dans l'embrasure de la porte, elle resta dans la chambre et attendit. Avec l'impression d'un espoir sans illusion, d'un désir coupable, criminel, et pourtant elle attendait que Walter, silencieusement, comme une ombre, vienne la voir. Ce qu'il fit. Il était monté et était entré sans frapper, déchaussé, ses souliers à la main, et il avait pris la lampe : « S'il te plaît, ne crie pas ! Ne bouge pas ! » avait-il dit à son tour. Non, elle n'avait pas besoin de dire un seul mot, et même si elle avait dû le faire, elle ne l'aurait pas pu. Il était resté avec elle deux heures et demie, trois peut-être. Custódio avait même surgi, fendant la nuit de son pas si caractéristique, avec sa lanterne, mais elle pouvait être tranquille. Jamais personne ne saurait que Walter Dias avait rendu visite à sa fille. Le bruit de ses pas sur le plancher de cette chambre était enfermé avec un cadenas de diamant à l'intérieur de son silence. Pensait-elle.

55

Voilà pourquoi, ce matin-là, pendant que Walter chargeait dans la Chevrolet deux valises entourées d'une courroie et les sacs portant le nom de la compagnie aérienne avec laquelle il avait voyagé, elle courut à la voiture. Elle se plaça devant les roues au milieu de la cour, l'empêchant de partir. Et Francisco Dias qui était à fenêtre dit : « Enlevez-la de là ! » Mais personne ne bougea. Au contraire. Je m'en souviens, comme si cela s'était passé cette nuit. Tous sont aux fenêtres, chacun accoudé à un appui, y compris Maria Ema. En face, le feu répand dans l'air une odeur de bois, de charbonnière, d'accident, d'objets brûlés, consumés. La fille descend, se place devant la voiture. Il veut l'arracher à ce lieu, il lui dit qu'il veut l'emmener avec lui. Il dit qu'au Canada les immeubles sont gigantesques et que les routes traversent les neiges à perte de vue. Que la vie y est ample, libre, différente. Il a le temps de dire tout cela, devant la Chevrolet. Il lui dit de monter dans la voiture, que Toronto est une ville toute plate, comme elle ne peut en avoir idée. Il étale devant elle une civilisation de distance, d'épargne, de richesse, de lucre, de profit, d'expérience, où elle pourra avoir un avenir brillant et un fiancé qui parle anglais. Là-bas, au loin. Loin, ce mot enveloppé de scintillements solennels, qu'il brandit de nouveau au milieu de la cour, comme s'il ne l'avait pas déjà prononcé maintes fois pendant la nuit de la visite. Oui, elle sait. Il la prend par les poignets, veut la faire entrer. « Entre, entre vite ! » Comme s'ils étaient seuls, comme si c'était la nuit de la pluie, sauf qu'il n'ôte pas ses chaussures, il ne marche pas en silence, il n'a peur des pas de personne, ce matin-là, à Valmares. Au contraire, Walter dit bien haut : « Monte, je te le demande pour l'amour du ciel, monte. Ne reste pas ici ! »

Mais elle a quinze ans et déjà elle est une femme vieille. Elle a déjà imaginé cent mille soleils se lever et se coucher, elle sait que les jeux sont faits, et comme une femme très âgée à l'âme percluse elle sait rester là où elle est, elle sait qu'il vaut mieux ne pas entrer dans la voiture. La vieille jeune fille a quinze ans sur sa carte d'identité, mais il n'en est rien. La vieille jeune fille est une femme très âgée. Elle a un siècle dans la tête et peut-être davantage, elle a le début de *L'Iliade* derrière les paupières, elle a une infinité de morts achéens et troyens étendus sur la langue, elle a la fin de ce livre dans la tête et elle sait qu'il y a des milliers d'années, tout était pêle-mêle au long d'un rivage sous neuf couches de sable. Elle sait donc que ce n'est pas la peine de faire un pas pour changer, la comédie demeurera la même. Avancer, c'est aller à la rencontre de ce qui est resté en arrière. Elle continue à penser que la barque noire de la Chevrolet ne peut pas rouler sans elle, que Walter ne pourra pas passer. Qu'il ne pourra pas avancer, tout phares éteints, sur le court chemin qui mène à la route. Ainsi pense la très vieille jeune fille. Jusqu'au moment où elle s'écartera de devant la voiture et où il montera précipitamment dedans et démarrera sans tourner la tête. Cet après-midi, elle se plongera dans les paroles de l'Antiquité et vérifiera que rien ne change jamais. Que tout part d'une blessure préexistante et que tout y retourne. Une faille. Elle lit à voix basse, sur la table de sa chambre, et sort de cette faille grâce au pouvoir des mots : *« L'aurore au voile de safran se répandait sur toute la terre et ils se dirigeaient vers la ville... »* Car Walter avait encore voulu l'arracher à ce lieu. Il pensera toujours qu'en changeant de lieu on change son être. Ce matin-là, le lieu de départ était celui où nous sommes. J'ai hérité du départ de Walter en 1963. De son départ intact et indivisible. Voilà pourquoi, cette nuit, Walter n'a pas à monter avec un air peiné ni à demander pardon de quoi que ce soit. Et il ne devrait pas non plus avoir écrit des mots aussi arides et durs envers lui-même que ceux qu'il a tracés d'une écriture penchée : *Je laisse à ma nièce pour seul héritage cette couverture de soldat.*

56

Les jours suivants se passèrent dans un climat de circonspection, où chacun épiait et jaugeait le silence de l'autre. Pour moi ces semaines furent comme l'ébauche par excellence du corps informe du non-dit, prêt à se dresser devant nous. D'ailleurs il n'était pas nécessaire de parler. Walter Dias était parti parce qu'il n'avait pas réussi à obtenir ce qu'il désirait, sans jamais le dire, et ce qu'il avait désiré se trouvait maintenant exposé à la vue de tous, comme une proclamation explicite.

Maria Ema était devant nous comme une figure nue vêtue de transparence, comme un objet à mettre en vitrine. Sans défense, comme un objet exposé au milieu d'une pièce. Sa nudité était si tangible, si vraie, qu'on avait envie d'arracher la nappe de la table et d'en recouvrir non seulement son corps, mais son être tout entier, de l'en voiler, de la soustraire aux regards.

Francisco Dias la dévisageait d'un air perplexe comme s'il avait compris seulement après coup ce qui s'était passé dans sa demeure. Custódio traitait la nudité de Maria Ema avec tout le soin de l'homme qui surveille du verre au feu pour éviter qu'il ne fonde ou ne s'évapore. L'objet qu'il surveillait était bien en verre. Alexandrina et Blé ne la regardaient pas en face, ils entraient et sortaient en gardant les yeux baissés, mais ils remarquaient qu'elle changeait rarement de vêtements, ne finissait pas sa nourriture, ne s'occupait plus guère de ses enfants. Et pourtant, au début, Maria Ema accomplissait ses tâches ménagères comme de coutume. Elle se penchait sur le feu, se redressait, lisait des revues, les *Sélections Féminines* qu'elle recevait par la poste, les romans des Editions Romano Torres auxquelles elle était abonnée. Mais le facteur qui arrivait à bicyclette n'apportait rien d'autre en dehors de ces publications. Il n'apportait ni lettres pour Custódio Dias, ni dessins accompagnant les lettres. Au bout de quelques semaines, sans plus aucune pudeur, elle commença à s'asseoir au bord de la route, à l'heure où passait la bicyclette. Le facteur arrivait, laissait un ou deux papiers sans intérêt et disparaissait dans le tournant derrière les arbres au feuillage magnifique en cette époque de l'année. Jusqu'au moment où Maria Ema attrapa un rhume des foins et s'alita. Ce qui allait se passer était prévisible. Personne ne savait quand Maria Ema Baptista se relèverait. Je la vois. Je me souviens d'elle en cette nuit où Walter franchit de nouveau le seuil de la porte, comme la nuit de la pluie. Je la vois enfouie sous les draps.

Je ne la vois même pas.

Au fond du lit, recouverte jusqu'au cou, Maria Ema est de jour en jour plus dévêtue, elle est nue jusqu'au sexe, jusqu'à cette partie de l'âme plus honteuse encore que le sexe, plus intime et plus solidaire de l'être, plus intérieure que l'utérus. L'âme de Maria Ema est à nu. Plus elle est couchée, recroquevillée sous des couvertures trop chaudes pour le printemps qui explose en lumière et en pollen — le sainfoin sèche, les fèves noircissent, suspendues à leurs tiges creuses — plus elle devient visible, tout en se croyant cachée dans la pénombre de la chambre. Au bout de plusieurs semaines, quelqu'un lui ouvre la fenêtre. Ce sont ses sœurs et ses cousines, des femmes plus âgées qu'elles, qui s'approchent avec autorité et se relaient auprès d'elle. Les unes vivent à Faro, les autres à Lisbonne, elles ont quitté S. Sebastião il y a plusieurs années et elles y reviennent, à la demande de Custódio, pleines d'énergie pour la sauver. Leur tête à la coiffure bouffante, trois hautes tours durcies de laque, se réunissent résolument autour de Maria Ema. Les talons de leurs chaussures résonnent dans la maison comme ceux des infirmières dans l'aile désolée d'un hôpital. Elles fouillent dans les tiroirs, ouvrent les fenêtres, veulent sortir Maria Ema de son lit, l'obliger à se lever, elles n'arrivent pas à comprendre qu'elle soit à ce point abattue par la visite de Walter. Pour ses sœurs, Dulce et Quitéria, elle se languit pour un vaurien, un homme sans honneur, et elle est fautive parce qu'elle n'a pas le courage de le reconnaître. Pour les cousines Zulmira, c'est lui le coupable.

Il traîne derrière lui des énergies mauvaises, si mauvaises qu'il ne peut s'en servir que pour le pire. Walter est de ceux qui se nourrissent de la vie des autres. Ils sucent l'âme et l'énergie des autres, des plus faibles, comme font les vampires avec le sang de leurs victimes sans défense. Les Zulmira voient Walter, là où il se trouve en ce moment, prospérer aux dépens de la vie même de ceux qu'il est venu vider de leur substance à Valmares. Le vampirisme de Walter, dans l'interprétation autorisée des cousines, se nourrit en ce moment même de la vie de Maria Ema, de celle de Custódio, du vieux Dias, des enfants eux-mêmes, qu'il a bouleversés et saccagés à tout jamais. Les sœurs et les cousines arrachent à Maria Ema ses couvertures, la tirent désespérément hors du lit, elles voudraient lui faire respirer un peu d'air frais. « Secoue-toi, nom d'un chien ! »

Mais Maria Ema restait couchée, elle refusait qu'elles ouvrent les fenêtres. Quand elle se déplaçait c'était par saccades, elle ne voulait ni manger ni bouger. Elle aurait bien aimé se conduire autrement, mais elle ne le pouvait pas. C'était Custódio Dias qui conduisait les enfants à l'école dans la charrette. Il les laissait à la gare de chemin de fer et revenait, indifférent aux ricanements de ceux qui le traitaient de cornard. Le cornard revenait et s'asseyait au chevet de Maria Ema. Je revois cette image, ce mystère, cette mésintelligence de l'amour, ce sentiment à l'état brut, ce front ceint de couronnes contradictoires. Et je me souviens de la nuit où elle avait semblé vouloir se laisser mourir, comme dans les romans d'autrefois avec des princesses, quand les mots neurasthénie et dépression n'existaient pas encore et où l'on parlait tout au plus de tristesse, de langueur ou de mélancolie. Je me souviens de la nuit où on l'avait trouvée, sortant de l'écurie une corde à la main et contemplant fixement le néflier. Francisco Dias criait : « Laissez-la se tuer ! » Mais Custódio se mit à téléphoner à plusieurs centres médicaux et finit par trouver un médecin sur place, le docteur Dalila.

57

Le docteur Dalila vint une nuit de mai.

Il arriva aux environs de minuit.

Je me souviens de cette nuit, la nuit de lune où on avait appelé cet homme, avec sa vieille sacoche noire. La fille de Walter se souvient de tout ou presque parce qu'elle était restée derrière la porte de la chambre. Le médecin s'assit sur une chaise sans dire un mot et se mit à regarder la personne qu'il avait devant lui. Une femme jeune, couchée, enfouie sous des couvertures jusqu'au cou, qui refusait de se lever. Il commença à poser des questions à la patiente, qui ne répondait pas, qui ne se tournait même pas vers lui, et quand il les posa à Custódio, lui non plus ne répondit pas et se cacha les yeux avec la main. Alors le docteur Dalila se mit à rire, puis arrêta de rire et dit que tout ce qui n'avait pas de remède était d'emblée guéri. Que la guérison des gens résidait essentiellement en eux, que certains savaient la solliciter et d'autres n'en soupçonnaient même pas l'existence. Et le médecin riait de satisfaction. Il confirmait sa réputation d'incompétence, son manque de savoir, son incapacité de poser un diagnostic, de se montrer efficace, et il faillit oublier sa sacoche en partant. Je me souviens de son départ, sans drame, sans remords et sans ordonnance. La fille de Walter était à la porte et elle vit le docteur Dalila partir. Mais il dit à Custódio : « Vous pouvez m'appeler à n'importe quelle heure de la nuit. Je ne dors jamais. »

Et la nuit suivante Dalila revint sans que personne ne l'eût appelé. Et de même la nuit d'après et encore la suivante. La lune décrut puis disparut, le croissant reparut et grandit, et chaque nuit le docteur Dalila revenait avant minuit. Francisco Dias se mettait à crier : « Laissez-la mourir ! » Mais Custódio relatait minutieusement chaque pas de Maria Ema, l'intérêt qu'elle avait pris à tel ou tel sujet, la quantité de nourriture qu'elle avait absorbée. Il parlait en confidence, il ne voulait pas qu'au dehors on sache ni qu'on fasse des commentaires. Et le docteur Dalila regardait la chambre d'un œil vague et disait : « Bien, très bien, continuez. » Il repartait. On aurait pu croire que ses visites ne changeaient rien et pourtant la guérison de Maria Ema venait à sa rencontre en la personne du docteur Dalila. Elle s'avançait de façon surprenante et burlesque, enfermée dans le silence qui avait suivi le départ de Walter, mais peu importait comment. La guérison cheminait.

58

Le docteur Dalila vivait au milieu des figuiers. Il était étrange qu'un médecin, encore loin d'être un vieillard, habitât une maison cachée, entourée de figuiers à fruits particulièrement juteux, et visitât ses malades uniquement la nuit. Sa maison était située vers la falaise et pour portail il y avait une grille de fer sans serrure. La fille de Maria Ema revenait de la plage à la nuit tombante, elle revenait avec ses livres attachés par une courroie sur le dos. Elle s'arrêta devant la maison du docteur Dalila et contempla dans l'obscurité du crépuscule cette cour blanchâtre entourée de feuilles sèches, cette maison fermée, sans voiture à la porte. Mais une voiture s'arrêta derrière la fille de Maria Ema et c'était lui, le docteur Dalila.

Elle se souvient plus spécialement de cette nuit-là. Il était encore tôt, ce n'était pas encore l'heure où le médecin allait visiter la malade de Valmares. La fille de la patiente de la nuit et le médecin pouvaient donc avoir une conversation. Au bord de la mer. Ils y allèrent tous les deux, dans la voiture bleue du docteur Dalila.

Elle se souvient de la mer cette nuit-là, une mer lisse, partagée en son milieu par le ruban argenté d'un clair de lune resplendissant. Le médecin était assis à la table d'une cabane tapissée de mouches endormies et décorée de pieuvres séchées qu'on appelait le bar. Le bar sombre où le médecin expliquait son nom. Il avait un nom complet, un nom même très distingué, et une spécialisation en chirurgie maxillo-faciale. Mais il préférait avoir un surnom et vivre de petits riens, de consultations rapides à domicile, et avoir un rapport normal avec l'être humain dans sa totalité, plutôt que d'observer seulement des mâchoires et des visages. Il préférait rire, passer sa vie à jouer. C'était amusant. De la cabane aux mouches immobiles sortaient des verres de whisky d'une bouteille qui lui appartenait, avec une étiquette portant non pas son vrai nom mais celui de docteur Dalila. Et il en fut de même le lendemain et le surlendemain. Maria Ema était loin de pouvoir supposer que sa guérison se trouvait dans ces rendez-vous qu'avait la fille de Walter au bord de la mer, face à une bouteille que le docteur Dalila vidait comme si le liquide était aspiré par un alambic. Elle ne pouvait même pas imaginer ces rendez-vous. Elle se souvient des étapes burlesques de cette rencontre et de cette guérison.

Deux semaines plus tard, le ruban sur la mer semblait moins net, la lune était de nouveau absente. Les figuiers indiquaient tout de même la voie de la demeure du docteur Dalila, de part et d'autre du chemin de sable qui menait à la grille, et quand la voiture fut garée et que la porte fermée par un bout de bâton s'ouvrit pour la première fois devant la fille de Walter, celle-ci se trouva dans une maison en désordre qui ne ressemblait guère à celle d'un médecin. N'étaient un bureau et un Codex des produits pharmaceutiques, on aurait pu se croire dans le logis d'un forgeron ou d'un camionneur vivant dans le plus grand laisser-aller. Au milieu de ce fouillis, il y avait des canapés recouverts de couvre-lits sur lesquels le docteur Dalila dit qu'il faisait bon dormir. Il attira la fille de Walter contre sa poitrine et la rassura, calmement, de sa voix lente et douce, façonnée par le whisky. Il lui dit de ne pas le fuir, ce n'était pas nécessaire, il ne pouvait pas lui faire de mal, il était aussi inoffensif qu'une dame. Heureusement pour elle, il s'était transformé en une véritable dame. Et il riait de lui-même et d'elle, un rire ambigu, consolant. En effet, son corps était celui d'une femme osseuse à qui on aurait enlevé les seins et la rondeur des hanches. Pour le reste il n'y avait aucune différence, sauf pour les cheveux et l'odeur. La fille de Walter ressentait de la curiosité envers cet homme étendu sur le canapé, un *majo desnudo,* un eunuque assis, un verre à la main, en train de la regarder, de la convoiter, de la déshabiller. Elle se souvient de cette convoitise, du regard douloureux et avide de cette convoitise, qui s'étendait aux mains douces du médecin, à sa bouche luisante, à son front rouge. Elle se souvient de ces heures tout au long du mois de juillet, avant sa visite nocturne à Valmares, au volant de sa voiture bleue. Il fallut attendre plusieurs semaines pour que Maria Ema assume sa guérison extravagante. Il était temps. Une scène de comédie venait enfin vers nous.

59

La fille de Walter commença à rentrer à la maison avec des vêtements tout froissés et ses livres en désordre, avec le docteur Dalila, et quand Custódio racontait les progrès de sa femme, Maria Ema se redressait dans son lit et ne quittait pas sa fille des yeux, elle ne quittait pas le médecin des yeux. Ses yeux passaient de l'un à l'autre avec une stupéfaction intense, une angoisse intérieure si visible qu'elle en devenait monstrueuse. Et la guérison de son mal d'amour dont la forme et le dénouement sortaient tout droit d'un modèle suranné que plus personne ne décrivait ni ne représentait, sauf dans quelque ancien film mexicain, se produisit cette nuit-là, ou plutôt en cette heure de minuit rocambolesque où elle était allée attendre elle-même le médecin à la porte de la maison de Valmares.

Custódio était au portail. « Bonsoir, docteur... » dit-il. Pour être franc, cette fois-là il ne savait pas combien de pas sa femme avait faits dans la maison, ni combien de cuillerées de riz elle avait mangées, ni à quels sujets elle s'était intéressée. Mais le compte-rendu de Custódio Dias était inutile car Maria Ema était à la porte, chaussée et vêtue. Elle avait retrouvé toute sa perspicacité vigilante et bien que le mur de la maison de Valmares fût brûlant en cette fin de juillet torride, elle s'y était adossée et attendait, poings serrés et lèvres pincées. Une force inattendue avait surgi dans les poignets languides de Maria Ema. La malade se dirigea d'un pas ferme vers la voiture du médecin, en extraya sa fille, la frappa sauvagement et la jeta à terre.

Elle la frappa pour la première fois de sa vie.

Elle lui dit en hurlant qu'elle était le portrait craché de Walter Dias, vicieuse et dépravée comme lui, fausse et menteuse comme lui, traîtresse et attirée par le mal comme lui. Elle comprenait maintenant pourquoi elle aimait tant grimper sur la Carriole du Diable quand elle était petite. Furieux, Custódio Dias l'attrapa par les poignets, ses enfants s'approchèrent, éberlués par ces braillements impossibles à imaginer dans une maison habitée par le silence de leur mère. Francisco Dias disait, « Laisse-les s'entretuer ! Laisse-les ! » Mais cela n'avait aucune importance : Maria Ema était sauvée. Elle se libérait de cette étrange façon de son amour pour Walter Dias.

Elle était sauvée parce que désormais elle devint sentinelle, gargouille, espionne, protectrice responsable, gardienne des mœurs, gardienne de la sensualité, des lèvres, des seins, des jambes de sa fille, du corps entier de sa fille. Elle surveillait ses pas, ses sorties, ses mouvements rapides, ses aspersions de parfum, ses cheveux domptés, lissés, tombant jusqu'à la taille, elle était la gardienne de son intégrité pour un mariage futur, la gardienne d'elle-même extrapolée à un autre corps. Ainsi Dalila n'entrerait plus jamais dans la cour de Valmares, mais cela ne serait plus nécessaire. Maintenant le remède au mal de Maria Ema était les escapades de sa fille qui pendant ce mois d'août partait en direction de la plage vers une maison en désordre au milieu des figuiers à fruits juteux. J'invoque ce temps de silence passé parmi les figuiers pour que Walter cette nuit sache.

60

Car la fille de Walter s'étendait sur le canapé où le médecin dormait à poings fermés, elle lisait adossée contre lui, lui essuyait les commissures des lèvres et somnolait elle aussi parfois, mais vers huit heures ils se réveillaient. Dalila prenait une douche, elle aussi, puis ils s'enlaçaient. « Tu vois ? Je suis devenu une vraie femme. Je ne peux te faire aucun mal. » Le mois d'août passa vite. Dalila s'absenta pendant plusieurs semaines et à son retour il était moins maigre et plus agile, il continuait à boire du whisky avec la même avidité et le même empressement, mais il semblait s'en être passé pendant son absence ou alors en avoir bu un autre, d'une qualité différente. Un après-midi, après la sieste, sans doute vers la fin de septembre, le médecin cessa d'être inoffensif comme une femme. Au milieu des ordures et des papiers froissés, à côté de la sacoche contenant son attirail de médecin, il se transforma en homme et posséda la fille de Walter. Il n'y a rien d'autre à en dire.

Sauf que Maria Ema attendait sa fille à la porte de Valmares, elle l'attendait pour la surveiller. La fille se soumettait à sa volonté : elle lui donnait des raisons de la surveiller. Son cynisme était devenu aussi tangible qu'un sac de fruits pesé sur la balance de Francisco Dias ou qu'une route tracée dans le sable par un bulldozer. La nuit de l'offensive de Dalila, la fille revint à l'aube, euphorique, ses souliers à la main et ses vêtements parsemés de taches brunes. « Où étais-tu ? Où es-tu allée ? » Quelques jours plus tard Maria Ema appela la fille de Walter et elle lui expliqua à grands cris que le docteur Dalila était un ivrogne et un débauché. A présent Maria Ema en venait à demander la protection du ciel pour sa fille, mais celle-ci lui échappait tellement, elle était si leste, si furtive, qu'il lui fallait s'en remettre à quelqu'un placé au-dessus des fenêtres et des tuiles et qui serait plus rapide que l'auto du docteur Dalila. C'est ainsi que Maria Ema commença à supplier Dieu à haute voix de la protéger. En cet automne paisible de 1963.

Je me souviens de ses supplications, de sa façon d'invoquer Dieu aux fenêtres de Valmares : Mon Dieu, Seigneur Dieu, faites que le docteur Dalila ne touche pas à ma fille, faites que ma fille éprouve du dégoût pour le docteur Dalila, qu'il ne l'emmène pas dans sa voiture, qu'il n'ait pas d'intimité avec elle, qu'il ne touche pas ses bras, qu'il ne touche pas sa peau, qu'il ne passe pas la main dans ses cheveux. Mon Dieu, protège-la de lui, de son ombre, de son haleine. Suppliait-elle, mais quand sonnaient cinq heures de l'après-midi, elle savait que Dieu ne venait pas à son secours. Sa fille sortait de la maison par derrière et se dirigeait vers la mer. Elle prenait la route bordée d'agaves sans aller jusqu'à la plage. Elle tournait à droite et suivait le chemin des figuiers, ouvrait le portail de fer sans serrure et entrait. Dieu n'avait pas pitié de Maria Ema. Bref, la décennie du silence mêlé de burlesque commençait, accompagnée de l'ironie qui en découlait.

Ne la laisse pas succomber à la tentation, à la curiosité, à la dépravation, à l'indifférence du corps, à la passivité voluptueuse du corps, à l'abandon à la poussière, au plongeon dans les ténèbres, à la main ouverte de la lascivité. Apprit à dire Maria Ema dans un petit livre, pendant l'hiver de 1964.

Ou plus concrètement : « Délivre-la de lui, de l'ivrogne qui est en lui, des enfants ivrognes qui sont peut-être dans son corps et qui pourraient passer dans celui de ma fille. » disait-elle à la fenêtre avec un réalisme brutal, dans une admonestation grossière qui, pourtant, l'avait sauvée elle. Voilà à quoi avait servi le docteur Dalila.

61

J'évoque la décennie de l'ironie, la décennie du silence traversée par le rire oblique du cynisme, et Maria Ema, à la fenêtre de la maison de Valmares, faisait le guet pour que sa fille ne sorte pas, et sa fille sortait ou ne sortait pas, selon son bon plaisir. Bien des années plus tard, elle sortirait, toujours en direction des figuiers, mais pas vers la maison des figuiers, vers d'autres maisons, d'autres lieux. Des petits hôtels, des dunes, des bateaux. Car après plusieurs années Dalila disparut lui aussi. Rien de douloureux, rien de tragique, il disparut.

Je me souviens de sa disparition, un Mardi Gras. Comme si le docteur Dalila portait un masque, comme si rien n'était sérieux dans la vie, comme si la chair était son élément par excellence. Il y avait déjà longtemps que Dalila ne voyait plus ce qu'il voyait. Pour lui chaque objet était une bouteille. Dès son réveil, il souffrait. Il se levait, allait droit aux récipients qui contenaient le liquide qui l'intéressait et s'asseyait devant le verre, le teint de plus en plus rouge. Il prenait la bouteille, se versait un verre, le levait et disait : « Au dernier verre ! » Comme si c'était vraiment le dernier. Mais non, il portait un toast à un dernier verre qui n'existait ni ce jour-là ni dans sa vie. Le problème pour lui c'était cette notion de dernier. La fille de Walter regardait avec fascination ce verre qui devait être le dernier. Mais pourquoi n'était-il pas le dernier ? Elle levait le verre et disait : « C'est le dernier, Dalila ! » Le médecin prenait le verre et répondait : « Oui, le dernier avant le dernier ! » Car le dernier il l'avait déjà dans la main. Entre un dernier et un autre dernier il y avait la capitulation d'un homme. La fille de Walter regardait les deux verres et elle aurait voulu que le dernier recule jusqu'au précédent, car en fait la différence n'était que de un, la différence qui ferait que l'énergie de la volonté s'exercerait avant et non après le dernier de la série. C'était comme si la série s'était enrayée et que le dernier se répétait indéfiniment. La fenêtre de l'antre qui s'appelait sans doute salle de séjour donnait sur les vagues où la fille voyait se reproduire à l'infini des gestes semblables à ceux de Dalila. Chaque vague qui déferlait sur la grève était la dernière d'une série infinie de dernières qui se succédaient depuis l'aube des temps. Entre la dernière et la dernière se situait le temps où nous émergions entre deux vagues, deux dernières vagues. Deux derniers verres. Et cela recommençait. Elle rentrait à l'intérieur et tendait le nouveau dernier verre au médecin, et encore le dernier puis le dernier. Le dernier serait après la mort de Dalila.

Elle remerciait Dalila, et Walter qui l'avait placé sur son chemin comme un héritage magnifique, d'avoir compris le pouvoir de l'avant-dernier. Elle n'avait pas à remercier, mais elle le faisait, brisant le silence, incrustant dans le silence une flèche de verre.

Dalila demandait : « Cela ne te fait rien que je sois comme une femme ? » Et la fille de Walter répondait non. Il pensait qu'elle mentait et il pleurnichait dans son dernier verre à moitié plein — toujours à moitié plein — à cause de ce qu'il croyait être un mensonge. Là, parmi les figuiers, sur le sol plat de la falaise face à la mer, la terre aride, la plage ambiguë, la pêche à l'agonie. « Juste encore celui-ci, après je reprends le jeûne... » Je repartirai à zéro, je me ressaisirai, je ferai de la gymnastique, je courrai et je ne serai plus une femme. Je t'épouserai, je serai ton mari. Disait le médecin, et pour fêter son projet, il courait à la cuisine où étaient rangées les caisses de whisky et il s'apprêtait à s'imbiber d'alcool, et cela jour après jour. On emmena Dalila un matin de Carnaval où des grappes d'adolescents sur des motocyclettes traînaient des serpentins le long des routes avec des gestes niais de mascarade. L'ambulance arriva et l'emmena sans tapage. Notre intimité avait duré dix ans, mais tout avait été si rapide. Dalila dit : « Ferme la porte. » Sa voiture bleue resta près du portail longtemps, longtemps. Très longtemps. Puis, au bout de plusieurs années, la maison des figuiers fut vendue, l'auto de Dalila enlevée. Peut-être en février soixante-quinze. Pour que Walter cette nuit sache.

62

Ai-je dit que ce furent dix années de silence et d'ironie ? Oui, je l'ai dit. En soixante-quatorze, avec cinquante ans de retard, Blé et Alexandrina se déclarèrent maltraités, lésés, opprimés, et ils exigèrent la maison de derrière où ils habitaient déjà. Ils restèrent exactement où ils étaient, mais percèrent des portes au nord pour ne plus avoir à croiser les anciens propriétaires. Ils n'avaient pas à éprouver de gratitude envers qui que ce soit pour quoi que ce soit. De peur d'en éprouver, ils étaient grossiers et désagréables.

Francisco Dias s'était mis à travailler lui-même certaines terres. Custódio s'occupait des enfants de Maria Ema. La fille de Maria Ema et de Walter, ou plutôt l'ancienne nièce de Walter, trouva un remplaçant au docteur Dalila. D'ailleurs, il n'avait quasiment pas existé et donc on ne pouvait guère parler de remplacement. Il s'agissait d'une série d'actes identifiés non par des numéros, mais par des visages, qui se succédaient au rythme des séries dont la dernière unité s'enraye, plutôt comme les vagues que comme des whiskies, car la fille de Walter n'a jamais enlacé le cou d'un amant en disant : C'est le dernier. Comme les vagues, les nuages et les vagues, autant de réalités éphémères et changeantes, qui ne se reconnaissent pas en tant qu'unités dans une série, qui ne se comptent pas, qui ne disent pas d'elles-mêmes qu'elles sont les dernières. C'est ainsi qu'en 1976 Maria Ema regretta la paix qui avait régné au temps du docteur Dalila. Elle se postait à la fenêtre pour regarder sa fille sortir à des heures indues et elle disait : Mon Dieu, faites qu'elle rencontre quelqu'un d'aussi bien que le docteur Dalila. Car Dalila habitait tout près et maintenant elle s'en va loin. Dalila était connu et ceux-ci je ne sais pas qui ils sont. Je me suis à peine renseignée sur l'un qu'un autre apparaît. A l'époque de Dalila il n'y avait que lui, maintenant personne ne sait combien d'hommes habitent la vie et le corps de ma fille. Je ne sais pas dans quelles villes elle se promène, je ne sais pas quels sont ses vices. Seigneur, faites qu'elle ne soit pas comme lui, comme le traître. Seigneur, vous avez laissé en elle une bonne part du traître.

Maria Ema n'était plus la personne qu'elle avait été, et heureusement, car personne, assurément, ne pouvait s'immobiliser indéfiniment dans le mal ou dans le bien. Quant à la fille de

Walter, elle avait simplement hérité d'une histoire d'amour dont elle connaissait les prolégomènes, l'apogée et la fin, et dont le nœud s'était défait devant elle sans que personne ne meure. La sagesse qu'elle en avait tirée était un avoir, un bien, un dépôt, une assurance solide dont elle était la détentrice. Un héritage. J'avais entre les mains cet héritage inestimable.

En réalité, quand je m'endormais à côté du docteur Dalila, je ne rêvais jamais que je me réveillais morte, je rêvais toujours que j'étais divisée. Dans mes rêves je ne mourais jamais, personne ne mourait dans la famille, dans mes rêves nous nous séparions seulement. D'abord nous nous séparions les uns les autres, puis de nous-mêmes, de nos membres, de notre ventre, de notre tête, de nos mains, de nos doigts. Nous devenions objets, feuilles, terre, eau, plumes d'oiseaux, chants d'oiseaux, nous nous décomposions en trilles, nous nous déplacions mêlés à d'énormes masses d'eau et nous n'étions plus identifiables, nous étions de purs sons. Des sons pareils à ceux des gouttes d'eau, rien, absolument rien, dans l'immensité de cette eau infinie où nous n'étions rien. Et le côté comique de ces rêves que je faisais, endormie sur le canapé à côté du docteur Dalila, venait de ce que j'étais très loin de la communion initiale et malgré tout proche de ses origines. J'étais matière morcelée, mais je gardais le souvenir du temps où j'étais une personne.

Parfois Dalila se réveillait et comme un roi désenchanté, il errait dans la maison des figuiers, vêtu d'une robe de chambre dont la ceinture traînait par terre, et il disait que je rêvais cela parce qu'il était devenu ce que je savais. Voilà pourquoi je faisais ce genre de rêves. Alors il téléphonait à des amis des deux sexes qui surgissaient on ne savait d'où, garaient leur voitures au milieu des feuillages et envahissaient la maison. Il s'arrangeait pour que quelqu'un venu seul enlaçât la fille de Walter derrière le réfrigérateur installé dans un recoin de sa propre chambre à coucher.

63

Mais il est faux que j'ai dit ou écrit un jour que la fille était une conséquence. Non, je ne l'ai pas dit, ni écrit dans aucune lettre. Parler de conséquence, ici, reviendrait à auréoler l'idée de victime, or la fille de Walter était elle-même et son héritage était une fusion entre ce patrimoine et les transmutations auxquelles elle le soumettait elle-même. La fille de Walter aurait voulu être une réplique de l'ange rebelle qui pousse les étoiles brillantes du soir et les chariots obscurs de la nuit, jetant les feux de leurs ténèbres en furie sur la lumière que projettent les autres. Elle n'était pas cette réplique, elle ne pouvait pas l'être, elle n'appartenait à personne, elle était le fruit d'elle-même, elle s'était enfantée et créée elle-même. Pensait-elle en ces après-midi joyeux, assise à côté du docteur Dalila. Ecrivait-elle dans ses cahiers ornés du visage de Bob Dylan.

Nous dormions sur le canapé sous le couvre-lit et un jour qu'elle en secouait la cendre et les stylos à bille, la fille de Walter s'avisa de raconter ce qu'on disait de la couverture du soldat. Que la fille avait été fabriquée sur la couverture, celle qui servait de coussin dans la carriole, celle sur laquelle son propriétaire s'étendait de tout son long dans les champs pour dessiner des oiseaux. « Une couverture ? » demanda-t-il. Et il se mit à rire comme lui seul savait rire. Il rit avec son verre et sans son verre, avec du whisky et sans whisky, il rit jusqu'à ce que je ne sache plus s'il riait simplement de cette image, s'il riait pour profaner l'image que je lui avais offerte à la légère ou pour se profaner lui-même, pour profaner la fille de Walter, le ciel, la terre et tout le reste. Après, comme il ne cessait de rire, nous rîmes tous les deux, enlacés. Nous nous entendions bien.

Je le rappelle pour que Walter cette nuit sache.

Et un jour que nous étions enlacés dans la voiture bleue, les roues tournées vers la mer, de hauts nuages presque immobiles, passant lentement dans le ciel, il lui dit : « On n'entend rien, sauf la mer. On est bien ainsi, n'est-ce pas ? » Oui, on était très bien, mais la nature humaine répugne aux excès de bonté de Dame Nature, elle ne se fie pas à leur stabilité et ne croit pas qu'ils en soient le simulacre, et elle pensa que face à l'homogénéité du bleu éblouissant du ciel et de la mer, face à cette paix furieuse issue d'une beauté criarde, il fallait réagir. Réagir de façon à briser l'harmonie et la singularité de ce qu'elle avait sous les yeux et elle se souvint de la nuit où elle avait ressenti quelque chose de semblable, elle se souvint de la nuit de la pluie. Avec son mélange de danger qui en minait la beauté, qui en déchirait la beauté suprême, qui la faisait exploser, et stupidement, bêtement, elle se rappela aussi le revolver Smith. Le docteur Dalila se redressa sur le siège profond de la voiture bleue pour lui demander d'un ton inquiet : « Tu dors sur un revolver chargé depuis que tu es toute petite ? Mais quelle drôle d'idée ! » Et il regarda le paysage qui était tout entier de la couleur de sa voiture, mais en plus liquide, en plus profond et en plus vaste. Pour le reste, le bleu était pareil, un bleu foncé, un bleu déchaîné. Alors, à cause de la violence de la lumière ou en raison de la faiblesse de son nerf optique, le docteur Dalila se mit à verser des larmes au milieu du paysage. De toutes petites larmes, qui ne laissaient pratiquement aucun sillage, mais qui étaient quand même visibles. Elles sortaient du coin des yeux, descendaient le long de ses joues rougeaudes et allaient mourir dans la barbe fort bien taillée du docteur Dalila. Dalila avait toujours une barbe irréprochable, contrairement à ses vêtements et à sa voiture. La fille de Walter se décolla de son siège, lui aussi profond, et s'approcha du docteur Dalila qui lui dit : « Si tu m'aimes, va chez toi chercher cette arme pour t'en débarrasser. Tu m'entends ? C'est elle ou moi... » Et le regard du docteur Dalila errait au-dessus de ce bleu si bleu, errait au-dessus, en dessus, à côté. Nous étions un îlot de chair au milieu de tout ce lapis-lazuli presque sans nuage. « Ecoute. Si une femme a besoin de dormir sur le revolver de son père, c'est parce qu'elle n'aime pas son mari. Ecoute-moi. Ou bien tu as confiance en moi ou bien tu n'as pas confiance... » Et les sillages continuaient à s'humidifier. « Car tu sais très bien que je vais commencer un jeûne définitif et après, après nous nous marierons tous les deux... » C'était là un sujet très sérieux pour le docteur Dalila.

Alors elle attendit que le nuage au sud en forme d'écailles éparpillées, que celui-là au moins se déplace vers la voiture, afin de pouvoir aller à Valmares avec un peu moins de lumière. Là, la voiture fut garée un peu à l'écart de la maison, la fille de Walter entra par la porte de la cuisine et elle s'empara du revolver et des balles. Elle courut et monta dans la voiture du docteur Dalila qui démarra en trombe. Il regardait du coin de l'œil cet objet sur les genoux de la jeune fille comme on regarde un ennemi, il parlait d'ailleurs au revolver comme on parle à un homme : « Espèce d'enfant de salaud, tu vas voir ce qui va t'arriver ! » La voiture s'arrêta près d'une descente escarpée mais par où l'on accédait facilement à la plage. « Reste ici... » dit-il. « Ne bouge pas, je vais lui régler son compte à ce salopard. » Et à partir de cet instant le docteur Dalila, qui pour une fois était sobre, sembla devenir de plus en plus ivre. Il enleva ses souliers, s'approcha de la mer, entra dans les vagues, jeta le revolver Smith dans l'eau avec une fureur insensée en disant « *Requiescat in pace* » ! Et quand il revint auprès d'elle, sans avoir rien bu, pas même une gorgée d'eau salée, il était saoul comme un cochon. Il disait : « Tu vois comme tu t'en es débarrassée ? Pourquoi ne m'en as-tu pas parlé plus tôt ? » Et il lui demanda de conduire elle-même la voiture bleue. Bleue de crépuscule finissant, bleue de nuit qui tombe. Je raconte simplement pour que Walter sache.

64

Plus tard, quand elle eut près de vingt-cinq ans, la fille de Walter conclut qu'il n'y avait pas d'autre façon de rédiger des tirades telles que celle-ci : *Pars et rends-toi, songe pernicieux, vers les agiles vaisseaux des Achéens.* Elle s'attacha à gagner sa vie, amassa de l'argent et s'acheta une Dyane. La nuit, les phares de la petite voiture cahotante lançaient un éclair rapide sur le mur de la cour, la lumière rasait le pied des arbres noirs et disparaissait dans l'obscurité. La silhouette de Maria Ema près du portail elle aussi s'évanouissait vite dans l'ombre et quelques mètres plus loin elle n'était déjà plus visible. La fille ne restait pas là pour la voir, mais elle savait que Maria Ema errait parfois entre les portes ouvertes et le pavage de la cour et que Custódio Dias ne se couchait même pas. Il faisait les cent pas le long du chemin, jusqu'à ce que les phares de la Dyane annoncent le retour à la maison. Alors il s'arrêtait et malgré sa difficulté à se déplacer il s'écartait du chemin en bondissant comme un lièvre et se cachait derrière les agaves pour éviter de la rencontrer. Mais si par hasard ils se croisaient, la fille ne ralentissait pas, elle n'envoyait même pas un appel de phares si elle le reconnaissait au bord de la route. Qu'il s'en retourne par où il était venu, trébuchant dans les herbes, marchant de son pas asymétrique de boiteux dans les ornières que la voiture creusait sur le chemin. Elle ne lui vouait aucune reconnaissance pour ces rondes vigilantes, elle ne leur avait jamais demandé de remplir cette mission de sentinelle.

En fait, c'était comme si Maria Ema avait lu les mêmes textes anciens et solennels que lisait sa fille, où les forces divines jouaient avec les hommes et le Destin tranchait, comme c'était son devoir. Elle vitupérait contre sa fille, les deux bras en l'air : « Dis-moi, ô fille tyrannique, qui t'appelle de l'autre côté de la nuit ? Est-ce à nouveau un ivrogne ? » Maria Ema souffrait. Oui, sa fille ne le disait pas ainsi à Maria Ema, mais c'était la vérité. En 1976, elle sait très bien qui l'appelle. C'est l'ivrogne, c'est le vieux, c'est l'homme à la face rougeaude avec une plaie sur le front et un œil fermé, c'est l'homme qui a la bouche édentée d'un côté, c'est celui qui s'est cassé l'arête du nez, celui qui cache un couteau dans sa chaussette, celui qui a tué sa femme, celui qui sent le rat, celui qui pue le whisky, celui dont la sueur a une odeur de pourriture, celui qui est incapable de raisonner, celui qui parle en hurlant, celui qui est trop flemmard pour se lever, celui qui ne tient pas parole, celui qui lui tord les poignets, celui qui reste vautré au lit toute la journée, celui qui n'a pas de travail, celui qui ne veut pas de travail, celui qui va à la dérive, celui qui travaille à bord d'un bateau, celui qui est camionneur, celui qui voyage au milieu de la viande, celui qui attend la police, celui qui écrase des pétales de lys, celui qui crache de l'herbe mâchée et se cure les dents avec une allumette. C'est celui qui a un corps velu et un regard immonde, celui qui a jeté son âme aux orties, celui qui provoque des accidents, celui qui n'a pas étudié les mathématiques, celui qui croit qu'Homère est un nom de chien, celui qui n'est pas présentable, à la lumière du jour ou au clair de lune. Celui qui n'est qu'un corps dans l'obscurité de la nuit. C'est lui l'immonde qui lui serre les doigts, lui suce les seins, lui étreint le bout du pied. Mais elle ne le dit pas avec ces mots-là. Elle l'écrit.

Vingt-six ans.

Ils se disputaient devant Francisco Dias. La fille montait dans sa Dyane et criait qu'elle était inatteignable. « Inatteignable ? » hurlait Maria Ema. « Qu'est-ce que c'est que ce mot-là, tu peux me le dire ? » La fille disait : « Oui, parfaitement, inatteignable ! » Ce qu'elle veut dire c'est que son âme, le recoin où son âme se tapit et se cache, où elle passe la nuit, où elle sait ce qu'elle sait et ignore ce qui est à ignorer, ce lieu-là a toujours été inatteignable. Et que donc il fallait que celui qui lui pelotait les seins, qui lui caressait la nuque, qui la traînait par les cheveux jusqu'aux matelas sordides des maisons de vacances fût tellement ordinaire, tellement inconsistant, tellement grossier qu'il ne s'approcherait même pas de l'entrée de la cachette où logeait l'âme, enveloppée de sa vêture de soie. C'était là son héritage privilégié, sa forêt royale où elle seule chassait, où elle seule lâchait ses chiens et capturait ses cerfs aux andouillers redoutables. Tout cela serait incompréhensible pour Maria Ema, pour Custódio Dias, son oncle et son père, incompréhensible surtout pour Francisco Dias qui voyait disparaître ses terres arables d'un œil perplexe. Francisco Dias criait à Custódio Dias qui guettait la Dyane au bout du chemin pendant que Maria Ema attendait dans la cour : « Laissez-la donc déguerpir ! Qu'elle fiche le camp et ne revienne plus jamais. Qu'elle reste là-bas pour toujours et nous laisse tranquille... » C'était l'été de l'année 1978. Entre-temps Maria Ema avait renoncé à en appeler à Dieu avec grandiloquence. « A quoi bon, puisqu'Il ne m'entend pas et qu'Il ne la voit même pas ? » s'exclamait-elle.

65

Oui, c'était la décennie du silence. Mais chaque fois qu'elle le voulait, Walter ôtait ses souliers, les tenait à la main et apparaissait à la porte comme lors de la nuit de la pluie. Il ne frappait pas, il n'en avait pas besoin, la porte attendait toujours qu'il la franchisse et il le savait. La lampe éclairait les épaulettes de sa gabardine sans qu'il soit nécessaire de l'élever à la hauteur des yeux. Walter se promenait dans sa chambre, il allait à l'armoire et à la table chargée de livres sans dire un mot, il se bornait à aller et venir, à déambuler ainsi. Il posait les mains sur les objets qui appartenaient à la fille, il était d'accord avec elle, il discutait sans discuter. Parfois il riait. Nous nous entendions bien, nous étions plus que contents, nous étions heureux. Je n'avais plus l'arme dans ma chambre, mais peu importait qu'elle fût là ou ailleurs. Où que le revolver Smith se trouvât, sur le sable ou enterré de plus en plus profondément sous les assauts des vagues avec chaque seconde qui passait, là où le docteur Dalila l'avait lancé, il avait accompli sa mission. Ni l'album des oiseaux, ni le reste des films qui subsistait encore n'étaient désormais essentiels. Ce qui importait en ce temps de silence c'était que chaque fois qu'elle l'appelait il venait, il montait l'escalier et apparaissait à la porte comme lors de cette nuit en soixante-trois.

Francisco Dias ne dormait pas lui non plus, mais pour un motif très différent. Il veillait pour une raison autre, venue d'un silence bien particulier.

C'était le silence des Dias. Le cultivateur de Valmares se levait la nuit avec la certitude que si ces fils ne lui avaient pas indiqué la date de leur retour cela signifiait sans le moindre doute qu'ils étaient sur le point de revenir. Quand approchait l'heure où le soleil se couche, il demandait à Custódio de laisser le portail entrebâillé, ses fils pourraient revenir et avoir du mal à l'ouvrir. Simplement, la seule chose qu'il ne savait pas c'était s'ils reviendraient en train ou en taxi, comme Walter, quelques années plus tôt. Il pensait toutefois que la première hypothèse était la plus probable, car ses autres fils n'étaient ni dépensiers ni gaspilleurs. A moins qu'ils ne reviennent dans leur propre voiture et dans ce cas-là, pour faire des économies, il y aurait deux familles par automobile. Six familles pour trois voitures. De toute façon, il fallait qu'ils reviennent. Les raisons pour qu'ils reviennent de toute urgence foisonnaient autour du domaine et dans la maison elle-même. D'ailleurs, puisque tout le monde revenait, pourquoi pas les Dias ?

Et c'était vrai, autour de la maison, avec chaque heure qui passait, les raisons se multipliaient. Francisco Dias ouvrait la main droite et les comptait sur les doigts. Les fils Dias allaient arriver parce qu'à Valmares les explosions dans les carrières ébranlaient continuellement la terre, provoquaient des lézardes dans les murs par lesquelles on pouvait passer le bras, la poussière retombait sur les tuiles et s'infiltrait dans les lits comme de la farine. Les oiseaux des marais qui s'envolaient des remblais, près des dunes, pour atterrir dans les chaumes desséchées, déboussolés, borgnes, pondaient des œufs hors de saison et dans des lieux inusités. Certaines herbes disparaissaient, d'autres, qu'il n'avait jamais vues, pullulaient. Les figues mûrissaient, éclatées en neuf endroits, les olives vertes s'allongeaient et noircissaient, faute de pluie. La terre était sèche, horriblement sèche. Il voyait le vent soulever la terre, la transporter ailleurs, et la couche de sol arable s'amenuiser et se décharner. Debout, au milieu de son domaine, il voyait ce que personne ne voyait : la terre s'élever dans l'air comme une fumée poussée par le vent. Regardant son monde à lui se désagréger, dépérir et pourrir ainsi, il pensait qu'il en allait de même pour l'univers tout entier. Il voulait que ses fils reviennent mettre de l'ordre dans quelque chose de beaucoup plus vaste que sa propre maison. Et quand ils reviendraient, même s'ils étaient moins riches que ses ambitions ne le lui avaient fait espérer, ce serait pour cultiver à nouveau les champs qui leur appartenaient, pour fixer la terre avec des arbres et d'autres plantations. Alors la fille de Walter, enfermée dans sa chambre, parfois en compagnie de personnes qui parlaient d'autres langues et qu'elle rencontrait sur d'autres routes, entendait Francisco Dias sortir dans la cour à l'aube pour étriller la dernière mule. Elle tendait l'oreille. Il ne voulait pas se séparer de sa dernière bête, il ne voulait pas rompre le dernier maillon animal qui le rattachait aux forces de traction qui avaient fait sa maison. Le matin il se lavait, s'habillait, harnachait la mule et se postait bras croisés au milieu de la cour. Contrairement à sa petite-fille, il continuait à attendre.

66

D'ailleurs, au milieu des années soixante-dix, Francisco Dias refuse d'admettre que les choses aient changé de façon aussi radicalement opposée à sa conception de la vie, changements qui l'atteignaient dans la raison d'être même de son passé et dans les tréfonds de son espoir. Il n'admet pas que ses fils ne veuillent pas lui venir en aide. Immobilisé par la mélancolie, il attend au milieu de la cour, face au portail grand ouvert. Il ne comprend pas que les fils de ceux à qui il donnait du travail naguère, ceux qui lui parlaient les yeux baissés, ceux qui lui disaient merci, merci, dix fois quand par hasard il leur avançait dix *escudos* ou leur payait la journée en entier quand ils étaient pris d'une douleur soudaine pendant le travail qui les forçait à se rouler dans le foin, fussent maintenant assis à leur porte à se tourner les pouces et que leurs fils achètent des terrains, des magasins et des maisons comme s'ils vivaient dans l'opulence. Au lieu que ce soit lui qui agrandisse ses domaines comme il l'avait pensé, ce sont les enfants de ses serviteurs qui habitent tout à côté de chez lui, qui menacent l'intégrité de ses ambitions mises en attente en lui demandant de vendre ou au contraire en lui déclarant que rien de ce qui lui appartient ne les intéresse. Le propriétaire de Valmares au milieu des années soixante-dix est un cultivateur troublé, freiné dans ses travaux agricoles par le retard de ses fils. Il ne peut plus continuer à vivre dans l'attente. Ils vont le payer. Il faudra qu'ils le lui paient.

Francisco Dias hurle ces menaces dans la cour, il veut partir lui aussi, prendre l'avion pour la première fois de sa vie pour aller les retrouver. Il veut les sermonner, leur dire qu'ils sont des traîtres, pareils ou pires que Walter. Il se promène la nuit dans la maison, range des objets et des vêtements dans une valise, compte de l'argent sur son lit, fait des calculs de tête, veut aller à Faro acheter un nouveau chapeau de feutre d'une marque qui n'existe plus. Il veut prendre le train postal, comme au temps où il vendait du bétail. Bizarrement, il veut transporter son argent au fond de son chapeau, comme faisait son père. Bref, il veut partir pour le grand voyage de confrontation avec ses fils. Il arrache la mappemonde du mur et la plie aux dimensions de son portefeuille pour la déplier quand il arrivera là-bas et gifler ses fils comme lorsqu'ils étaient des gamins. Il enfonce un mouchoir dans sa poche et un canif dans sa chaussette. Le voilà déjà loin sur la route, traînant des valises et des sacs. Pendant les mois d'été de 75, Custódio passera des nuits torrides et mémorables à le ramener à la maison. En un mot, il y a vraiment un problème grave à Valmares.

67

Quel était donc ce problème ? J'entends encore les communications téléphoniques internationales que Custódio avait avec ses frères. La fille de Walter trouve bizarre qu'ils soient chez eux pour répondre à ces appels, car elle les voit toujours en route vers l'ouest, traversant des paysages inhospitaliers, traînant leur femme derrière eux et faisant des enfants, peu nombreux, qui se ressemblaient tous un peu comme sur leurs photos, loin, très loin, là où ils s'étaient établis. Mais maintenant, aiguillonné par l'état d'anxiété de Francisco Dias, perpétuellement assis à la porte à côté de ses valises, Custódio les débusque l'un après l'autre dans leurs lointains cosmiques et il leur dit du vestibule qu'il faut en effet qu'ils reviennent de toute urgence. Custódio explique : la patience du père est à bout, il faut que ses fils s'entendent entre eux, il leur demande donc de téléphoner au plus vite. Le père a enfin compris qu'ils ont leur vie à eux, très loin, trop loin, et maintenant il se sent blessé qu'ils ne veuillent même pas revenir pour se partager le domaine.

Oui, là-bas, les Dias ont très bien compris. Mais ils ne téléphonent pas, ils se contentent d'envoyer des lettres. Des lettres brèves qui paraissent venir de personnes ressemblant comme deux gouttes d'eau aux images silencieuses de ceux qu'elle entrevoit, rassemblés en une brigade de travail qui trime en silence parmi les bêtes dans la cour, au milieu des années cinquante. Elle ne se souvient plus du visage de chacun d'entre eux, tout juste de leur nom, de leur âge et de leurs activités, de leur départ et de leurs premières lettres. Maria Ema disait à Custódio Dias : « C'est elle qui pourrait les convaincre de venir débrouiller cette affaire en leur écrivant des lettres bien tournées. Demande-lui, je t'en prie. » Faisant allusion à la fille de Walter.

Mais il y avait maldonne. Elle se souvient.

La fille de Walter ne peut pas écrire à des gens qu'elle a figés dans sa pensée. Elle ne sait rien de leur parcours ultérieur, elle a même du mal à leur attribuer un destin différencié, autre que celui décrit dans leurs premières lettres, et ce destin est immuable et elle s'efforce de le maintenir ainsi. Il est tout à fait naturel qu'ils se trouvent là, disparaissant comme dans les premiers temps, fuyant au loin. L'un continue à avancer sur une étendue blanche, traînant des billes de bois, il continue à travailler sur cette surface neigeuse, il court derrière un camion qui ne s'arrête pas et dans lequel il doit lancer les souches. Elle le voit comme toujours courant dans le sillon creusé dans la neige par les roues, elle le voit se perdre au milieu des hautes futaies, se perdre parmi leurs ombres noires, c'était l'image de Joaquim Dias qui travaille comme bûcheron sur les terres plates de la Nouvelle Ecosse. Son film en est resté à ce point là, il est arrêté là, elle ne peut ni le faire reculer ni le faire avancer. Elle voit aussi le Dias des mines, celui qui sur la photo portait une lanterne sur le front, un casque de fer-blanc, et qui ruisselait de sueur au fond de la terre face à la paroi de minerai. Elle le voit dans l'obscurité, elle le distingue difficilement. Elle le voit arracher des fragments qu'il lance dans un seau. C'est Manuel Dias, un des premiers à décamper. Elle continue à entendre sa voix un peu rauque monter de la cour de Valmares et se répercuter en écho dans les entrailles de la terre sous les lacs, à Elliot Lake. Comment peuvent-ils revenir ?

68

Elle ne veut pas les voir revenir, ni pareils, ni changés. Elle les veut tels qu'elle les a construits et gardés durant toute la période de sa relation avec le docteur Dalila. L'image de celui qui démolissait des maisons la réjouit. C'était Luís Dias. Il avait abandonné les cultures de Francisco Dias pour aller taper sur des parois de bois jusqu'à les faire tomber par terre. Pendant les années soixante-dix, elle entendait encore le son sec et creux du maillet de Luís Dias sur les fenêtres, les portes, les toits, il les abattait, il laissait derrière lui des maisons éparpillées, transformées en tas de planches et en pile de verre, à l'ombre des érables. « Cet arbre, mes frères, s'appelle un *mapletree.* » Avait-il écrit au dos de la photo dans les années cinquante. Toutefois, le plus intéressant était un autre Dias, celui des Etats-Unis, immobile au milieu d'une plaine immense où les seuls accidents du paysage, plat en tous sens, étaient les échines des vaches. C'était João Dias avec un grand bâton, au centre d'une plaine, comme si le jour il gardait une nuit étoilée inversée. Francisco Dias n'avait pas voulu regarder. Comment le fils d'un homme avec du bien au soleil pouvait-il garder des vaches, des bêtes aussi lentes, dans une contrée où on ne voyait pas une seule maison ? La photo était belle. João Dias devrait rester seul au milieu de cette plaine louée avec un associé des Iles et mener à l'étable les vaches nonchalantes.

Mais l'image d'une beauté intolérable, celle qui avait toujours suscité en elle une exaltation fiévreuse tout au long de ces années, avait comme protagoniste Fernandes, le mari d'Adelina, qui lui avait appris la lettre W de Walter en ce lointain après-midi des poules. Dans les années soixante-dix elle le voit encore essayer d'écrire cette lettre, les ongles cassés et usés jusqu'au sang. C'était le Dias des chemins de fer, de la ligne Canadian Pacific. Je le vois laisser l'empreinte de son doigt ensanglanté sur la lettre et l'explication qu'Adelina avait lue : *« Excuse-moi, Adelina, je ne voulais pas t'envoyer cette lettre, mais je n'ai plus de papier ni d'encre et il faut absolument que je te donne de mes nouvelles aujourd'hui sinon je ne sais pas quand je pourrai le faire... »* Puis, la photo de Fernandes : une traverse sur le dos, au milieu du ballast. Elle le verrait à tout jamais poser une voie ferrée à travers le Canada, entre l'Ontario et l'Alberta, en Colombie britannique, vers l'ouest. Sur cette image, il construisait la ligne, plaçait la main sur la voie ferrée et le train lui passait sur le bras. De l'autre côté, en forme de main plaquée bien à plat, surgissait le Canada. L'image était trop forte pour être supportable. Elle l'avait supportée pendant des années comme une vengeance contre Francisco Dias.

Le Dias de Caracas offrait à la fille de Walter l'image la moins précise. La lettre dont la fille s'inspirait était incomplète mais elle lui donnait la vision d'un homme encore affamé malgré tout le temps qui s'était écoulé. Elle se souvient qu'il avait écrit qu'il ramassait des fruits par terre pour se nourrir car il ne voulait pas, par respect pour le nom du cultivateur qu'était son père, se couvrir de farine ni distribuer du pain de porte en porte à bicyclette. Il mangeait un fruit semblable à une orange, avec un seul noyau et sans quartiers, lisse et vert à l'extérieur. Le fruit était savoureux, même si la raison pour laquelle il le mangeait était triste. Mais quand il avait écrit pour dire qu'il ne voulait pas être boulanger, Inácio était déjà devenu ouvrier du bâtiment en bas d'une grue. Elle le voyait sans image bien concrète. Elle ne le voyait ni mal ni bien. Elle ne le voyait pas du tout. Ou plutôt il faisait partie de la collectivité, de plus en plus abstraite, de plus en plus lointaine, fixée vingt ans auparavant dans les lettres lues à haute voix par leur femme et par Custódio Dias. Et comme on le sait, par la suite, tout et tous se sont effacés, les Dias se sont mêlés et transformés en une pâte informe, ils se sont réduits à un visage unique, sans plus aucune importance, car celui qui comptait était venu, Walter était apparu. Je ne me souvenais plus des autres. Pourquoi Custódio lui demandait-il un tel effort de mémoire ?

69

D'ailleurs il ne servait à rien de souhaiter qu'ils ne viennent pas. On comprenait à lire leurs lettres qu'ils ne viendraient pas. A quoi bon leur répondre ? A cette époque où les distances n'existaient plus et où les voyages s'étaient tellement banalisés qu'on prenait l'avion en tenue de jardinage ou d'intérieur, la vérité était que les Dias n'avaient pas envie de venir voir leur père, mais ils ne le disaient pas, ils reportaient indéfiniment la décision qu'ils auraient dû prendre depuis longtemps, et donc ils écrivaient des lettres appliquées, pleines d'excuses et de sournoiserie. Je le dis cette nuit devant la couverture du soldat, afin que Walter sache.

Car les lettres qui arrivaient à Valmares et qui restaient au bureau de poste de S. Sebastião étaient des lettres habiles, qui cachaient ce qu'il y avait à cacher et qui ne racontaient que ce qui pouvait être raconté. Des lettres mesurées où les mots étaient pesés, les jugements prudents. Contrairement aux autres émigrants de Valmares qui écrivaient des pages lancinantes de souvenirs et qui téléphonaient, engloutissant ainsi l'argent de voyages entiers dans l'intervalle entre des visites bruyantes qui paraissaient être leur source de survie en même temps que leur véritable raison de vivre, les frères Dias, eux, se sentaient très bien au loin et ne souhaitaient pas revenir. Je vois les en-têtes des lettres, il suffit de les apercevoir de loin pour se rendre compte que les Dias n'ont aucune nostalgie de Valmares. Qui plus est, ils doivent craindre qu'on ne les oblige à se partager l'empire de cailloux qu'est devenu le domaine de Francisco Dias.

Ils veulent sûrement s'épargner les drames, les tiraillements, les crises de nerfs qu'entraîne le partage d'un héritage fait de rien. Un héritage pour rien. Les Dias absents paient pour ne rien avoir, pour ne pas hériter d'un tas de pierrailles, d'yeuses, de terres sablonneuses et calcaires où personne ne veut construire ni rien planter. Entre la mer et la montagne, leur père a édifié un empire situé sur un parallèle sans valeur aucune, sans se rendre compte qu'il serait un jour le roi des pierres. Et c'est vrai, toutes les nuits des pierres dégringolent des murets qu'il a fait construire il y a plusieurs dizaines d'années. Les yeuses y prospèrent comme si l'abandon était une vitamine, le mépris le meilleur guano, comme si elles croissaient de n'être ni vues ni regardées. Seul le roi des yeuses vit sans s'apercevoir qu'elles ont envahi tout le domaine. Les Dias éparpillés sur les continents américains ne peuvent venir ici se compliquer la vie avec cet héritage encombrant, ces champs redevenus ce qu'ils étaient autrefois, des étendues arides offertes à la désolation, aux genettes et aux renards. Ces Dias-là ne viendront pas ici. La fille de Walter le déduisait des lettres qu'elle écoutait à peine, elle n'en avait ni le temps ni les vacances nécessaires. Mais Francisco Dias traversait la cour, allait jusqu'au portail, l'ouvrait tout grand et avant que la Dyane ne sorte il criait à Custódio : « Allons, un peu de courage ! Flanque-la à la porte ! »

70

Oui, la fille de Walter avait parfois le temps d'écrire des pages sur l'empire du roi des yeuses, même si Custódio ne les envoyait pas et qu'il attendait prudemment les réponses de ses frères. Mais leurs lettres ne changeaient pas. C'était des réponses dilatoires, des lettres de dérobade sournoise, dénuées de toute conséquence pratique. Et pourtant, soudain, à la fin des années soixante-dix, les Dias ouvrent une parenthèse pour parler de ce dont ils n'auraient jamais dû parler. Poussés par la sournoiserie, déterminés, dissimulés, ils se mettent tous à aborder un sujet enseveli dans le silence, un sujet interdit qu'ils n'auraient jamais dû soulever. Ils se mettent à parler de Walter, de l'image intouchable de Walter. J'accuse les frères Dias d'essayer par le biais de ces lettres de dilapider l'héritage laissé par Walter Dias à sa fille.

Je convoque ces lettres, séparées par des mois et par des années, dans leur ensemble d'une cohérence implacable, afin que cette nuit Walter sache. Je les appelle, je les déplie et je les relis. Elles s'organisent d'elles-mêmes. Elles se rangent par dates, elles se choisissent, la mémoire les épure, les lisse, en brûle les descriptions inutiles et les salutations répétitives afin qu'elles s'enchaînent comme les anneaux d'une chenille sans fin. Elles traitent toutes d'un seul et même sujet : l'unique personne de la famille qui, selon les frères Dias, est en mesure de revenir et de reprendre Valmares, c'est Walter. Selon eux, ce frère continue à aller de ville en ville comme il allait autrefois de port en port. Il n'a pas d'affaire fixe ni de maison stable comme chacun d'entre eux. Walter est le seul à être libre, à ne pas avoir de racine ni de famille construite conformément à la loi dans aucune des villes où il a résidé. Donc, il est le seul à pouvoir revenir avec la promptitude exigée par Custódio. D'ailleurs, ce serait l'occasion où jamais pour Walter de mettre en pratique ce qu'il avait annoncé au père en l'effrayant, en soixante-trois. Ils savaient que Walter avait tracassé le père avec cette histoire de vente de la maison. Eh bien, maintenant qu'il aille là-bas lui-même s'occuper de cette affaire sérieuse. Oui, il devait revenir. Mais où était Walter ? Il fallait le retrouver. Alors, sortant des images construites vingt ans plus tôt, les Dias commencent à émerger du lointain avec de nouvelles silhouettes, des noms précis, des conjoints distincts, des parcours singuliers et des adresses récentes et réelles, secouant et bouleversant ce qui restait du monde de Valmares.

71

Fernando, le frère à l'image d'une beauté insoutenable créée à partir d'une ligne de chemin de fer est en fin de compte propriétaire d'une agence immobilière à Vancouver. Joaquim Dias, le bûcheron qui courait dans la neige, s'est transformé en fabriquant de bancs de jardin avec un bureau à Halifax. Ses lettres sont écrites sur du papier à en-tête. Le mineur, Manuel Dias, a une entreprise de location de voitures à Ottawa. Luís Dias se présente comme étant un constructeur et João Dias partage avec son associé des Iles non seulement des vaches nonchalantes mais aussi la propriété d'une laiterie industrielle. Et Inácio ? Inácio est entrepreneur en bâtiment à son propre compte à Caracas. Il construit des maisons, des immeubles, des grands bâtiments avec des dizaines d'étages. La Constructora Ideal. Tangibles, divers, réels, les Dias se sont transformés en une famille universelle. Et les fils universels de Francisco Dias parlent enfin d'eux-mêmes. Cela afin de pouvoir parler de Walter. Maria Ema lit les lettres. Elle peut les lire. Elle dit que Walter Dias n'a plus rien à voir avec elle. Elle explique même qu'elle ne sera heureuse que lorsqu'elle apprendra qu'il a disparu de la face de la terre ou de la face de la mer où elle l'imagine invariablement, en train de s'éloigner toujours plus loin, emporté par l'immensité des eaux.

D'ailleurs, c'est un temps, semble-t-il, où il n'arrive rien en dehors des lettres, un temps où tout s'arrête. Le vent s'arrête, les vagues s'arrêtent. Je convoque cette immobilité pour cette nuit, afin de me remémorer les lettres inoubliables. Afin que Walter sache.

La première est écrite par Vitória, la femme de celui qui a la société de voitures de location, Manuel Dias, le frère qui a été mineur avec une drôle de lampe sur son casque. Laconique sur sa propre famille, la femme de Manuel dit simplement que parfois, à Ottawa, la nuit tombe trop tôt, pour le reste tout est normal. Ses enfants font des études et jouent du saxophone, et Manuel a été nommé président d'un club. Mais elle, évidemment, écrit pour une autre raison.

Elle écrit pour dire que son mari est d'accord pour qu'on essaie de retrouver Walter, que Walter devrait revenir dans la maison de son père pour s'occuper de l'héritage, et en plus elle a grand peur que son beau-frère n'aille pas bien, où qu'il soit. Il y a plusieurs années, il avait une agence de voyage près du lac, à Harbour Street. La Travel Agency de Walter vendait des voyages, faisait le courtage en assurances, traduisait des documents, fournissait des avocats. Walter était respecté. Jusqu'au jour où il a engrossé une jeune fille et pris la fuite à travers la neige. La dernière fois qu'un compatriote l'avait vu, il se dirigeait vers les chutes du Niagara. Ils s'étaient rencontrés par hasard dans un restaurant au bord de la route. Walter était dans une automobile noire avec une demi-douzaine de valises, dont une sur le toit. Il avait disparu.

Et elle avait ajouté : heureusement que la demoiselle était fille de Polonais. Si elle avait été la fille d'un Italien, Walter, à cette heure, ne serait plus en vie. Mais eux étaient des gens patients. Et la jeune fille avait déjà eu une histoire d'amour. Maintenant elle avait eu deux histoires d'amour, plus un enfant. Un petit garçon, par-dessus le marché. Mais Walter avait pris la poudre d'escampette sans se soucier du marmot. Il avait planté là sa Travel Agency, laissant des affaires importantes en souffrance et des tableaux au mur représentant des oies sauvages qu'il avait peintes. Depuis, plus de nouvelles, ça va faire bientôt six ans. Custódio devrait le rechercher dans les consulats. On le retrouvera et on lui demandera de rentrer à Valmares. *From Vitória and Manuel Dias. Limo-service. Ottawa.*

72

Je me souviens de la lecture de cette lettre. Maria Ema l'avait posée sur la table en riant, puis le dos bien droit, elle avait relu le passage concernant la Polonaise. Custódio n'en croyait pas ses oreilles : « C'est incroyable. Six années ont passé sans qu'ils ne disent mot de cet enfant, de ce petit garçon... » Francisco Dias demandait qu'on n'en lise pas plus, Walter ne changerait jamais. Qu'on saute plusieurs lignes chaque fois que le mot Walter apparaîtrait.

Mais une semaine et demie plus tard, une lettre de João Dias fournissait une autre piste. Le sixième fils de Francisco Dias écrivait lui aussi une lettre universelle. Il sortait de l'intemporalité d'une plaine ouverte comme un ciel inversé, avec des vaches éparpillées à perte de vue, jusqu'à la ligne d'horizon, pour émerger de l'intérieur de sa laiterie, de ses cuves d'ébullition, de pasteurisation, d'écrémage, de barattage de la crème et du beurre, et une richesse onctueuse, d'une blancheur crémeuse, industrielle, apparaissait pour parler de Walter, bien que João n'eût guère de temps à consacrer à ce genre de prose.

Il allait donc droit au but : pour se rendre de la vallée de San Joaquin où ils s'étaient établis jusqu'à la côte est où habitait Walter, il fallait six bonnes heures en avion. Il y a quatre ou cinq ans ils étaient allés rendre visite pendant un week-end à leur frère qui n'allait pas trop mal à l'époque et n'avait pas besoin de beaucoup travailler car il avait une affaire de joaillerie qui marchait assez bien. Mais bien qu'ils n'en eussent pas besoin car la Dairy-Farm pourvoyait à tous leurs besoins, Walter, qui n'était pas aussi aisé qu'eux, avait insisté pour payer toutes leurs dépenses, y compris l'hôtel, preuve qu'il n'accordait pas à l'argent la valeur qu'on lui donne aux Etats-Unis. Il avait insisté, s'obstinant à dire que c'était sa façon de leur prouver son affection, mais João et sa femme trouvaient au contraire que c'était du gaspillage. Par ailleurs, ils étaient allés avec lui jusqu'à une baie pour voir la côte et Walter en avait profité pour dessiner des oiseaux à la fenêtre d'un restaurant en bois, de jolis dessins qu'il avait laissés là. Mais ce qui était intéressant dans tout cela, c'est qu'une semaine plus tard, quand ils lui avaient téléphoné pour le remercier, le téléphone ne sonnait plus à la Theodhoros & Walter Jewellers, ni à son domicile personnel.

Pour résumer, João Dias et sa femme Teresa pensaient que ce n'était pas la peine de se mettre en quête d'un garçon pareil pour mettre de l'ordre dans la maison de Valmares. *From Jo Dias, San Joaquin.*

Effectivement, ce n'était pas la peine. D'ailleurs ça n'avait jamais été la peine, pourtant l'idée était venue des Dias, pas de Custódio ni de Francisco Dias. Alors pourquoi perdaient-ils leur temps à revenir sur ce qu'ils avaient dit auparavant ? Mais les lettres ne faisaient que commencer.

73

Peu de temps après, Adelina écrivait de Vancouver. La lettre avait passé quinze jours à se couvrir de poussière dans une case postale à S. Sebastião de Valmares car plus personne ne voulait parcourir les routes sur une bicyclette pour distribuer le courrier. Custódio était allé la chercher et il la lut le soir, appuyé contre la table. C'était une lettre à la fois éclairante et inspirée. Le mari d'Adelina, l'homme à la marque de doigt sanglante qui était sorti depuis longtemps d'entre les rails de la Canadian Pacific, n'avait plus le visage couvert de la poussière du ballast ni les ongles saccagés à force de soulever des traverses. L'image d'une beauté insoutenable et éternelle n'existait plus. Depuis plusieurs années, Fernandes, le mari d'Adelina vendait et achetait des maisons. Le même doigt qui avait autrefois saigné sur des mots écrivait maintenant des chiffres sur des chèques sans y laisser la moindre empreinte. Et il se trouvait qu'heureusement, entre ses ventes et ses achats, Fernandes avait de la chance, car les prix ne cessaient de lui être favorables. « Et à propos de ventes, parlons donc de Walter... » écrivait Adelina.

Justement nous eûmes de ses nouvelles à propos de vente et d'achat de maisons. Quatre ans plus tôt, il avait abandonné une affaire de joaillerie qu'il partageait pour moitié avec un Grec à Providence. Il disparut du jour au lendemain. Le Grec resta seul pour gérer l'affaire et la totalité du capital. Le bruit courait que le Grec avait fait faire des recherches dans la rivière. Des recherches pour retrouver son corps et son automobile, tout cela en vain. Avait raconté un jeune homme venu du Massachussets pour acheter une maison à Vancouver. Poursuivait Adelina. Comme je le disais, nous sommes toujours très occupés, mais nous nous sentons bien ici. Ici il sort de jolies fleurs de la neige, comme si elles avaient éclos et ne perçaient à la surface que lorsqu'elles formaient des bouquets. Des fleurs bien propres, bien sages, comme si leurs bulbes avaient grandi en pot. D'ailleurs, ici, même les cimetières sont verts et fertiles. Les gens se promènent avec leurs enfants et leurs petits-enfants parmi les sépultures et n'ont pas peur des âmes. Pour eux, les morts sont aussi vivants que nous et les gens traversent donc les cimetières assez joyeusement et sans la moindre répugnance. Ici, c'est comme ça. Pour le reste nous n'avons aucune nouvelle de Walter. Ecrivait Adelina. Et après, elle terminait sa lettre. *From Adelina and José Fernandes, Real Estate Broker, Vancouver.*

74

Francisco Dias ne voulait pas en entendre davantage. « Saute, saute chaque fois que tu vois la lettre inversée par quoi commence le nom de Walter ! » Mais il n'était pas possible de sauter. Les lettres des Dias, rédigées presque entièrement en portugais, comme si en écrivant à Valmares ils évitaient de laisser trace des langues dans lesquelles ils étaient immergés, ne parlaient que de Walter. « Alors, lis », disait Francisco Dias, appuyé à la table.

Deux mois plus tard, une nouvelle lettre universelle arrive à la poste de S. Sebastião de Valmares en provenance de Caracas. C'est Luisa, femme et associée d'Inácio Dias, qui écrit du quartier de La Carlota. Luisa répond au nom de son mari à Custódio qui leur demande de venir se partager du sable et des cailloux. Inácio ne peut pas abandonner son entreprise, fût-ce pour vingt-quatre heures. Luisa fait état d'une crise qui menace le secteur du bâtiment. Une crise qui frappe la construction de villas, de résidences privées, même de gratte-ciel. Inácio n'a pas le temps d'écrire et encore moins de faire un voyage pour s'occuper d'un héritage aussi compliqué que celui des Dias. Puis, émue, Luisa parle de Walter. « Si vous ne savez pas où est Walter Dias, asseyez-vous sur une chaise car vous allez avoir une surprise : Walter est à Caracas ! »

D'ailleurs elle ne comprend pas d'où vient le bruit selon lequel il serait mort noyé dans la baie de Narragansett, alors que tout le monde sait qu'il vit ici depuis un an et demi. Quand il est arrivé, il n'a contacté personne, pas même Inácio. Nous l'avons rencontré alors qu'il était déjà associé dans une affaire d'argenterie. Nous avons su toutefois qu'il était venu des Etats-Unis, qu'à son arrivée il avait travaillé dans une scierie et que pendant six mois il avait dormi dans sa propre voiture, sous les manguiers. Nous ne l'avons vu débarquer chez nous qu'un an plus tard, quand il avait déjà sa vitrine de joaillier, ce qui ici n'a rien d'extraordinaire. Donc, vous avez tout notre appui quant à cette idée de le convaincre de retourner à Valmares pour s'occuper des terrains du père. Si la crise frappe le bâtiment, comment ne frapperait-elle pas aussi les objets superflus d'or et d'argent ? L'âge commence à l'affecter, lui aussi, mais cela ne l'empêche pas de continuer à faire bonne figure, avec des vêtements élégants, de belles voitures. Mais tout se sait ici. Et là Luisa Dias allait à la ligne.

On raconte que lorsqu'il a un verre de trop dans le nez, il sort une petite couverture, se la drape sur les épaules et chante. On raconte aussi qu'il l'étend sur le lit quand il veut avoir des relations intimes avec une femme. Inácio prétend qu'il a rapporté une couverture du service militaire. On raconte qu'il va à Silencio héler les filles avec cette couverture. Des bruits déplaisants courent sur notre nom. Nous avions très peur qu'ils ne rejaillissent sur nos enfants, étudiants en droit et en sociologie, et que cela ne leur fasse du tort. Dans notre monde personne n'aurait l'idée de se servir d'une couverture en guise de drap. Dans notre communauté on raconte qu'il est venu du cinquantième parallèle pour culbuter des femmes sur la couverture et y faire des enfants qu'il abandonne ensuite. C'est ce qui se dit dans notre communauté. Nous écrivons au père aujourd'hui pour que Custódio dise à Walter de rentrer au pays, car ici il couvre de honte notre nom et celui du Portugal. Ici, les gens sont très patriotes. Voilà pourquoi Inácio me dit de faire six copies de cette lettre et de les envoyer à chaque frère. Saludos y recuerdos. *Luisa e Inácio Dias, La Constructora Ideal, Caracas.*

75

Puis la fréquence des lettres universelles s'accélère. Il n'y a pas une ligne qui ne concerne Walter. A la poste vieillotte de S. Sebastião de Valmares il y a parfois deux lettres dans la case postale. Une sorte de traînée de poudre brûle entre les deux Amériques et S. Sebastião de Valmares, comme si la masse ondulante de l'Atlantique ne séparait pas les trois continents. En 1981 les lettres se croisent et beaucoup sont envoyées en recommandé avec avis de réception. Je revois ces lettres, je ne me souviens pas de ce qui s'est passé dans les intervalles. En ce temps elles prennent toute la place, un temps étrange, comme celui qui s'écoule pendant l'éclair. Je ne me souviens que de ces lettres. Je me tourne vers elles comme vers un corps, pendant un empoisonnement. La première lettre qui suit celle où Luisa Dias écrit que Walter est retrouvé vient de Vancouver. C'est une lettre empoisonnée.

« Petit papa chéri ! » commençait la lettre, comme si Adelina parlait. Adelina, qui avait reçu la lettre de son mari avec la trace de doigt sanglante, se souvient soudain de tout, là-bas, dans sa maison de Vancouver, maintenant que l'histoire de la couverture lui a rafraîchi la mémoire.

Elle oublie l'épisode de la baie de Narragansett, elle remonte à cinquante et un et rappelle comment Walter, revenu fourrier des Indes, s'était défait de toutes ses possessions et n'avait gardé que sa couverture sous le bras, celle sur laquelle il couchait les filles de Valmares. « Vous vous souvenez, petit papa chéri ? » Adelina sait raconter et écrire. L'écriture est toujours aussi soignée, mais la syntaxe est un peu bousculée. Adelina explique avec grandiloquence qu'une couverture de soldat est un terrain sacré. Une couverture est un symbole d'endurance dans la vie militaire. Elle dit que son frère a détruit ce symbole, en a détourné le sens. Il a transformé la couverture en un drapeau ignominieux, un drapeau effrayant, vu d'une autre patrie.

Elle sait que Walter a bourlingué aux Indes, que des Indes il est allé en Australie, de l'Australie en Afrique et qu'après, pendant six ans, il est allé de port en port entre les deux rives de l'Atlantique. La couverture a gardé de la terre de tous ces endroits. Elle doit être sale de saumure, de terre boueuse, de terre grasse, de la terre à vermine des côtes de l'Afrique, de la terre à moustiques de l'Amérique centrale, et toutes ces taches doivent être réunies par l'eau de la fonte des neiges en Ontario, sa couverture est un atlas. Se souvenant du passé, elle sait que Walter n'utilise pas la couverture pour y dessiner des oiseaux. Il s'en sert pour se coucher dessus et s'y reposer, ou pour y besogner de la façon révoltante que nous savons. Et avant de terminer, elle ajoutait : « Petit papa chéri, à cette heure nous devons avoir de la famille éparpillée aux quatre coins du globe avec ses yeux, les yeux de Walter, qui tantôt ressemblent à des yeux de guépard, tantôt à des yeux de chat. Les yeux bruns de Walter... » Après, Adelina ajoutait toutes sortes d'excuses et des baisers. *From Adelina and José Fernandes, Real Estate Broker, Vancouver.*

Oui, c'était bien une lettre empoisonnée. Je me souviens de ces lettres d'Adelina. Par cet après-midi ensoleillé d'avril les arbres projettent leurs ombres solitaires sur les pierres du pavage. Nous sommes assis tous les trois dans la cour. Maria Ema ne lit pas, elle écoute. Custódio ne lit pas tout, à cause du père, dit-il. Mais elle lui demande de lire, elle a envie de savoir ce qui s'est passé jadis avec Walter. Elle trouve cela intéressant et elle lui demande de lire cette lettre de Vancouver de la première à la dernière ligne. « Mon Dieu, quel cirque est devenu la vie de Walter ! Relis ! » disait-elle, comme si tout cela lui était étranger, comme si elle-même était une autre personne. La troisième lecture, c'est elle-même qui la fait, assise à la table. Parfois elle s'endort à cette table, les lettres à côté d'elle, ses lunettes posées sur les feuillets, branches repliées.

76

Alors Teresa, laitière et femme de João Dias, se révolte de très loin. Bien des années plus tôt, elle avait visité la ville de Walter, tous frais payés par lui, mais elle doit dire la vérité. Maintenant, quand elle revoit son beau-frère en train de dessiner des animaux dans cette baie, elle jurerait qu'il l'a fait sur cette couverture.

Elle se souvient parfaitement qu'après un repas pendant lequel il avait gribouillé des oiseaux quelconques qui voletaient à l'entour, il était allé chercher une couverture dans le coffre à bagages de sa voiture, il l'avait étendue sur le mur de la jetée et elle avait trouvé cela amusant, contrairement à João qui s'en était offusqué. Mais maintenant elle apprenait que la couverture ne servait pas seulement à cela. Et tous les deux, son mari et elle, émergeaient des bidons de crèmes, des hectolitres de lait pasteurisé pour disserter sur les us et coutumes de la terre plate où ils habitent, une terre de propreté, de décence et d'honnêteté, une terre pure comme la prairie elle-même. Ici, le drapeau, ou plutôt le *flag*, n'est pas un objet comme les autres, il est sacré. Tous adorent le *flag*. Rares sont les familles qui n'en mettent pas un à la porte ou sur le toit. Le vendredi, même les ivrognes chantent avec le *flag* entre les mains. Même la boisson ne permet pas qu'on offense les symboles. Les Américains donnent leur vie pour leur patrie, qui est plus que l'Amérique, qui est la *Democracy* elle-même, comme ils disent. Donc il ne viendrait jamais à l'esprit d'un soldat américain, si âgé soit-il, si dépravé soit-il, d'utiliser une couverture de soldat pour ce genre d'activités. *To do those bad things !* Et donc, Teresa et João Dias, le laitier industriel, déconseillent de recourir à Walter pour s'occuper des terres du père à Valmares. Et dans les dernières lignes, le couple replongeait dans le beurre et le lait, retournait tout au fond du pis de leurs deux mille vaches. Mélangeant la vie de leurs bêtes à la vie heureuse de leurs enfants, qui allaient tous bien, qui avaient tous un très bon emploi. *From Teresa and Jo Dias, San Joaquin.*

« Cela suffit ! » avait dit Francisco Dias, assis entre les ombres des murs et celles des arbres. « Je ne veux plus écouter ces lettres infâmes, ce qu'elles racontent ne m'intéresse pas du tout. Le temps qu'ils passent à s'accuser les uns les autres, ils pourraient l'employer à faire leur devoir, qui est de venir ici. Mais ils ne viennent pas, non... » Et arpentant la cour d'un coin à l'autre comme un vieil animal en cage, il disait que ses fils se moquaient de lui, de leur propre père, ils singeaient les manières de Walter. « Calmez-vous, père ! » disait Custódio Dias, qui relisait la lettre pour Maria Ema.

Comme je l'ai dit, c'était des lettres empoisonnées.

77

D'ailleurs Manuel Dias, l'ex-mineur, répond lui-même à son père, à Custódio et à Maria Ema, après avoir écrit à Inácio, son frère d'Amérique du Sud. Dans une lettre très longue et très solennelle, il rappelait que son parcours dans ce pays partait des tréfonds les plus obscurs du sol pour aller jusqu'au quartier le plus coté d'Ottawa où il possédait une belle affaire de *car-rental* avec six taxis et deux limousines à sa disposition, mais que pour en arriver là il avait dû beaucoup se sacrifier, beaucoup apprendre et même beaucoup se méfier aussi, ce qui ne lui avait pas été facile. Mais Walter, qui ignore encore aujourd'hui ce qu'est le véritable effort, alors qu'il a déjà cinquante ans et quelques, continuait à dessiner des oiseaux et à allonger des femmes sur une couverture pourrie. Il se refusait à évoquer cet objet de triste mémoire. Il écrivait tout juste pour dire qu'il avait écrit à Inácio Dias pour l'avertir que le voisinage de Walter n'était pas toujours une bonne chose. Car il était indéniable que Walter avait ses phases. Et afin que son père et ses frères comprennent bien, il allait leur révéler une chose demeurée longtemps cachée. A une certaine période, Walter l'avait aidé avec son bureau de voyages, de traduction et d'intermédiaire d'avocats et de comptables. Il l'avait beaucoup aidé et n'avait jamais réclamé un sou. Mais plus tard, en 1973, quand Walter était allé à Valmares, celui-ci lui avait demandé de l'argent pour pouvoir acheter cette automobile dans laquelle il avait paradé devant le père et le reste de la famille, et il ne l'avait jamais remboursé. Ainsi, une bonne partie de la voiture dans laquelle ils s'étaient promenés pendant sa visite était sortie de sa propre poche. La Chevrolet devant laquelle Walter avait photographié ses neveux était issue de la sueur de son front à lui, Manuel, et des économies de sa chère épouse. Dans ces conditions, il pensait qu'on pouvait s'attendre à tout de la part de Walter. En cet instant précis, s'il faisait les comptes avec les intérêts, la dette de Walter dépasserait déjà cinq mille dollars. Simplement pour que nous soyons au courant. *From Manuel Dias, Limo Service, Ottawa.*

Cette lettre de Manuel Dias fut lue une bonne vingtaine de fois. Nous la lisions, estomaqués, au milieu de la cour où tournait l'ombre des arbres. « Il nous a trompés... » dit Custódio pour la première fois. « Il nous a trompés en nous baladant dans cette voiture. Elle ne lui appartenait pas ! »

Non, elle ne lui appartenait pas. Maria Ema lisait et relisait les passages concernant la dette sans pouvoir interpréter ce qu'elle lisait. Ainsi donc la voiture ne lui appartenait pas ? Francisco Dias, irrité par ces lettres faisant état de réalités qui lui étaient étrangères, eut une phrase d'une indulgence inattendue : « Et tout le travail qu'a fait Walter pour l'autre, ça ne compte pas ? C'est peut-être celui qui écrit toutes ces accusations qui est fautif à l'égard du bourlingueur, car il l'est aussi envers moi. Ils sont tous les mêmes... »

En tout cas, le fait que Walter se soit promené avec son père, son frère et ses neveux dans une voiture financée par un autre, colora de façon décisive, après cette lettre d'Ottawa, tous les souvenirs qu'ils avaient du benjamin de Francisco Dias. Aucun des trois n'arrivait à y croire. En définitive, les images remisées dans les coffres de leur vie et qui y demeuraient sous différentes formes devaient sûrement être entourées d'un halo de beauté, sinon il était difficile de comprendre le choc de tous en entendant lire ces lignes pour la vingt-deuxième fois. Si maintenant les images étaient salies, c'était bien parce qu'avant elles étaient brillantes et lisses pour chacun d'eux, comme pour sa fille. Des promenades, des courses, des surprises, un abandon à une puissance que nous avions imaginés en 1973 et gardés dans des recoins précieux de notre tête, comme des êtres vivants intacts, étaient soudainement assassinés au bout de tout ce temps par une lettre de Manuel Dias, le Dias à la voix rauque dans la cour. La lettre entre les mains, Maria Ema avait l'air d'une vieille femme. Chaque fois qu'elle la relisait, son cou prenait la forme d'une anse. Son dos se voûtait comme un arc-boutant pour soutenir sa poitrine tombante. Elle avait le visage ridé, les cheveux gris, les chevilles enflées. Evidemment, les ravages s'étaient produits peu à peu, le temps avait fait son œuvre graduellement, sans qu'on en observe la progression, mais la fille de Walter n'avait remarqué les changements chez Maria Ema qu'en cet instant-là. Maria Ema retirait ses lunettes pour voir de près et disait à Custódio : « Tout ça était un mensonge, rien de ce qu'il était venu faire ici n'était vrai... » Son mari, visage levé vers le feuillage des arbres qui poussent en terrain sec, répondait : « Hé oui. » En cette fin d'avril 1981.

Et immédiatement, presque sans intervalle, une autre lettre viendrait corroborer celle-ci ou plutôt un élément en rapport avec elle. Ils s'empressèrent de l'ouvrir. Elle venait de Luís Dias, celui qui avait passé vingt ans sur l'image, à démolir des maisons en bois, se reposant à côté d'un *maple-tree,* et qui était devenu entrepreneur en bâtiment à Hamilton. Il répondait : « J'ai lu la lettre de Manuel. S'il m'avait fait ça à moi ! Mes frères, il faut absolument faire quelque chose pour notre belle-sœur Luisa et notre frère Inácio. Walter est parfaitement capable de les escroquer. Sans parler de cette histoire de couverture. J'imagine dans quel état elle est. Rien qu'à penser à cette cochonnerie, on a honte de s'appeler Dias. Car il suffit d'une brebis galeuse pour détruire la réputation d'une famille dans ce monde américain où nous habitons et où nous avons fait notre vie. *From Luís Dias, Hamilton.* Ils repliaient la lettre.

« Ils sont tous de mèche... » disait Maria Ema à la porte, posant la tête sur l'épaule de son mari. « Hé oui ! » disait Custódio en passant la main sur les cheveux gris et épars qu'elle remontait d'un seul côté.

78

C'était la vérité. Comme si Valmares était un centre de tri par où passaient les lettres universelles, une autre lettre, tapée à la machine, arriva immédiatement de Halifax. Une lettre brève de Joaquim Dias. L'inventif fabricant de bancs de jardin, se souvenant du temps où il chargeait des billes de bois sur des camions, avertissait en cinq lignes : « Je refuse toute responsabilité pour les dettes contractées par Walter Dias aux Etats-Unis, dans toute l'Amérique du Nord et du Sud, au Portugal ou en toute autre partie du monde. » *Signed by my own hand, Joaquim Dias, Woodcraft, Halifax.*

Custódio n'avait pas besoin d'écrire la moindre ligne pour recevoir des réponses. Maintenant les Dias correspondaient entre eux comme une famille unie qui aurait son siège postal à Valmares.

La réponse suivante fut fulminante.

« Cher beau-père, chers beaux-frères. » Luisa répondait sans que Custódio lui eût écrit. Nous sommes inquiets. Walter a abandonné son magasin d'or et d'argenterie. Il a disparu. Le rideau est baissé sur la vitrine, le magasin est fermé. Dans le garage où il rangeait sa voiture, la place est déjà occupée par une autre automobile. Que pense Inácio de tout cela ? Que son commerce n'était peut-être pas légal. En matière d'or et d'argent, de pierres précieuses, le doute est toujours permis, surtout dans le cas d'un homme qui a passé six ans à bourlinguer de port en port. Comment gagnait-il son argent ? En pêchant au milieu de l'océan ? En dessinant des oiseaux ? Très probablement qu'il aura gagné l'argent qui lui a permis de monter et de démonter si souvent des affaires grâce à des combines illicites. Certains disent qu'il a navigué sur un bateau suspect, battant pavillon libérien, il n'y a rien de plus louche. Nous ne savons pas. « Quoi qu'il en soit, Dieu nous pardonnera si nous sommes injustes. Mais comme vous pourrez le comprendre, nous sommes inquiets. » Et après, la femme d'Inácio Dias, le frère qui, dans les lointaines années cinquante, avait refusé le commerce du pain et de la farine et avait envoyé une photo de lui travaillant sous une grue, entrait dans les détails de la crise qui clouait son mari, ses enfants et elle-même à un sol fertile sur lequel ils construisaient en largeur et en hauteur sans savoir pourquoi. « Pour l'instant, cher père et cher beau-frère, nous n'irons pas à Valmares. Et nous regrettons énormément de devoir vous donner ces nouvelles à propos de Walter. » *Luisa et Inácio Dias, La Constructora Ideal, Caracas.*

Maria Ema et Custódio ne dormaient plus dans la chambre du ponant, ils occupaient une pièce à côté de la salle, au centre de la demeure. Maria Ema se réveillait tôt en pensant aux heures irrégulières d'ouverture et de fermeture de la poste et elle disait qu'il fallait aller chercher les lettres pour savoir ce qui était arrivé autrefois, un autrefois très lointain, quand on pensait encore que Walter pourrait s'amender. « Custódio, n'oublie pas les lettres. » Il allait là-bas avec difficulté. Sa charrette la plus légère était tirée par une mule brune, elle aussi très légère, et elle traversait péniblement les routes en construction. Oui, il rapportait une nouvelle lettre dans la poche de sa chemise. Il l'ouvrait sur la table. Elle était de Luís Dias.

79

Luís Dias, l'homme aux maisons jadis démolies planche à planche, en profitait maintenant pour demander si ce qu'on avait raconté dans la communauté à Halifax entre 1964 et 1965 était vrai.

Il ne savait comment commencer, mais l'affaire pouvait se résumer comme suit : dans sa ville, à l'époque, le bruit avait couru que Walter avait voyagé à Valmares dans la Chevrolet avec la couverture sur le porte-bagages et qu'il avait essayé d'y coucher d'abord Maria Ema, puis sa propre fille. Maintenant que sa nièce était adulte, pourquoi Luís Dias ne pourrait-il pas en parler à cœur ouvert ? Au début, on avait dit à Hamilton que cela n'était pas arrivé uniquement parce que Custódio Dias surveillait sa femme et sa nièce jour et nuit. Mais seuls eux trois, Maria Ema, Custódio et Francisco Dias, témoins vivants, pouvaient dire si c'était vrai ou faux. Lui-même et sa femme aujourd'hui aimeraient bien connaître la vérité. Et le constructeur actuel, ex-démolisseur de maisons, ajoutait à la fin de sa lettre : « Que Dieu me pardonne si je répète un mensonge, ce qui se dit ici a *lie.* J'ai toujours détesté les *lies* et les *liers,* et tous les autres vices. J'ai toujours été comme ça. » *From Luís Dias, Hamilton.*

Et la soi-disant dernière lettre est de la plume du mineur, le Dias d'Ottawa, qui portait jadis un casque en fer ou en fer-blanc avec une lumière entre les yeux pour voir le minerai et qui a des limousines et des taxis aujourd'hui. Plusieurs lumières et plusieurs phares pour voir très bien les routes larges et longues. Il voit à distance et interprète : l'existence où est tombée sa nièce, d'après les bruits qui courent, est sûrement due à une expérience très grave entre elle et Walter, son oncle ou son père, comme on voudra.

Si Walter s'est promené dans une Chevrolet qui ne lui appartenait pas, sans jamais se défaire de sa couverture de soldat, c'était dans un but bien précis. Manuel est loin, mais il voit, il voit très bien tout ce qui a pu se passer. Ou ce qui s'est passé. Que Dieu lui pardonne s'il voit trop bien Valmares et S. Sebastião depuis Ottawa. Ce n'est pas sa faute s'il voit si bien et avec tant de certitude de si loin, dans le temps et dans l'espace. Mon Dieu, les choses qu'il voit ! Cher père, cher frère et chère sœur, chère nièce que je n'ai pas vue depuis si longtemps, que j'ai laissée toute petite et que j'aimerais aujourd'hui voir rangée, mariée, vivant dans l'aisance, la prospérité et la paix. « Mais Dieu ne l'a pas voulu ainsi. Adieu. » *From Manuel Dias, Limo Service, Ottawa.*

Cela n'appelait aucun commentaire. A Valmares le soleil déclinait, rouge, couleur de kaki, la terre arable était lisse. A partir de ces dernières lettres, Custódio, Maria Ema et Francisco Dias n'étaient pas capables d'interpréter la réalité complexe qui se déprenait du paysage de leur vie passée.

C'était comme si les enfants de Francisco Dias se trouvaient réunis dans un espace extraordinaire, extra-terrestre, là où flottaient les satellites, et que cet espace était S. Sebastião de Valmares. C'était comme s'ils n'étaient pas sortis du pourtour primitif de la vieille église, de la cour ancienne de la maison, ré-arpentant ces espaces pas à pas, d'arbre en arbre, pour poursuivre le crime fantastique de Walter. Pour eux, quatre-vingt-un était plus ancien que soixante-trois, et soixante-trois plus éloigné que cinquante et un. Mais l'épicentre de la commotion se situait pendant l'hiver pluvieux de soixante-trois. Ils parlaient des chemins boueux où Walter aurait séduit sa fille, des vieilles maisons où il l'avait fait entrer sous prétexte de dessiner des alouettes et des rossignols noirs, de la couverture enroulée qu'il déposait à ses pieds quand il l'avait emmenée dans des hôtels à Faro, dans la Chevrolet qui ne lui appartenait pas. Le train, la gare, les maisons, les arbres, les personnes qu'ils mentionnaient remontaient à vingt ou à trente ans plus tôt et étaient vus de là à travers une lunette punitive, furieuse, empoisonnée. Comme je l'ai dit, une vengeance impliquant un faux sujet et un destinataire imaginaire était servie froide, glacée. Custódio n'ouvrait plus les lettres sournoises et nauséabondes, il disait qu'il les déchirait. Et quand elles se sont transformées en appels téléphoniques, il ne répondait pas. Le téléphone sonnait des heures durant. Pendant un certain temps on ne répondit plus au téléphone à Valmares. « Tu m'entends ? Ne va pas répondre, surtout ne commets pas cette erreur ! » disait Custódio à Maria Ema. « Non, non, mon mari, je n'irai pas », disait-elle. Je rappelle cela cette nuit, pour que Walter sache.

80

Puis les lettres empoisonnées cessèrent peu à peu. Leurs auteurs semblaient rentrer définitivement sous terre, dans la neige, au pied de montagnes de planches, dans la poussière du ciment, dans des plaines couvertes de prairies, chevauchant maintenant des fortunes toutes neuves, des rues pavées d'or, leur argent invisible grossissant comme une rivière en crue. Ils disparaissaient, ils s'évanouissaient, ils avaient fait partie de la vie, mais ils avaient aussi été un rêve. Les lettres universelles et empoisonnées tarissaient d'elles-mêmes, laissant un fardeau d'ombres qui nous pesa pendant deux ans, pour rien. Je n'avais pas l'intention de jamais revenir à ces lettres.

Si j'en parle, c'est uniquement parce que l'ignominie qu'elles ont distillée imprègne le sillage tissé autour de Walter. Walter ne serait pas entier, cette nuit dans la maison de Valmares, devant sa couverture de soldat, si cette image d'enquête policière et de mensonge n'avait pas été taillée dans sa chair vive. Avec les lettres cessent aussi les réponses à Custódio Dias et les appels téléphoniques. L'énergie de Francisco Dias diminue elle aussi. Parmi les pierres et les yeuses on trace maintenant à tout jamais des routes qui dessinent des trèfles, des cercles, des rivières noires solides, qui bourdonnent et mènent ailleurs.

Francisco Dias ne va pas les voir, il ne le peut pas et ne le veut pas, ce roulement rapide ne le concerne pas. Et quand la fille de Walter lui dit que ces routes sont construites avec trente ans de retard, il dit : « Alors, va, suis-les. »

« Quelle heure était-il quand elle est rentrée ? » demandait Maria Ema qui finissait par s'endormir toute habillée. Custódio s'approchait de sa femme avec son pied velu et claudiquant, son pied ailé qui scandait le battement régulier de l'autre horloge du monde. « Je ne sais pas bien, mais elle est rentrée tôt. » Il mentait. Ils déambulaient parfois tous les deux dans la cour. A entendre les pas de l'un, on devinait que les pas de l'autre n'étaient pas loin. On avait parfois l'impression que Maria Ema marchait dehors au rythme des pas de Custódio Dias. Maria Ema semblait boiter, elle aussi.

C'est sans doute de cette époque que date l'achat des premiers parasols de jardin, des chaises-longues modernes, des plantes grimpantes que Custódio Dias offre à Maria Ema pour que sa vie en soit transformée. C'est peu, juste quelques objets neufs qui entraîneront le remplacement d'autres objets dans la maison, donnant l'idée d'une révolution intérieure. Des époques se dissimulent sous d'autres époques, de la matière remplace de la matière, pour le plus grand agrément de l'âme. Le corps las s'abandonne à de petites choses. Maria Ema s'asseyait dans la vieille cour. « Il y fait si bon ! » disait-elle.

81

Mais Francisco Dias restait à la porte de la maison. Il ne veut toujours pas de chaise longue, il ne s'y fait pas. Il préfère le fauteuil d'acajou avec des bras rigides pour pouvoir se tenir droit, toujours sur le qui-vive, mais dans un rayon de plus en plus restreint. Parfois il monte quand même l'escalier. Je l'entends haleter dans la grimpée. Il voudrait être inodore et silencieux mais il n'est ni l'un ni l'autre. Il le voudrait pour pouvoir épier, sans être deviné, ce qu'elle fabrique, claquemurée dans sa chambre. Depuis longtemps il a peur qu'elle n'y peigne des oiseaux, c'est bien la dernière chose qu'il voudrait qu'elle fasse dans la vie. Si elle dessinait des oiseaux, ce serait pire qu'ouvrir la porte et sortir vers cinq heures de l'après-midi pour aller rejoindre feu le docteur Dalila, pire que ne pas dire où elle va, pire que ne pas revenir, que revenir sans dire où elle est allée et avec qui, ni dire qui sont les gens qu'elle ramène, pire que ne pas parler ou partir dans sa Dyane à l'heure où elle devrait rentrer. Voilà pourquoi Francisco Dias monte, ouvre la porte avec le vacarme qu'il voudrait éviter de faire et observe, il veut savoir ce que la fille de Walter manigance, cloîtrée dans sa chambre.

Oui, le roi des yeuses vient espionner. Il dit qu'il ne commande plus rien ni personne, mais il monte jusqu'à la chambre de sa petite-fille, haletant péniblement, en cet hiver 1981 il montre ostensiblement qu'il espionne. Il veut savoir ce qu'elle fait, enfermée dans la maison alors que dehors les terres sont humides et couvertes d'herbe. Il veut savoir, il veut monter pour savoir, il veut ouvrir la porte fermée à clé, il la frappe avec sa canne anglaise. Il se met en tête de régenter la fille de son benjamin, de l'empêcher de faire il ne sait pas très bien quoi, mais de l'en empêcher, de l'en empêcher à tout prix. Il grimpera jusqu'au palier pour voir ce qu'elle fait et l'empêcher de le faire. Les derniers parcours de Francisco Dias se dérouleront entre sa chambre au rez-de-chaussée et l'escalier qui mène à la chambre du premier étage. Sa petite-fille ne manquait pas entièrement de compassion, elle descendait donc et lui parlait. Le dernier matin, par hasard, ils se parlent. Ils se querellent encore, se fâchent, s'insultent, ils n'ont pas changé.

Mais Francisco Dias n'aurait jamais dû se mettre en colère contre cette petite-fille, tellement son contraire et tellement sa prisonnière. Il aurait dû comprendre depuis toujours qu'elle ne quitterait jamais entièrement sa mouvance et que s'il voulait enchaîner quelqu'un à Valmares en otage pour compenser ce qu'il avait perdu, il pouvait quitter ce bas monde en paix car elle y demeurerait enchaînée. Ou plutôt, elle y est déjà enchaînée. Contrairement aux autres qui sont partis et ne sont pas revenus, elle part mais revient, elle revient toujours. Elle est enchaînée au pied bot de Custódio Dias, à sa femme, aux arbres qui lui appartiennent, aux poules qui ont disparu, à leurs derniers œufs, aux dernières portes de la grille, aux derniers colliers et aux derniers licous, elle est enchaînée aux derniers outils de la maison. Il n'y a pas d'issue pour elle. Toutes les lettres qu'elle écrira porteront sur ces objets morts qui gisent par terre, qui pendent aux murs, qui traînent dehors sous la pluie, dans les greniers à foin troués et éclairés par la lune, dans le mécanisme des treuils des puits, dans les godets des norias, elle est prisonnière des valets de ferme morts et des petites filles qui se noient, des capillaires qui forment des bottes vertes et se confondent avec le dos des crapauds. Elle est prisonnière du crapaud, de la salamandre sombre à la queue tordue, du peuplier, du cyprès, du cimetière blanc où les ossements de ses ancêtres se sont désagrégés et où leurs noms sont enfouis dans le sol, avant de disparaître dans les entrailles de la terre, où par hasard se trouve aussi la dalle du docteur Dalila. Elle est prisonnière du cœur secret des pierres. Elle ne part même pas, elle se contente de revenir. Avant, elle partait avec un homme, revenait avec un autre, ils se quittaient à la porte avec de longs baisers, elle revenait avec un autre qui embrassait différemment, elle ne s'entendait pas avec les hommes, elle ne savait pas les conquérir ou ne voulait pas les garder. Déjà en quatre-vingt, Maria Ema criait à la fenêtre que sa fille aller rester seule, qu'elle était incapable de garder un homme, que la chance ne lui souriait jamais car Dieu n'était pas avec elle. Elle lui criait cela, disant qu'elle ne voulait plus de scandales, plus d'autres hommes, elle ne voulait plus voir d'autres visages, elle ne voulait plus se tromper dans leurs noms, d'ailleurs pour ne pas se tromper elle ne demandait même plus comment ils s'appelaient. A cette époque, elle avait encore peur de l'opinion des voisins. Sauf qu'il n'y avait pas de voisins. Comme je l'ai dit, les voisins de Maria Ema étaient surtout le lièvre et le renard. Mais la femme de Custódio ne le savait pas. Elle l'apprit plus tard. Elle était seule à l'ombre des parasols, assise dans une de ces chaises de toile qu'on appelle chaise pliante, et elle attendait son mari. Pour autant que je m'en souvienne, elle l'appela au moins une fois « mon chéri ». Pour que Walter sache en cette nuit où nous nous rencontrons devant sa couverture de soldat.

82

Car après les lettres, une entente plus profonde s'instaura entre eux, un comportement symétrique, comme si l'un était l'écho de l'autre. Custódio disait à Maria Ema : « En fin de compte, la Chevrolet ne lui appartenait pas. » Et elle répondait en le suivant dans la cour jusqu'au portail qu'ils fermaient tous les deux, chacun poussant de son côté. « Eh oui, ça en a tout l'air. » Bien qu'ils n'eussent aucune information nouvelle, maintenant ils en étaient sûrs. Et en rentrant ils regardaient la fille de Walter comme pour lui dire : Non, cette automobile ne lui appartenait pas.

Alors la fille pensait que ne lui appartenaient pas non plus l'arrivée en taxi, ni la pluie qui les avait réunis, ni les courses sur la N.125. Ne lui appartenaient pas la déambulation dans la maison, ni son étreinte à faire mal le matin où il avait allumé un brasier avant l'aube, ni son départ quand il avait patiné sur la plaque de glace, ce départ qu'elle entendrait pendant une dizaine d'années. Le silence qui accompagna ensuite ces dix années ne lui appartenait pas non plus, ni l'ironie dont il se faisait habituellement un bouclier invisible. Il n'était pas à lui le silence de quinze ans qu'elle-même avait opposé aux personnes vivant dans cette maison. Le revolver Smith ne lui appartenait, ni les balles métalliques, sa vie ne lui appartenait pas. Et bien qu'il eût été difficile d'expliquer où commençait et où finissait cette analogie et qu'on pût prouver que presque la totalité des lettres venimeuses était une pure fantaisie, tout devenait mensonge parce que la Chevrolet ne lui appartenait pas. La tête de la fille de Walter était probablement encore emplie de l'ancienne fierté de devoirs sacrés à l'égard de l'argent, d'un scrupule archaïque, d'un honneur archéologique égaré dans ce monde moderne d'échanges nouveaux, qui continuaient à être gravés derrière son front. C'était seulement ainsi qu'elle pouvait comprendre que la Chevrolet continue à rouler vers elle sans que s'y trouvent Walter Dias et Maria Ema Baptista, comme pendant l'hiver 1963. Peu à peu, la Chevrolet se réduisait à une luxueuse boîte en fer-blanc noir qui passait de temps en temps sans bruit, en route vers une destination incertaine.

83

Mais qu'est donc l'image d'une voiture au roulement de velours dans la vie d'une personne, comparée à la nuit de pluie où Walter rendit visite à sa fille ? Il faut donc évoquer d'autres souvenirs cette nuit, pour qu'avant de nous séparer Walter sache.

A Valmares la correspondance continuait à être déposée sur la même commode dans le couloir, poussée contre le mur du fond entre deux portes et deux guéridons à pots de fleurs, à l'endroit où, autrefois, l'album des oiseaux s'était constitué. C'était là que Custódio avait empilé les lettres de ses frères et c'était là aussi qu'elle allait les prendre pour les lire, les apprenant parfois involontairement par cœur. Ce fut là qu'au bout de plusieurs mois elle découvrit de nouveaux feuillets manuscrits glissés entre ce qu'elle croyait être les dernières lettres des Dias. Ces feuillets provenaient des lettres que Custódio n'avait plus lues ou du moins pas données à lire, il n'avait même pas dit qu'il les avait reçues. Il y en avait cinq ou six et parmi elles une lettre de Manuel Dias, l'ex-mineur qui portait un fanal sur le front et un seau rempli de minerai, le visage ruisselant de sueur, et qui avait maintenant une flotte de voitures et une vision transatlantique de ce qui s'était passé à Valmares en 1963. Un passage de la lettre disait : « N'essaie pas de me raconter des bobards, Custódio. Il m'a dit lui-même, quand il est venu ici montrer des photos de ses neveux, qu'il avait l'habitude d'entrer dans la chambre de sa fille, déchaussé, ses souliers à la main, pendant que vous autres vous dormiez. Que je devienne sourd et muet et que j'aie une vieillesse misérable dans le pire asile de fous de l'Ontario si ce que je dis n'est pas vrai. Pourquoi Walter aurait-il inventé une chose pareille ? Et maintenant tu viens me dire que rien de tout cela n'est arrivé ! Il faut croire que tu étais aveugle ou que tu tenais ta lampe à l'envers, si tu n'as rien vu... » Après, Manuel Dias terminait en disant qu'il arriverait peut-être à se libérer de ses engagements l'an prochain pour venir s'occuper enfin du problème de Valmares. *From Manuel Dias, Limo-Service, Ottawa.*

Ce qui voulait dire que Walter lui-même le leur avait raconté.

Parfois, devant la commode poussée contre le mur épais comme une muraille, je me disais que ce n'était pas possible, qu'il manquait des mots-clés dans ce que Walter aurait dit, que Walter, devisant tranquillement avec son frère, aura raconté quelque chose de radicalement différent, une chose logique et vraisemblable. Elle supposait qu'il aura expliqué : « Tu imagines un peu, pour pouvoir échanger avec elle quelques mots en tête-à-tête, j'ai dû monter dans la chambre où elle dormait, et pour n'offenser personne j'ai attendu une nuit où il pleuvait et pardessus le marché j'ai retiré mes souliers. Moi aussi j'aimais la petite et je les aimais tous. Je ne voulais pas les blesser. D'ailleurs, je n'ai jamais voulu blesser personne... » Supposait-elle qu'il avait dit à Manuel Dias, mais le frère d'Ottawa, qui pensait surtout à l'argent que Walter lui devait, avait sûrement entendu d'autres phrases, ou les mêmes, mais avec d'autres intonations et inflexions. Ainsi excusait-elle Walter et Walter recommençait par instants à monter l'escalier quand elle le voulait.

Seulement, il ne montait plus comme avant, il ne brillait pas dans l'obscurité, il n'était ni joyeux ni triste, il était juste une ombre en mouvement, et après, il n'était même plus une ombre, mais une espèce de mort. Il était nécessaire mais il s'effaçait.

84

Oui, les amandiers s'étaient couverts de pétales en cette fin d'hiver, pendant un mois de février tiède et humide. Ces arbres réticulés avaient l'air de ne pas exister au milieu des autres arbres et soudain on voyait des pétales sortir de leurs branches fragiles. Un voile de pétales émergeait de ce réseau de néant, recouvrait les champs, les réunissait, comme si un souffle blanc s'élevait au-dessus de la terre pour montrer qu'elle était vivante. Une floraison aussi suave, aussi fine, n'avait jamais eu lieu, ni avant, ni après. Les chemins peu fréquentés étaient couverts de tapis de pétales qui survivaient des jours et des jours sans se faner, et quand ils se fanaient, la fille de Walter se disait que la nature revigorée était prête à défier une temporalité qui jamais ne se répétait.

Elle se souvenait d'images de la nature qui enseignaient que la vie s'écoule irréversiblement. Elle se souvenait de coquelicots rouges ondulant à la surface des champs de blé après les batailles, comme si le sang des hommes se métamorphosait en fleurs de la patrie. Elle se remémorait aussi d'autres passages semblables qui forment les pages tragiques des pays, déclamées en musique après les armistices. Sans le vouloir, en cette fin d'hiver, en parcourant les chemins elle pensait à la bataille sous la neige dans les collines des Ardennes, contemporaine de Walter. Elle reculait dans le temps et pensait aux soldats français revenant d'une Moscou glaciale, elle évoquait des images éparses d'autres batailles, puis elle pensait à Hector, qu'elle avait fréquenté pendant les années de *L'Iliade*, Hector mort, transporté en grande pompe sur un char, sous les murailles de

Troie. Comment aurait-elle pu évoquer d'autres images dispersées, limitée qu'elle était par l'insignifiance des vagues informations qui lui étaient parvenues sur les faits, confondus dans le souvenir de son âme intime, face au grand absolu qui s'inscrit toujours dans le temps et jamais ne se répète ni ne s'arrête. Cette grande mer en mouvement. Mais, par-delà l'infiniment insignifiant que sa mémoire retenait par bribes et par-delà le glissement véloce de cet immense océan extérieur, se dressait, vigoureux et tangible, ce qu'elle aimait. Elle savait depuis longtemps que pour elle, en certaines nuits de pluie, l'histoire de l'humanité était beaucoup moins importante que celle de son père, même s'il était indigne de le penser et encore plus de le dire, fût-ce à voix basse. Voilà pourquoi elle aurait aimé que Walter, qui avait reçu le sobriquet de soldat, soit mort près d'un champ de bataille.

Elle ne demandait pas qu'il ait été un héros, ni que son nom ait été cité à la radio ou gravé sur un monument, elle désirait seulement qu'il ait disparu simplement, enroulé dans une couverture, un quelconque morceau de serge grise, et n'ait pas donné lieu à ces lettres. Elle enviait les morts dont les corps n'étaient jamais revenus chez eux et dont on ne savait rien, dont il n'était rien resté, pas même l'ardillon d'une boucle de ceinturon. Avec la cruauté de ses trente ans, elle aurait voulu que Walter ne soit jamais venu emplir ce jour glorieux de 1963, troubler la paix du boiteux, embraser la vie de Maria Ema, parce qu'il aurait été mort à tout jamais. Elle aurait préféré qu'il soit enterré dans le passé, dans le vaste monde extérieur d'où elle était absente. Elle aurait préféré cela, pensait-elle, des heures durant. Et tandis qu'elle marchait sur la fine couche de pétales blancs et roses qui collaient à la semelle de ses souliers et qu'elle rapportait à la maison comme une deuxième semelle, sans les essuyer sur le paillasson métallique à l'entrée, elle comprenait qu'elle ne pourrait pas continuer à vivre si elle n'annihilait pas la vie de Walter.

85

Elle commença ce travail de mite, qui consistait à annihiler le personnage de Walter en entrant tout doucement dans son habitacle, comme une espionne. Qu'il y ait quelqu'un ou non, qu'on la laisse dans sa chambre, qu'on ne la dérange pas avec des histoires de sommeil ou de repas. Elle voulait explorer l'intérieur de Walter. Elle voulait l'attaquer du dedans, sans bruit, le traverser, le passer au crible, le réduire, détruire son personnage en le salissant, en transformant la douceur de son immatérialité évanescente en une parabole charnelle pour qu'il disparaisse, elle s'engageait sur ce terrain, en ce lieu qu'elle pensait inviolable pour y effacer, pour y assassiner celui qu'elle aimait. L'assassiner avec une potion soporifique, une coupe de mandragore. Elle ferait l'expérience de la profanation, déchaussée, ses souliers à la main, comme il le lui avait enseigné. Elle profanerait ses os comme un microbe, elle l'explorerait jusque dans le réseau intime des os et la pulpe du cœur. Un travail abominable. Au printemps 1983, la couverture du soldat se superposait à tout avec une coloration d'abomination. Dans le silence de la chambre, cette même chambre, pendant que les arbres défleurissaient, que les tiges s'enroulaient de feuilles vertes et que les branches gonflées de sève se multipliaient et offraient des petites grappes de fruits enveloppées de peau de chamois, les mots nécessaires se présentaient naturellement à elle, froids, sans effort et sans souffrance. En cette fin d'hiver doux elle commença un texte consacré à Walter. Elle savait, comme les Dias l'avaient toujours su, qu'on n'attente pas véritablement à la réputation de quelqu'un tant qu'on n'attente pas au lieu secret de son sexe. Il fallait attenter au sexe de Walter.

Où étaient les lettres et les dessins d'oiseaux ? Ils étaient rangés, mais ils allaient être secoués, ouverts et feuilletés méthodiquement, ils deviendraient des objets de recherche, des objets de collection pour sa bibliothèque de la froideur. Je convoque cette froideur pour étudier le cas intéressant qu'est devenu

Walter Dias. La provocation, un mépris vindicatif s'emparèrent de ses journées, en ce printemps silencieux recouvert de fleurs. La vigueur des branches lui donnait l'énergie d'écrire des phrases déplaisantes de défense glaciale comme un avocat rétribué, analytique comme un anatomiste devant un corps. Par la fenêtre qui donnait sur la pelouse elle regardait Walter comme on observe un cas clinique, quand c'était nécessaire elle parlait de lui comme d'un produit, elle l'expliquait à partir de son enfance comme font les êtres froids qui lancent sur le destin des autres la toile d'araignée de leurs explications, le filet grossier de la cause qui engendre irréversiblement l'effet. Elle le lançait sur Walter. Elle voulait le capturer ainsi, le gommer, le dépasser, l'oublier, être libre. Elle écrivit trois récits pour attaquer Walter. Je me souviens de ces récits froids, de ces contes de glace écrits contre un homme qui avait nourri la vie de plusieurs personnes avec des dessins d'oiseaux en lambeaux. Alors Maria Ema l'appelait, surprise que sa fille ne quitte plus la maison, ni la vieille Dyane la cour. « Tu es toujours là ? » Oui, elle resterait là plusieurs mois. Quand elle eut fini d'écrire, elle chercha à savoir où se trouvait Walter. Ce ne serait pas difficile.

86

Il était même assez prévisible que Walter ait continué à descendre au long du continent sud-américain. Il ne pouvait pas aller très loin. Dans le vaste monde Walter commençait à se sentir gêné aux entournures. Elle l'imaginait évitant l'Afrique où il ne voulait pas retourner et donc il ne quitterait pas la côte ouest de l'Atlantique. Comme il l'avait dit lui-même, l'Afrique s'était embrasée, chaque parcelle était disputée à feu et à sang, les nouveaux tyrans semblaient aussi barbares que les anciens, avec la circonstance aggravante qu'ils étaient maintenant parents consanguins des tyrannisés. Il avait vu juste. Les palmiers verts n'avaient pas changé, mais leurs bras s'agitaient maintenant sous un autre vent, un vent de projectiles. Les paquebots transatlantiques ne franchissaient plus la ligne de l'équateur avec des orchestres à bord pour égayer les voyages d'aventure. Les grands navires étaient démolis, ils rouillaient dans les ports, ils étaient démantelés pour être refondus ou visités comme des reliques. Des dinosaures de fer exhibaient leurs mandibules le long de quais déserts. Traqué par le changement, Walter était sûrement descendu le long des côtes de l'Amérique du Sud, pensait sa fille. Il avait dû orienter son parcours vers le Brésil ou Buenos Aires. C'était à prévoir, c'était quasiment à prévoir. Elle le savait. Elle en avait prévu l'idée dans sa quintessence, seules manquaient les circonstances de sa réalisation. Celles-ci mirent du temps à apparaître mais elles finirent par être fournies par l'ambassade de l'Argentine. C'était bien cela, Walter Dias était installé dans la calle Marina depuis 1981. Et quand se confirma le fait qu'il avait un bar dans la calle Morgana, la fille, sarcastique, ne put s'empêcher de demander s'il ne s'appellerait pas par hasard les petits oiseaux. Son interlocuteur lui répondit : « Bien sûr qu'il s'appelle Los Pájaros ». Il le prononçait à la façon argentine « Los Páharos ». C'était de nouveau l'automne. Maria Ema se posta près du portail pour regarder la Dyane disparaître : « Tu ne veux pas dire où tu vas ? Tu ne nous dis jamais rien... »

Je cherchai Los Pájaros.

Le lointain soldat de 1945 est maintenant un homme qui vit en Argentine. Il faut que j'aille à la rencontre de cette personne, de ce cyclope séduisant qui se moque bien d'être appelé par un nom ou par un autre, tellement le passage du temps nous a meurtris. Elle emporte dans un sac trois récits fantasques sur un personnage attirant, absent présent, qui avait nourri leurs vies.

D'ailleurs il était ironique que Walter se trouvât là où il se trouvait. A l'époque, dans les conversations, l'Argentine faisait figure d'abattoir clandestin. On racontait que de paisibles citoyens continuaient à être enlevés de chez eux par des silhouettes armées, des ombres sans visage, qui fourraient les capturés dans des véhicules rapides et les faisaient disparaître à tout jamais. Des bruits incroyables circulaient à propos de prisonniers qui auraient été jetés du haut d'avions le long des côtes, vers le sud, vers la Terre de feu, ou alors vers le nord, au large de Punta del Este, et certains même au-dessus de la mer des Caraïbes. Disait-on. Entre l'aéroport et Buenos Aires, en ce mois d'octobre, la plaine jaune sentait encore la poudre et la boucherie. Certains jours des cohortes de femmes, un foulard sur la tête, accouraient sur la Place de Mai pour réclamer les disparus. On racontait que leurs fils avaient été bel et bien assassinés, mais que des professionnels étaient payés pour dire qu'ils étaient en bonne santé et qu'ils rentreraient chez eux dès qu'ils collaboreraient avec la justice. Un enchevêtrement de fantômes morts vivants, le cortège magique de toutes les tyrannies. C'est au milieu de cette boucherie encore cachée que je trouvai Walter Dias, propriétaire de Los Pájaros.

87

Je convoque Los Pájaros et sa porte qui donnait dans la calle Morgana, au numéro 43, ses hautes fenêtres du début du siècle, ses boiseries élégantes, son mur jaune et ces mots inscrits sur une plaque en fer : Bar Los Pájaros. Personne n'entre ni ne sort. Le bar est encore fermé en cette heure où la nuit tombe sur une Buenos Aires mal éclairée. La fille constate qu'il n'y a encore aucune distance entre la porte de cette maison et le chemin sur lequel, pour la dernière fois, Walter a disparu sur la route de Valmares, tout phares éteints. A ce moment, il n'a pas encore changé. Elle s'attend encore à voir la Chevrolet noire surgir au bout de la rue, avancer, s'arrêter, se garer au bord du trottoir en ciment et à en voir sortir un homme en gabardine claire, en costume bleu marine et se diriger vers la porte. Que dira-t-elle ? Comment l'appellera-t-elle ? Oncle Walter ? Elle le voit encore entrer, empoigner la lampe à pétrole et la placer devant son visage, comme toujours. C'est impossible, tout ce que les Dias ont écrit est un mensonge, une puissante affabulation familiale pour amuser leur imagination affranchie de la patrie, leur imagination racornie et stagnante, pense la fille qui fait les cent pas pendant des heures, en attendant l'arrivée de la Chevrolet noire.

Pourtant elle sait que Walter l'a changée pour une Chrysler, puis pour une Studebaker, et après pour une Ford Mustang blanche, d'après les nouvelles données par Luisa Dias. Ensuite elle ne sait plus. La Chevrolet n'existe plus. Ce qui existe, ce sont ces vingt années intermédiaires, qui ne sont pas vingt, mais cent, cinq mille, ou huit mille si on pense à *L'Iliade*. La distance entre l'unicité et la dispersion ne se mesure ni en années ni en siècles. Mais en heures, devant le bar qui n'ouvrira qu'à onze heures. Arpentant le pavé, elle ne sait pas ce qu'elle fait si loin de Valmares, puisqu'elle n'a rien à donner à Walter, sauf une histoire archaïque en trois chapitres qu'elle désire raconter au personnage principal lui-même. Elle ne sait pas pourquoi elle vient le tourmenter, mais elle ne sait pas non plus pourquoi elle ne peut pas s'en empêcher, ni survivre sans cette rencontre. Elle a dans le sac pendu à son cou trois épisodes à lui remettre, au lieu du revolver chargé. A quoi servirait ici le vrai revolver ? De temps en temps des gens entrent et sortent. Walter n'entre ni ne sort. Elle entre, elle. Je me souviens de cette entrée, je demande pardon pour cette entrée, non pour l'entrée mais pour sa forme, pour la froideur avec laquelle elle franchit le seuil de cette maison aux airs de lupanar. Mais elle entre.

88

Elle entre, il n'y a personne. Elle regarde l'intérieur de Los Pájaros. La structure est en bois, une architecture solide des années quarante. D'ailleurs, tout a l'air ancien, figé dans le temps, contemporain des Perón et de leur mélange de charité et d'extravagance. Allez, entre. Les boiseries, les hautes tables, les lourdes chaises qui semblent taillées dans des troncs entiers d'arbres exotiques, même les rembourrages en basane datent d'une autre époque. Des bœufs entiers sont étirés sur les sièges de Los Pájaros. Los Pájaros rappelle les vieux cafés de Faro, les vieilles cires à la texture de beurre et à l'odeur de rance et d'essence de térébenthine. Et de fumée, une odeur de tabac, de cendre oubliée et de fumée. Mais quelque chose bouge entre le piano et le comptoir. Il est de dos, il répare le tabouret du piano, il a l'air de visser avec vigueur le pied du tabouret, il fait un effort pour forcer le pied à entrer et on entend l'effet physique de cet effort. Un marteau traîne par terre. Il se plie péniblement pour l'attraper et il appelle quelqu'un qui ne vient pas, personne n'accourt. La volumineuse silhouette recouverte de tissu écossais lâche le tabouret, se relève, se retourne. A l'intérieur de la large silhouette claire recouverte d'écossais, un marteau à la main, il y a ce qui reste d'un séducteur. Il y a ce qui reste du soldat Walter.

Il y a aussi ce qui reste du fourrier, du dessinateur d'oiseaux. Et il y a la froideur avec laquelle elle se dirige vers le reste volumineux de l'ancien marin, du commerçant Walter. Tendue, despotique, protégée par son manque de miséricorde, la fille va s'asseoir sur une chaise, face à Walter Dias.

Au début, Walter ne la regarde pas. Après un certain temps et une boisson forte, il se met à rire. Le rire n'a pas changé. Le bar se remplit pendant qu'il retrouve son sourire. Son visage s'est empâté sur les côtés mais au milieu il a gardé ses traits d'autrefois. Les membres se sont épaissis, le tronc, corpulent, fait penser à un taureau, mais le geste ample de ses bras n'a pas changé, sous la surface écossaise grise, blanche et noire. Le col clair a des pointes effilées. Les fins souliers vernis, à bout pointu, frappent le plancher avec un bruit de chaussures de femme. Il est habillé comme jadis, un jadis indéfini, plus ancien que le temps de sa visite à Valmares, pendant cette journée glorieuse de presque trois mois. Elle regarde les objets. Elle sait depuis toujours que les objets font partie intégrante de l'être. Dans le bar Walter était entouré de ses objets. Il est écrasé par la présence de son ex-nièce, la pirate de l'escalier, celle qui l'avait fait monter sans qu'il le veuille, peut-être même sans qu'il le désire, par une nuit de pluie. La tête basse, honteux, devant sa fille : « Ecoute, tu veux boire quelque chose ? »

« Que veux-tu boire ? De quoi as-tu envie ? » De rien, elle n'a pas envie de boire.

89

Alors, le bar s'emplit de musique européenne, de musique de toutes les nostalgies. De musique napolitaine, andalouse, française, polonaise, roumaine. Une sélection qu'il a faite lui-même avec son vieux pick-up, enregistrée sur une bande ancienne. Dans les intervalles entre les morceaux, on entend le frottement de la bande. Le vieil appareil est traité avec sollicitude. La musique n'est pas pure. La musique est entremêlée de musique argentine. Des *milongas* tristes, des airs de rodéo, de mélancoliques *pamparias.* Des tangos. Piazzolla. Les gens qui sont là boivent, sourient, immobiles et hautains, ils ont l'air d'arriver d'une plaine sans fin, semblable à la mer. Je crois qu'ils viennent de la mer et d'un pays plat, sans autre horizon que l'horizon, cette ligne qui s'éloigne indéfiniment. Et Walter le sait, ce talent est toujours intact chez lui, ceux qui entrent lui parlent avec familiarité, certains ont l'air d'être des amis, on voit bien qu'il est quelqu'un dans ce cercle. Vers une heure du matin, le bar de Walter est comble. Les gens arrivent tout juste à cette heure-là, dit-il. Alors, il s'assied à la table où il lui dit de s'installer et il se plaint de tout ce qui tourne autour de la calle Morgana. Il se plaint des habitudes, il dit qu'il est gros à cause des habitudes et qu'il rêve de reprendre un mode de vie différent. C'est un pays où il y a trop de viande. Les familles donnent du jus de viande à boire à leurs bébés, dit-il. Et puis il y a le maté. Il déteste le maté. Le mythe de la viande était pour lui une hérésie dérangeante. La viande le dérange. « Elle me dérange énormément... » L'emploi de tournures castillanes, avec des mots hybrides, prononcés d'une voix traînante, semblait indécent dans la bouche de Walter. Cela faisait un effet bizarre. C'était comme s'il avait courbé la nuque devant quelque chose qui l'abaissait, non parce que cette chose était espagnole, mais plutôt parce qu'elle lui était étrangère et n'appartenait pas à la personne qu'il avait été. Ce fut ce « Elle me dérange énormément », prononcé avec un accent qui reproduisait fidèlement les voix ondulantes qu'on entendait partout qui donna à la fille l'énergie d'étaler sur la table de bois les papiers qu'elle avait dans son sac.

Mais d'abord elle l'interrogea sur les dessins d'oiseaux. La froideur de la fille était enclenchée. Aucune des questions qu'elle lui pose n'est innocente. Elles ne sont pas préparées, pourtant ce sont des flèches et lui, pris au dépourvu, dit la vérité. « Par ici il y a des cormorans, des hirondelles, des pluviers, des perroquets, des têtes noires, il y a des masses d'oiseaux... Mais je me sens un peu fatigué. Pourquoi les reproduirais-je avec la main, puisqu'ils sont tous ici, à l'intérieur de ma propre tête, n'est-ce pas ? » Oui, bien sûr, il continue à dessiner, mais très peu à présent. Elle lui demande pour la cinquième fois pourquoi il ne dessine plus. Il répond, pour la dixième fois, que ce n'est pas nécessaire. Qu'il a encore quelques dessins ici, dans le coin des tangos, autour de la piste de danse. Mais cela ne donnait rien, cela n'allait pas avec les couples qui dansaient. Maintenant il préfère ne rien avoir sur les murs. « Tu n'aimes pas mon bar ? » Tout se passe très vite. Il ne demande pas pourquoi elle le questionne, il reste sur la défensive, curieusement il est surpris, il est intelligent et sait qu'elle n'est pas venue pour donner mais pour prendre et qu'il s'agit d'un règlement de comptes. Il lui dit : « Pourquoi imiter la nature ? La nature existe par elle-même, sans moi. Je pense aux oiseaux, mais eux se promènent dans la pampa sans que je les copie. Je n'ai plus besoin de dessiner des oiseaux, ils sont dans ma tête, mais cela on le sait seulement quand on devient vieux. Oui, je n'ai pas besoin de les dessiner pour les trouver. Los Pájaros... »

90

La conversation devient pénible, il sait pourquoi elle est venue, mais il ne sait pas comment elle va exécuter son dessein, et elle ne veut pas encore passer à l'action, elle craint que si elle montre ce qu'elle a apporté avec elle, il ne rompe le fil du dialogue et ne l'expulse du bar. Il ne lui pose aucune question sur elle-même, ni sur Maria Ema, ni sur Custódio, ni sur le pays, les nouveaux gouvernements du pays, ni même sur Valmares. Walter est prisonnier de la surprise qui s'est emparée de lui. Il possède trois voitures et deux maisons, dit-il. Mais ici on se réveille avec plusieurs voitures et plusieurs maisons et on s'endort sans plus rien. Il mélangeait les langues et ne disait pas *carros* mais *coches*. Posséder des villas et des voitures était la seule façon de conserver son argent en vie. Il ne s'enquérait ni de Maria Ema ni de Custódio, ni de la maison de Valmares. Il ne demandait pas pourquoi sa fille était ici, ni comment elle avait trouvé son adresse, ni comment elle était arrivée, ni quelle était la raison de son voyage. C'était comme si la surprise ou l'arrivée de ce qu'il attendait l'anéantissait et en faisait un être passif. Inutile de troubler cet anéantissement. Quand elle lui tendit la liasse de feuillets contenant les récits abominables qu'elle venait lui donner, il les accepta. « Merci », dit-il.

D'ailleurs, sous le coup de cette visite dans son nid de vieil oiseau, il aurait accepté une balle de revolver. Si elle l'avait encore et si elle l'avait emporté et avait tiré, cela lui aurait paru naturel. Au fond, il avait sûrement attendu depuis toujours cette visite-surprise. Et quand ces gens hautains et lents, au cheveu luisant comme dans les années 40, mâtinés d'Italiens et d'Indiens à la peau olivâtre, mais qui avaient aussi un parent galicien et un autre français, quand ces gens bruns, à l'âme brune et triste, d'une tristesse profonde parce qu'inaptes à la gaieté suprême, cette tristesse qu'elle connaissait si bien de son propre pays, quand tous ces gens commencèrent à partir, à sortir, à rire tristement, longuement, élégamment, d'une voix pâteuse sortie des tréfonds du corps, entre le baiser et le bâillement, où la langue remuait le moins possible, les hommes balançant les femmes contre la boucle de leur ceinture comme si elles étaient leur guitare, et elles s'abandonnant à eux comme si elles étaient leur instrument, à ce moment-là, quand nous restâmes presque seuls — deux couples se déplaçaient par saccades dans la pénombre comme dans les rêves — je tendis à Walter Dias le premier tiers des feuillets.

Il prit ses lunettes avec les mêmes gestes que pour mettre ses lunettes de soleil en se dirigeant vers la Chevrolet en soixante-trois, les mêmes gestes que pour prendre Maria Ema par le bras devant tous, au retour de Sagres, et il commença à lire. Il s'interrompit seulement pour demander à sa fille si c'était elle qui avait écrit tout cela. « Magnifique ! » dit-il, lisant lentement, une lecture de semi-aveugle qui déchiffre mot après mot sous une ampoule de faible puissance. Puis il lut docilement, sirotant sa boisson, souriant dans son costume à carreaux, caché sous ce volume de chair qui ne lui appartenait pas, qui provenait des rôtissoires et de la graisse des bœufs plantureux, écartelés et noircis sur un gril. Et pourtant, bien qu'elle fût capable de lui faire boire ce calice, sa fille l'aimait. Elle l'aimait lui, pas cet autre qu'il aurait pu être, lui qui amalgamait les mots comme un aveugle, puis qui souriait à sa fille d'un air gêné, s'appliquant à lire ces feuillets qu'il rangeait dans le désordre. Walter lut.

91

Il lut à haute voix, lentement, doucement, il lut en espagnol, en portugais comme s'il lisait dans une autre langue, assis, énorme, au milieu de ce bar au parquet déjeté, aux murs brunâtres couverts de miroirs, avec un piano fermé et un coin où, de temps à autre, les quatre danseurs de tango s'enlaçaient. Les femmes s'abandonnaient aux hommes, vaincues, offertes, pâmées. Il lisait, tourné vers le coin des tangos, et ponctuait sa lecture de « Che ! » Aussi éloigné de ces lignes que de lui-même, il lisait innocemment et sans s'en rendre compte une histoire sur lui-même. Il lisait dans la nuit argentine, silencieuse et tiède, qui s'étirait le long d'un port immense. Il lisait. « Très bien, très bien », disait-il. « C'est toi qui as écrit ça ? » Sa fille dit que oui. Et une douleur la prenait devant cet homme lourd, lent, aux boucles collées aux tempes, assis très loin du lac Ontario où il aurait aimé rester, au moins pendant encore quelque temps. Cet homme qui ne dessinait plus d'oiseaux l'émouvait. Et de nouveau la fille de Walter devenait vulnérable car il ne comprenait pas la parabole qu'elle lui offrait, la métaphore grossière, offensante et barbare qu'elle lui avait remise en mains propres. Il n'avait sûrement même pas lu le titre. Il ne l'avait pas vu.

Walter Dias n'arrivait pas à comprendre les papiers qu'il tenait sous l'ampoule faible qui avait été tirée au-dessus de la table. Le récit qu'il lisait tandis que le dernier couple de danseurs de tango se balançait et virevoltait prestement après avoir semblé figé dans un bocal de formol où ils se réveillaient enlacés et se secouaient pour de nouveau se contorsionner et se coller l'un à l'autre, comme je l'ai dit, le récit qu'il tenait entre les mains et qu'il lisait sans le lire, était une fantaisie brutale, sarcastique et en même temps banale, qu'on eût cru dictée par le docteur Dalila. Une invention avec une touche de carnaval et de whisky. L'histoire d'un homme très vieux et très riche, content de lui, pris par l'idée de réunir tous ses descendants pour leur distribuer sa fortune et leur transmettre l'art de bien vivre.

Comment dire ?

L'homme du récit n'avait pas toujours été riche. Tout jeune, il avait été un pauvre soldat embarqué à bord d'un navire et il était parti trafiquer et faire des enfants de plage en plage tout le long des côtes de l'Empire, prouesses dont il était très fier. Et maintenant, pour se présenter à ses descendants en tant que géniteur, il se félicitait d'avoir pris la précaution de garder la couverture maculée de terre sur laquelle il avait besogné des femmes de couleurs et de langues variées. Selon ses propres dires, ce qui s'était passé jadis sur cette couverture devait l'avoir rendu inoubliable. En arrivant dans un port, il lui suffirait de siffler d'une certaine façon pour que toutes les femmes qui avaient couché avec lui accourent, à condition d'être encore en vie ou tout au moins en assez bonne santé. Encore que pour l'instant il s'intéressât à autre chose. Le vieil homme très riche ferait tout bonnement un voyage à bord d'un vapeur en compagnie de deux serviteurs et d'un explorateur de forêts qui l'aideraient à retrouver ses descendants légitimes éparpillés dans les villes côtières grâce à la marque et aux traits de famille distinctifs qu'il leur avait transmis. Ils s'étaient donc mis en route. Sauf qu'une fois dans les ports et dans les baies les descendants laissés par l'ancien soldat étaient difficiles à reconnaître et encore plus à rassembler, car ils s'étaient croisés avec d'autres mammifères et maintenant que le vieil homme revenait sur les lieux d'autrefois il trouvait ses yeux appliqués indistinctement sur des personnes et des animaux qui le suivaient, attirés par l'odeur de la couverture maculée de terre. Le dénouement n'avait pas d'importance. A bord de son vapeur, soutenu par les deux serviteurs et l'explorateur, le soldat très riche et très vieux, son panama sur la tête, était suivi par une bande inhumaine avec laquelle il ne pouvait ni dialoguer ni rien partager. Avec sa cargaison d'humains et d'animaux, tous avec les mêmes yeux blancs, le vapeur poursuivait son périple sur la mer. Si Walter avait lu, il saurait qu'ils ne rencontraient aucune île. Le récit que Walter tenait entre les mains servait tout juste à développer l'idée d'atlas d'Adelina Dias. Elle-même, la fille, était une Dias. Il s'agissait d'une parabole fruste, abominable, écrite dans une langue brutale, avec un titre explicite. Walter ne pouvait pas comprendre tout simplement parce qu'il ne lisait pas.

Il ne lisait pas parce qu'il était encore sous le choc, il avait peut-être imaginé être surpris un jour, mais la surprise se présentait sous des aspects imprévus, tant il était emprisonné au cœur de son refuge. Ce n'est qu'au moment où sa fille lui tendit en même temps *Le Peintre d'oiseaux* et *La Carriole du Diable*, qu'il revint en arrière et déchiffra vraiment le titre du récit brutal qu'il n'avait pas lu, et il sentit que sa fille ne lui tendait pas du papier mais un miroir. Il rougit. Il se mit à feuilleter en tous sens les trois liasses de pages. Il bousculait les feuillets, regardait sa fille, la fille regardait son père et les feuillets sous l'ampoule blafarde. Walter Dias déchiffra à voix haute le titre du récit : *Le petit soldat fornicateur.* « Fornicateur... » répéta-t-il. Puis, consterné : « Je suppose que ce n'est pas toi qui as écrit ça... » La nuit bruissante collait encore à l'espace tapissé de boiseries. Livide, le soldat Walter dressa son grand corps, un corps trop lourd pour son squelette, un corps qui pendait du squelette comme s'il avait entraîné avec lui la matérialité des lieux par où il était passé et qu'il n'avait pas su s'en défaire. Il se mit à trembler au milieu du coin dansant et musiquant, les feuillets à la main. Il était furieux. « Fous le camp ! Fous le camp ! » cria-t-il. Le couple qui se balançait encore d'un air endormi au milieu du coin à tango se réveilla. « Fous le camp ! »

Walter Dias ne pouvait pas accepter ces divagations à propos de sa couverture. Il avait dessiné des oiseaux et fait ce que bon lui semblait sur sa couverture. Cela ne regardait personne. Sa haine contre les mots de sa fille grandissait. Debout, il lisait des passages à voix haute en portugais avec l'accent du sud, sans un mot en espagnol, comme si la rage le ramenait à ses origines. C'était une vieille haine, pareille à celle que sa fille avait vue chez certains hommes à Valmares. Une haine sauvage qui entraînait derrière lui tables et chaises et poussait devant son ventre le nom des personnes de la famille qu'il couvrait d'une pluie d'injures. J'étais la famille qu'il visait. En entendant ces cris, la femme du dernier couple posa une mantille à l'ancienne sur sa tête et sortit en se cramponnant au coude de son partenaire de tango. « Fous le camp ! »

Le jour se levait dans la calle Morgana et comme vingt ans plus tôt le jour se levait à l'envers. Au lieu de la serrer dans ses bras, il chassait sa fille, les papiers ignobles de sa fille, sa vengeance sordide et barbare. « Fous le camp ! » Il ne faisait plus nuit. Je convoque la colère du soldat Walter dans cette nuit-ci. Il s'étranglerait de colère, sur le seuil, furieux, à la porte sur la calle Morgana, à la porte de Los Pájaros, l'index tendu. Je vois cette colère, je la suspens, je la retarde, je la multiplie. La colère de cette nuit fera désormais partie de ma colère, elle fera partie intégrante de mon héritage le plus intime. Poursuivons.

93

Certes sa fille n'était pas allée au bar Los Pájaros pour le rassurer, mais pour son propre bien à elle. Elle était là pour couper quelque chose qui devait être coupé, au moment voulu. Coupé en elle. C'est dans ce but qu'elle avait entrepris toutes ces démarches.

La nuit suivante elle ira donc arpenter cette rue droite, récente, dite ancienne, elle ira l'épier depuis la calle Marina, elle voudra lui parler. Elle se souvient. Elle est au milieu de la calle Morgana, le dos tourné, elle l'attend. Il passe, la croise, ils feignent l'indifférence tous les deux comme s'ils ne se croisaient pas, il entre et elle reste dans la rue, devant l'enseigne du bar Los Pájaros. A Buenos Aires le mois d'octobre est clair, la nuit y est aussi agréable que le jour ou le coucher du soleil. Elle se tient en face, décidée à attendre. Jusqu'à ce qu'il vienne dans ces souliers à semelle fine où la marche et le pied sont de trop. Le bout est en verni piqueté comme les chaussures de Fred Astaire. Le voilà qui arrive de son pas lourd. Walter l'interroge sur Maria Ema et sur Custódio, lui demande comment cela s'est passé pour Francisco Dias. Heureusement que ça c'est passé comme ça, qu'il ne s'est rendu compte de rien, dit-il, heureusement. Et il allait disparaître dans ce local en bois sombre où l'on écoutait de la musique et où l'on dansait, mais sa fille était venue pour autre chose. « Alors, dis ce que tu veux me dire... »

C'était simple, elle ne voulait rien de lui, elle voulait seulement savoir pourquoi il dessinait des oiseaux et lui se dirigeait déjà vers Los Pájaros. Attendez ! dit-elle avant qu'il n'entre. Il lui devait bien cela. Mais il devenait insaisissable, faisait celui qui ne comprenait pas, prenait congé. « Je ne sais pas. » Et il ajouta qu'il dessinait sans aucune raison, il dessinait, il avait toujours dessiné, dit-il en se dirigeant vers la porte, lui barrant le passage. Un instant, vous me la devez, cette réponse, attendez ! Walter pensait-il qu'il se tirerait toujours d'affaire impunément ? Qu'il suffisait d'attraper un vice et de s'enfuir ? Elle voulait savoir. Et sa fille s'approcha de lui et lui demanda de lui dire une bonne fois pour toutes pourquoi il dessinait ces oiseaux, de ne pas lui mentir. Il avait passé sa vie entière à dessiner, il avait perdu son temps et sa réputation à dessiner des oiseaux partout où il passait et maintenant il voulait lui faire croire que ç'avait été pour rien ? Ne comprenait-il pas qu'il était essentiel de lui répondre ? Et lui, lourd, désirant se soustraire à sa vue, disparaître par la porte le plus vite possible, lui répondit : « Ne te fais pas d'illusions, ça a toujours été pour mon plaisir, rien d'autre... »

Comment cela ? Il savait dessiner des oiseaux avec précision, copier avec réalisme, comme un ornithologue, il les envoyait des pays par où il passait comme un zoologiste, un illustrateur, un géographe. Quelquefois comme un artiste. Ses oiseaux sortaient parfois du papier, bougeaient, s'envolaient. Parfois ses oiseaux dansaient. Attendez ! supplia-t-elle. Mais elle arrêta car elle sentait qu'elle le torturait. Cela n'en valait pas la peine. Il lui dit : « Je ne veux pas que tu apprennes quoi que ce soit avec moi. Je n'ai rien à t'apprendre. » Attendez ! « Je t'écrirai », dit-il en inversant l'ordre portugais des mots. Et il lança encore une phrase, une salutation quelconque, puis il entra, lentement, et referma la porte, il la lui ferma au nez. La porte du bar Los Pájaros, calle Morgana, Buenos Aires. Extraordinairement lentement. Et il lui dit : « Fais-lui mes amitiés, à elle, à Maria Ema. »

Alors, pour que Walter sache.

94

A Valmares, Maria Ema aimait à s'asseoir dans une chaise-longue à l'ombre des parasols bleus pour regarder la ligne crénelée des hôtels monter de jour en jour au loin, dans les clairières entre les arbres. La mer d'une couleur criarde, ruban scintillant entre la ligne de la terre et le ciel. Elle aimait la mer ainsi, d'ailleurs elle ne l'aimait qu'ainsi, cette mer-là lui donnait un sentiment de paix, elle aurait voulu que le printemps de la mer ne change jamais et elle s'abandonnait à la chaleur du soleil, elle s'étendait sur les bancs de pierre. Parfois les fils de Custódio venaient avec leur appareil et prenaient des photos qu'ils faisaient agrandir, où elle ne se reconnaissait pas, tant elle se trouvait changée. « Grand Dieu, ce n'est pas moi, c'est impossible ! » Custódio disait : « Mais si, c'est toi ! » Et quand son benjamin la filma et qu'elle défila sur l'écran avec ses cheveux blancs et une brassée de fleurs jaunes, elle ne put croire à ce qu'elle voyait et elle demanda : « C'est qui ça, c'est la Catarina Hepburn ? » Custódio faisait semblant de croire à l'incrédulité de sa femme et disait : « Non, non, c'est bien toi, le jour où tu as massacré toutes ces merveilles et n'en as laissé aucune sur pied. » Parfois aussi la fille arrêtait la Dyane quand elle les croisait et elle les ramenait, eux et leurs plantes. Ils faisaient de longues marches, l'un derrière l'autre, de lentes marches claudiquantes pour aller chercher des boutures de jolies bougainvillées. Chapeau de paille sur la tête, ils embellissaient les champs incultes, et les gens qui passaient en voiture s'arrêtaient pour les photographier. Parfois ils se promenaient tous les deux en direction de la mer et regardaient la maison qui avait appartenu au docteur Dalila. « Qui habite là maintenant ? » demandait-elle. Elle n'avait pas besoin des souvenirs de Walter. Moi je ne les lui donnerai jamais.

Quelques années plus tard, Adelina Dias téléphona vers quatre heures du matin pendant les premiers jours d'un mois de novembre froid.

Le téléphone sonna longtemps de manière stridente, le son provenait de la petite table dans l'entrée, il traversait les murs et s'y répercutait comme un avertissement tenace. Maria Ema et Custódio vinrent tous les deux en grande hâte, parcourant tout le couloir et craignant un accident pour leurs enfants, quelque chose comme une sirène d'ambulance ou un message de la police. « Qui peut bien appeler à cette heure ? » Mais ce n'était pas un appel local, l'appel venait de loin, de Vancouver, encore que dans le combiné on entendît très bien, comme si la fille de Francisco Dias qui se trouvait à l'autre bout de la terre, près du Pacifique, parlait d'ici, de la plage la plus proche. « Allo, allo, c'est qui ? » demandait Maria Ema. « Quelle heure est-il à Valmares ? » demandait Adelina. Le son était si net qu'on entendait Fernandes, l'homme qui avait enseigné la lettre W de Walter, parler à côté de sa femme, mais Adelina n'arrivait pas à s'expliquer. « Alors ? » demanda Maria Ema. Et l'autre, d'une voix pleurarde d'abord, balbutia : « Malheureusement, c'est pour dire que Walter n'a laissé ni une voiture, ni une maison, ni un magasin, ni un bateau, ni une montre, ni un chèque, ni un dollar, caramba ! Il ne reste absolument rien de lui, mon frère et ma sœur... » dit Adelina Dias, de plus en plus véhémente. Maria Ema garda le silence. « C'est une tache qu'il laisse et c'est une honte de devoir dire ça d'un Dias... » Maria Ema gardait le silence, puis elle répondit à sa belle-sœur : « Allons, Adelina, ne fallait-il pas s'attendre exactement à ça ? » A l'autre bout du fil on entendait Fernandes dire : « Dis-leur que nous avons appris la nouvelle par Fernando, le frère de Caracas, qui l'a apprise, lui, par un ami qui vit en

Argentine. Dis-leur ça. » Et à ce bout-ci du fil Maria Ema expliquait à Custódio : « Ils disent qu'il n'a laissé ni un chèque, ni un costume, ni un dollar, ni une maison, exactement comme on le prévoyait... » Et quand Maria Ema reprit le téléphone, Adelina Dias avait déjà raccroché.

C'était mieux ainsi, car qu'y avait-il d'autre à dire qui justifiât une augmentation de la facture du téléphone en Amérique. Custódio marcha jusqu'au bout du couloir, son pied plus court frappant le sol avec de plus en plus d'assurance, de plus en plus régulièrement. Sa démarche semblait plus jeune que celle de Maria Ema. Elle se retourna et dit : « Bon, maintenant nous allons pouvoir respirer. » Dit-elle à son mari, avant d'entrer dans leur chambre à côté de la salle. Et très unis, peut-être même enlacés, ils entrèrent.

95

Attendez ! Avait dit la fille avant que Walter n'entre à nouveau dans le bar et ne lui confie ces souvenirs. Le centre de gravité du corps de Walter semblait incertain, il avait besoin de regarder continuellement par terre pour ne pas tomber. Ainsi donc il ne niait rien, il ne démentait rien ? Il n'avait rien à ajouter ? Il ne lui demandait pas pardon d'avoir raconté à Manuel Dias ce qui s'était passé la nuit de la pluie ? Pardon d'avoir encore une dette sur la Chevrolet ? Ou de ne plus en avoir, mais de ne pas avoir pris la peine d'expliquer qu'il n'avait plus de dette. Ne voulait-il pas prendre connaissance des lettres de ses frères pour pouvoir démentir tous ce qu'elles disaient ? Attendez ! Elle-même voulait parler de sa propre vie, de la vie avec le docteur Dalila, de cette époque turbulente, de ce qu'elle avait fait de sa table de travail, de ses projets, car elle avait des projets, y compris celui de s'éloigner de lui, de se déprendre de son affection pour elle. Oui, qu'il n'ait aucun doute là-dessus, elle était venue pour l'offenser, pour effacer cette image de lui qui la faisait sombrer, et lui refusait de parler ? Ne voulait-il pas au moins réfuter les vengeances mesquines qu'elle lui avait apportées ? Elle attendait qu'il veuille bien lui parler.

Mais il lui avait fermé la porte au nez et avant même de la fermer il lui avait dit : « Fais-lui mes amitiés, à elle, à Maria Ema. » Epuisé, il fermait la porte du Bar Los Pájaros en lui demandant par politesse, en espagnol : « Tu veux prendre quelque chose ? Un verre, peut-être... »

96

Certes, la fille était revenue l'esprit en paix, mais elle avait jeté le trouble à tout jamais dans celui de Walter. Elle le savait. Il allait envoyer régulièrement, fréquemment, des lettres à Custódio pour expliquer qu'il allait revenir. Qu'il devait revenir. Des lettres brèves, sans oiseaux. Par ailleurs, il voulait revenir les poches bien garnies, pour racheter la part de ses frères et l'offrir à Custódio, qui en ferait ce qu'il voudrait. Mais malheureusement les taux de change ne lui étaient pas favorables. D'ailleurs il avait un plan, il allait s'enrichir en sens contraire, en remontant le globe, en retournant vers le nord, en se rapprochant du Mexique, puis il irait en Californie, il passerait par La Paz, San Diego, San Francisco et de là il se dirigerait vers un endroit où le dollar serait florissant. Il roulerait de nouveau vers l'Ontario. Bref, il voulait revenir dans les pays bien gérés du Nord. Mais on sentait que c'était un dernier rêve.

L'argent facile passait déjà par d'autres voies. Bien que dans toutes ses lettres, il continuât à dire que, quel que soit l'endroit où il irait, il reviendrait à Valmares. Jusqu'au jour où lui-même comprend qu'il n'y retournera pas. Dans une de ses lettres il n'a déjà plus Los Pájaros. La nuit où il vend Los Pájaros, il achète trois voitures et dépose à la banque deux sacs bourrés de pesos argentins. Des milliers de pesos, avec tant de zéros qu'en les écrivant lui-même ne s'y retrouve plus. Mais quelques heures plus tard le peso n'existe plus, il n'a plus cours. La nuit d'après, la fortune de Walter se réduit à trois voitures. Les voitures, comme nous l'apprendrons, ne seront bientôt plus que deux. Un jour il se dit qu'une des voitures lui permettrait encore d'acheter un billet d'avion jusqu'à New York et la liaison en autocar jusqu'à Newark. Mais alors il arriverait à Newark sans voiture et sans dollars. Il n'aura plus rien. Alors, dans les nuits de l'Argentine il en sera réduit à une seule voiture, dans les vastes pampas qui seront le lieu ultime de sa fuite incessante. Il n'arrêtera sa course que devant la cordillère des Andes, tournant le dos à l'Atlantique. Puis, pendant ce novembre froid, il y eut l'appel téléphonique d'Adelina Dias et de son mari Fernandes en provenance de Vancouver. Et la voix de Maria Ema, sa voix si particulière que j'ai toujours associée à un rosier : « Bon, maintenant, nous allons pouvoir respirer. »

Attendez ! lui dit sa fille. Mon Dieu, ne comprend-il pas à quel point il est important qu'il lui parle de cette activité inutile que furent ses dessins d'oiseaux ? Ne le comprend-il vraiment pas ? Mais, comme je l'ai dit, il s'enferma derrière la porte du bar Los Pájaros, balbutiant quelques mots en espagnol.

97

Et ce matin un des fils de Maria Ema arrêta sa jeep dans la cour et, très pressé, jeta les provisions par la fenêtre de la cuisine. Il jeta aussi un colis provenant d'une localité appelée Corrientes de Arena. Un colis sale, parsemé d'inscriptions. Alarmée, Maria Ema lança un cri dans le matin estival lumineux : « Custódio, viens donc ici ! » Il apparut aussitôt, entra, et tous deux restèrent à contempler le colis de loin, comme s'il contenait une bombe, elle lui tendit des ciseaux à poisson et il coupa la ficelle qui était si grosse qu'elle ressemblait à une corde, et à l'intérieur, enroulée et serrée par une autre ficelle, il y avait la couverture de Walter. Maria Ema scruta longuement la surface de l'objet à travers ses lunettes de myope, impressionnée par le contenu du colis postal. Elle ne savait qu'en penser, mais, passablement révoltée, elle s'exclama : « Ça semble incroyable. Comment imaginer que dix mois après sa disparition, cet homme vienne encore tous nous offenser en lui envoyant à elle un bout de couverture pourrie... Qu'il vienne la perturber en lui envoyant une putain de couverture de soldat. Il a toujours été sans vergogne... Venir la perturber même après sa mort ! » Custódio avait encore les ciseaux à poisson à la main. « De toute façon, ce paquet lui appartient », dit Custódio. « Nous n'aurions pas dû l'ouvrir, il est pour elle. » Et comme à ce moment-là elle-même était déjà devant eux, Custódio posa les ciseaux et lui remit le colis. Dix mois avaient passé.

Dix mois plus tôt, la voix d'Adelina avait été claire depuis Vancouver. Pas même une maison, pas même une voiture, pas même un dollar, pas même un costume, rien, Walter n'a absolument rien laissé. Adelina n'avait pas changé. Il lui manquait juste d'avoir dit : « Petit papa chéri, figure-toi qu'il n'a absolument rien laissé ! »

98

Mais Walter avait laissé quelque chose.

Pour montrer que son destin n'avait pas été prévisible et pour démentir tout ce qui avait été dit sur lui, un colis contenant la couverture destinée à sa fille arrivait dix mois plus tard. Le papier brun portait son nom à elle et son nom à lui, et dedans il y avait la couverture pliée en seize, un ballot d'étoffe grossière et propre, juste froissée là où la corde l'avait entourée. Les lettres avaient été tracées sur le papier avec un soin impressionnant, mais le lieu de destination avait été inversé. Le nom du pays précédait la localité, S. Sebastião de Valmares. Et là tout s'était sans doute compliqué car il n'existe pas de pays qui s'appelle ainsi, que l'on sache. Ce pays n'existe pas et pourtant le colis ne s'était pas perdu.

Le nombre inhabituel de timbres et de cachets sur le paquet et les ordres et les requêtes éparpillés sur le papier ont dû faire impression successivement sur deux employés des postes en Afrique équatoriale qui ont recherché le destinataire en Casamance, sur un employé au Mexique, sur un autre au Maroc et enfin sur un fonctionnaire des postes à Malaga, dans le sud de l'Espagne, d'où le colis avait été réexpédié à S. Sebastião de Valmares, avec un cachet supplémentaire et une nouvelle date. Les timbres ont dû émouvoir le cœur sensible de ces fonctionnaires qui par coïncidence sont restés en syntonie pendant tous ces mois et qui, l'un après l'autre, en chaîne, ont été frappés par l'emballage qui, plutôt qu'à celui d'un colis postal, ressemblait à un bout de papier sorti de la poche d'un noyé. Sur des lignes toutes de travers, en majuscules de personne inculte ou très pressée, on pouvait lire PAR AVION. URGENT. TRÈS URGENT. PRIÈRE DE PRENDRE L'URGENCE EN CONSIDÉRATION. Et au verso du colis, en guise de nota bene, une déclaration extravagante : S'IL VOUS PLAÎT. CET ENVOI N'A QU'UNE VALEUR SENTIMENTALE. PRIÈRE DE RESPECTER L'EXPÉDITEUR ET LE DESTINATAIRE. La fille de Walter ignorait qu'on pût parsemer un colis postal de messages aussi explicites, elle ignorait qu'une telle coopération pût exister entre des services postaux aussi divers, surtout quand certains mots étaient déjà mangés par des taches et des traces de doigts. Il n'en reste pas moins que ce dernier envoi de Walter a fini par reproduire le destin de son expéditeur et sa fille y voit ce qui, faute d'un autre mot, doit bien être appelé un miracle. Elle n'en a pas connu d'autre et ne pense pas qu'il en arrivera un autre dans sa vie. Le mot est prononcé. Ne faut-il pas en effet qualifier de miracle ce mélange de silence, de burlesque, de coïncidence et de surprise ? C'est du moins ce qu'aurait dit le docteur Dalila, dans la maison des figuiers, si nous avions pu parler ensemble du dernier envoi de Walter. Mais ce n'était pas tout.

Dans le colis, comme on l'a déjà dit, serrée au milieu de la couverture, il y avait la carte rédigée dans l'écriture élégante de

Walter, un peu tremblée, penchée, accompagnée une fois de plus d'un griffonnage d'oiseau : *Je laisse à ma nièce pour seul héritage cette couverture de soldat.* C'était comme si à l'intérieur de l'homme fait apparaissait ce reste de l'enfant têtu qui tend ses paumes pour prouver son innocence. La couverture un peu élimée mais propre, telle qu'il l'avait prise à la caserne d'Evora en 1945, était la paume de sa main tendue. Comment sa fille peut-elle cesser de dire « Attendez » ? Tout est resté sans réponse, cette nuit où de nouveau Walter monte lentement, et de cette couverture s'élève tout un cortège d'images extraordinaires qui réécrivent tous les films anciens. Depuis les courses en voiture jusqu'à l'enlacement sur la photo, le revolver oublié qui dissipait à lui seul la peur et donnait de la force, le soir d'été où il avait voulu l'emmener dans la carriole vers un destin hasardeux, sa colère le matin du brasier et sa colère de l'autre matin, le deuxième, où il avait crié « Fous le camp ! » dans la calle Morgana, jusqu'à la vraie nuit de la pluie et toutes les autres où elle l'appelait et où il venait. Maintenant elle sait qu'à nouveau il se déchaussera et gravira l'escalier, chaque fois qu'elle le lui demandera. Il n'a pas à s'excuser ni à regretter quoique ce soit, il n'a pas à demander pardon. Il n'a jamais eu à le faire. Walter peut déambuler en paix dans cet espace jusqu'à la fin des temps.

99

Attendez ! Avait dit la fille avant de refermer la porte du Bar Los Pájaros après le « Fais mes amitiés ». Il la referma lentement et comme la porte avait un judas actionné de l'intérieur, la fille était restée devant la porte un moment, certaine qu'il était derrière le judas. Elle était partie quand l'heure d'affluence était arrivée car c'était un vendredi, le jour sacro-saint des bars, et la porte s'ouvrait et se fermait continuellement, mais lui demeurait invisible. Elle reprit le chemin de la Residencial las Naciones où elle s'était installée, puis la large route vers l'aéroport, avec cette odeur d'actes obscurs qui faisaient d'une campagne qui aurait dû être fertile une mer de carnage. Attendez ! dit-elle, comme la nuit de la pluie. C'était en octobre 1983. Elle voulait lui dire que même s'ils ne se revoyaient plus jamais, il ne devait pas se sentir en faute vis-à-vis d'elle, comme lors de la nuit de la pluie. Car si elle additionnait toutes les images recueillies tout au long de sa vie, l'héritage que Walter Dias lui avait laissé était immense. Mais à cette époque tout cela était vrai et faux en même temps, car la fille voulait se débarrasser de ce que Walter lui avait laissé jusque-là. Il n'en sera pas ainsi cette nuit, devant sa couverture de soldat, dans la chambre du haut à Valmares. Où de nouveau il revient, comme une lumière, jusqu'à la fin de la vie.

100

La fille connaît la différence entre les outils comme si elle était un ouvrier agricole. Elle connaît les charrues, les timons, les fourches, les ranches, la binette, la houe, les fourches à trois, cinq et six dents, les pelles étroites comme des langues et les pelles concaves comme deux grandes mains réunies. Tous ces outils sont suspendus en vue de la construction prochaine par les fils de Custódio du musée touristique du domaine. Une étiquette en acrylique est apposée sur chaque objet. Mais elle-même n'en a aucun besoin. Elle connaît la houe à fer compact qui fend la terre verticalement et la sépare en mottes lisses comme du verre. Et elle connaît la houe à lame fendue qui sert à trier les pierres, à se glisser entre elles, à les ranger sur le côté, à les séparer de la glèbe tout en piochant. Encore qu'en cette aube elle choisisse l'autre, la houe compacte, à lame entière. Mais pour creuser avec cette houe il faut la lever au-dessus de la tête à la verticale, les deux mains réunies, bien enduites de salive, solidement cramponnées au manche, en gémissant à haute voix pour se donner plus de force et laisser la lame s'abattre sur la terre. Elle choisira cet outil. Et un empan de terre, là entre les arbres qui étaient ceux d'un verger, mais qui bientôt abriteront un jardin et donneront de l'ombre. Voilà, ici même. C'est sur cette étoffe de sable qu'elle va abattre le fer de sa houe. Elle sait où trouver chaque chose, chacun de ces outils. La personne qui dort actuellement avec elle dans cette chambre s'étonne que la fille de Walter puisse chercher un instrument agricole dans le noir et le trouver à tâtons sans allumer la lumière. C'est dans le sang, dans les gènes, dans l'œil aveugle au sommet de la tête, cet œil qui voit l'horrible et le beau quand le reste du corps se repose ou même s'éteint. Elle sort dans la cour avec l'outil et la couverture. La personne qui l'accompagne n'a le droit de toucher ni à l'un ni à l'autre, cela ne regarde qu'elle. Uniquement elle. Avec ces gestes archaïques elle creuse un trou dans la terre. « Han ! » crie-t-elle à chaque coup comme si elle accouchait d'un enfant. Elle place la couverture pliée dans le trou, contente d'elle et contente de Walter. Qui est le père de qui ? Qui est notre mère ? En cette heure, Walter Dias n'est-il pas en train de devenir son fils ? Elle entend rouler ses innombrables voitures, certaines ont la forme d'un bateau et leur vitesse la remplit de joie, elle a peur que Walter quitte la route, tombe dans le fossé et se tue, comme on le craint pour un fils. C'est de nouveau l'aube. Nous sommes à nouveau ensemble, dans cette joie de la course. S'il vous plaît, attendez.

Alors, de la porte latérale de la maison de Valmares surgissent les pas de Custódio, mesurés, réguliers, son pied plus court protégé par des plumes d'une espèce peu commune, un fin duvet, le voici qui s'avance sur le sentier, dans le pâturage sec, il vient en son nom et en celui de Maria Ema, réveillé par les bruits de pioche de la fille, au milieu des oliviers. Son pied serein, de gardien, le pied vigilant d'un homme qui fut la moitié d'un autre homme, s'avance. Custódio s'approche et lui prend la houe des mains, il pousse la terre lui-même et la tasse, l'aplanit, il attend qu'elle lui dise quelque chose. Lui-même dit : « Pour l'amour du ciel, ne restez pas ici immobiles, il est encore bien tôt, rentrez. » Dit-il. Puis lui-même rentre.

terre, au centre les arbres qui étaient ceux d'un verger, [illegible]
blancs, [illegible] Voilà la
même. C'est sur cette étoffe de soie qu'elle va abattre [illegible] de
sa flûte. Elle sait où trouver chaque chose, [illegible]
La personne qui [illegible] elle dit : [illegible]
comme que la fille de Walter puisse [illegible] un instrument
agréable dans le soir [illegible] la
lumière. C'est dans la salle, dans les [illegible] qu'il partage
au sommet de la [illegible] de la peau
quand le reste du corps se [illegible]. Elle sort
dans la cour avec l'outil et la [illegible] sa présence qui l'ac-
compagne n'a le droit de [illegible]
garde qu'elle. [illegible] elle
creuse un trou dans la terre. [illegible] tout coup
comme si elle [illegible]. Elle place la couverture
pliée dans le trou, [illegible] de Walter. Où est
le père de qui ? Où est donc mère ? [illegible] Walter
[illegible] de devenir son fils ? [illegible]
ses innombrables [illegible] d'un bateau
[illegible] de joie elle [illegible] Walter qui [illegible]
[illegible] dans le fossé [illegible] pour
un fils. C'est de nouveau l'aube. Nous sommes [illegible]
ensemble, dans cette [illegible]

Alors, de la porte [illegible] de la maison de Walter, surgis-
sent [illegible] du Casentino, [illegible]
court protégé par des plumes d'une espèce peu commune, une
[illegible] qui s'avance sur le [illegible] dans le [illegible]
sec, il [illegible] révélé par
les bruits de [illegible] de la fille [illegible]
[illegible] d'un homme qui [illegible]
de d'un autre homme [illegible]. C'est elle [illegible] et lui
prend la [illegible] des [illegible]. Il pousse [illegible] et la [illegible]
l'aplanit, attend qu'elle lui dise quelques [illegible]
dire [illegible] l'amour [illegible]
encore [illegible]

Achevé d'imprimer en novembre 1999
sur presse Cameron
*par **Bussière Camedan Imprimeries***
à Saint-Amand-Montrond (Cher)

N° d'édit. : 816002. N° d'imp. : 994954/1.
Dépôt légal : septembre 1999.

Imprimé en France